DER BESCHÜTZER DER SCHOTTIN

IM BANN DES HIGHLANDERS
BUCH VIII

MARIAH STONE

Übersetzt von
LENA BLOS

Stone Publishing

Dieser Roman ist eine fiktives Werk. Alle Namen, Charaktere, Orte und Ereignisse sind entweder frei erfunden oder dienen als Inspiration für fiktive Handlungen. Jegliche Ähnlichkeit mit lebenden oder toten Personen, Unternehmen, Ereignissen oder Orten ist rein zufällig.

Die Originalausgabe erschien im Jahr 2021 unter dem Titel "Highlander's Protector".

Für die deutschsprachige Ausgabe: Übersetzt von Lena Blos

Covergestaltung: Qamber Designs and Media. Alle Rechte vorbehalten.

Stone Publishing - TSH Collab Rotterdam - Willem Ruyslaan 225 - 3063 ER Rotterdam - Netherlands

Herstellung und Druck über tolino media GmbH & Co. KG,
Albrechtstr. 14, 80636 München. Printed in Germany.
Fragen zu Produktsicherheit an: gpsr@tolino.media.

„Obwohl sie klein ist, ist sie wild.“

—William Shakespeare

PROLOG

ISLAY, September 1306

DIE WELLE ERHOB SICH ÜBER ANNA MACDONALD WIE EIN Seeungeheuer und stürzte auf sie herab. Sie holte so tief Luft, wie sie es noch nie zuvor in den zwölf Jahren ihres Lebens getan hatte, und atmete ein, bis ihre Lungen schmerzten. Dann wurde sie mit voller Wucht von einer Wand aus Wasser getroffen und die graugrüne Irische See schloss sich über ihr wie ein Grab.

Ihre Lungen fühlten sich an, als würden sie platzen. Sie bewegte ihre Arme nach oben und strampelte mit den Beinen, um gegen den Meeresgott anzukämpfen, der sie gnadenlos vorwärts und nach unten zog. Kalt und unversöhnlich, gefühllos und unfreundlich, genau wie der Vater, den sie nie kennengelernt hatte. Die nasse Dunkelheit drückte auf ihre Ohren, doch sie schwamm stur weiter und kämpfte gegen die Kraft der Strömung an.

Aber alles verwirbelte um sie herum und zog sie in die Tiefe.

In ihren Tod.

Dem Meer war es egal, ob sie überlebte oder eine gute Schwimmerin war.

Auch den Menschen am Kiesstrand an der Lagavulin Bay, eine Viertelmeile entfernt, war das egal. Weder rief ihre Tante Leitis ihr zu, sie solle aufhören und zum Ufer zurückkommen, noch ihre Cousine Laoghaire. Niemand ermahnte sie und sagte ihr, sie solle sich wie eine angehende Dame eines Adelshauses verhalten.

Weil es niemanden interessierte.

Warum sollte es auch? Sie war die nicht anerkannte, unerwünschte und ignorierte Tochter von einem der bedeutendsten schottischen Adligen, Robert the Bruce. Und sie war von Julianna MacDonald, der Schwester des Lairds, die kurz nach ihrer Geburt gestorben war, außerehelich auf die Welt gebracht worden.

Anna drückte ihre Arme nach oben und zur Seite, nach oben und zur Seite, um sich voran- und den tanzenden Blitzen des azurblauen Himmels entgegenzutreiben, die durch das Wasser hindurchschimmerten.

So nah und doch so weit entfernt.

Der Druck in ihren Ohren machte sie schwindelig. Ihre Lunge fühlte sich an wie die Schwimmblase eines Fisches, so prall und straff, als drohte sie zu platzen. Ihre Haarsträhnen waren wie Seetang, der ihre Augen und ihren Mund verdeckte. Ihre Beine verhedderten sich in ihrem Unterkleid wie in einem Fischernetz, das sie nach unten zog.

Hier, in der Welt des schwebenden Sonnenlichts, der Fische und der Algen, musste Anna sich keine Gedanken über Laoghaires verhöhnende Spötteleien machen. Darüber, dass sie es nicht schaffte, sich zu einer edlen Dame zu entwickeln. Oder über Tante Leitis' leidige Seufzer, wenn sie einen Riss mal wieder mit einer falschen Naht geflickt hatte, weil sie einfach nur fertig werden und nach draußen gehen wollte.

Aber sie konnte nicht auf diese Weise sterben. Nicht so, bitte, Herr. Bitte, es musste doch noch mehr im Leben geben als das.

Und dann, als ob ihr Gebet erhört worden wäre, lockerte sich der Klammergriff des Meeres. Ihre Lungen fühlten sich an wie versengt, als sie in die Welt des Windes und der kreischenden Möwen, des blauen Himmels und der grünen Felsen auftauchte. Die Sonne wärmte Annas nassen Kopf. Ihre Nasenlöcher brannten vom Salz, als sie verzweifelt schmerzhafte Atemzüge in ihre brennende Lunge sog.

Nachdem sie endlich wieder atmen konnte, merkte sie, dass sich irgendetwas anders anfühlte. Eine Veränderung lag in der Luft, als hätte ein Minnesänger einer bekannten Geschichte eine neue Wendung gegeben. Am Ufer übte sich Laoghaire nicht im Bogenschießen, sondern starrte sie stattdessen einfach nur an, und Tante Leitis winkte ihr mit ausholenden Armbewegungen zu, als Zeichen, dass sie ans Ufer zurückkommen sollte. Hinter ihnen erhob sich Islay, eine riesige, felsige Klippe, die mit grünem, gelbem und dunkelrotem Moos bewachsen war. Der kleine Kiesstrand, an dem sie sich befanden, lag versteckt hinter der Klippe, auf der Dunyvaig Castle thronte wie auf einem Kerzenständer.

Dunyvaig Castle war eine Festung, die über die Lagavulin Bay wachte. Eine kleine Bucht, in der sich der Flottenstützpunkt und Handelshafen der MacDonalds befanden, mit Dutzenden von Schiffen, die vor Anker lagen und andockten. Der Stolz und die Stärke des Lairds of Islay, Aulay MacDonald, und des ganzen Clans waren die Birlinns, die West Highland Galeeren. Sie waren das Vermächtnis von Somerled dem Großen, einem Vorfahren des Clans aus Wikingerzeiten. Dank ihrer schnellen und leicht zu steuernden Schiffe besaßen die MacDonalds die Vormacht über die Irische See und waren eine Bedrohung für ihre feindseligen Nachbarn – Irland und England. Dunyvaig Castle ragte über die Bucht und die tosenden Wellen auf, ein stiller Wächter, der den Clan schon unzählige Male gegen irgendwelche Narren verteidigt hatte, die es gewagt hatten, von der See aus anzugreifen.

Anna wollte aus dem Wasser raus. Angst machte sich in ihrem Inneren breit, als sie sich durch die Wellen kämpfte. Was, wenn sie in eine weitere Strömung geriet? Was, wenn sie noch einmal hinuntergezogen wurde? Dieses Mal hätte sie vielleicht nicht mehr genug Kampfgeist, um dem Tod zu entkommen. Ihre Schultern und ihr Rücken schmerzten und brannten vor Erschöpfung. Erst als sie auf spitze Felsen und Kieselsteine trat, konnte sie endlich befreit aufatmen. Das Unterkleid aus Leinen, in dem sie immer schwamm, klebte an ihrem Körper und ihren Beinen. Der Wind traf sie wie eine Wand aus Eis.

Aber sie war am Leben. Dieser Schmerz, den sie verspürte, bedeutete, dass sie sich bewegte, atmete und lebte. Sie wollte so schnell wie möglich von diesem Meer wegkommen und nie wieder einen Fuß hineinsetzen.

Leitis hielt in ihren ausgebreiteten Armen eine trockene Leinendecke, um sie um Anna zu wickeln. „Warum warst du so lange da drin, mein Schatz?"

„Tut mir leid, Tante ...", murmelte Anna, als sie vor ihr stehen blieb und sich dem Meer zuwandte, damit Leitis ihr die Decke um die Schultern legen und sie sie vor ihrer Brust zusammenziehen konnte.

Und dann sah sie es.

Ein Schiff am Horizont. Das Segel der MacDonalds war straff und prall, fast so prall wie Tante Leitis' schwangerer Bauch. Auf dem gelblichen Segel prangte das rötliche MacDonald-Wappen: eine gepanzerte Faust, die ein Kreuz hielt. Hoffnung und Freude schwirrten in Annas Bauch umher.

Onkel Aulay war wie ein Vater für sie, weil ihr richtiger nicht bei ihr war.. Und Tante Leitis war wie eine Mutter.

Laoghaire lachte spöttisch und ihre durchscheinenden grauen Augen richteten sich auf die Birlinn. „Der Laird ist endlich zurück und du wirst ihn nicht einmal richtig begrüßen können mit deinen nassen Haaren und deinem nassen Kittel."

Anna raffte ihre Haare zusammen, drehte sie und wrang das Meerwasser aus ihnen heraus. Laoghaires Sticheleien taten jedes Mal weh, auch wenn sie es nie zu erkennen gab. „Kann sein. Aber ich bin nicht von Belang. Ich verbringe meine Tage damit, glücklich zu sein, während ihr nur näht, webt, Brotlaibe zählt und Ale-Frauen anbrüllt."

Tante Leitis rieb mit ihren schwachen Händen über Annas Schultern. Anna blickte zu ihr zurück. Sie war blass und hatte dunkle Ringe unter den Augen. Normalerweise waren ihre Augen himmelblau und strahlend, aber jetzt waren sie matt.

„Geht es dir gut, Tante?", fragte Anna, während sie die Decke nahm und sich fester darin einwickelte.

Die siebte Schwangerschaft ihrer Tante war schwierig. Die vorherigen hatten mit Fehl- und Totgeburten geendet. Diesmal blutete Leitis häufig und fühlte sich schwach, hatte häufig Kopfschmerzen und keinen Appetit. Sie war zu alt, um ein Kind zu gebären, und alle im Clan waren besorgt.

„Der Laird weiß nicht, dass ich ein Kind erwarte", sagte sie und starrte auf das Schiff, als würde sie ins Leere blicken.

„Aber Onkel Aulay wird sicher nicht böse auf dich sein", sagte Anna. „Würdest du das bitte halten, Laoghaire? Ich möchte mein Kleid anziehen."

Laoghaire verdrehte die Augen, legte ihren Bogen auf den Felsen, ergriff die Zipfel der Decke und hielt sie um Anna in die Höhe. Während Anna sich das nasse Unterkleid vom Körper schälte und fröstelnd die trockene Kleidung anzog, wich ihr Blick nicht von dem Schiff.

„Sie waren sieben Monde lang weg", sagte Anna und schob ihr Bein durch einen Wollstrumpf. Im Gegensatz zu Laoghaire hatten ihre Strümpfe Mottenlöcher, Nähte und Flicken. „Glaubt ihr, sie bringen Neuigkeiten von ... *ihm*?"

„Sie" waren Onkel Aulay, Onkel Èoin – der Laoghaires Vater war – und seine beiden Söhne Colum und Seoras. Gemeinsam mit einer Gruppe der besten MacDonald-Krieger waren sie im Februar wegen einer politischen Angelegenheit, die ihren Vater betraf, zum schottischen Festland aufgebrochen. Seitdem hatten sie immer wieder Gerüchte gehört, die Reisende über Kämpfe mit England und einigen anderen Clans erzählt hatten.

Leitis antwortete nicht, sondern legte nur ihre Hand auf ihren runden Bauch und rieb ihn nachdenklich. Vielleicht wusste sie schon längst irgendetwas und wollte es nur nicht einem zwölfjährigen Mädchen erzählen.

Anna zog ihre Schuhe an, die sie von ihrer Mutter geerbt hatte. Sie freute sich riesig, ihre Onkel und Cousins zu sehen, und ein kleiner Hoffnungsschimmer regte sich in ihr. Würden sie Neuigkeiten von ihrem Vater bringen? Würde er endlich wollen, dass sie zu ihm nach Carrick zog? Insgeheim wünschte sie sich sehnlichst, er würde sie zu sich nach Hause holen und sie mit seiner richtigen Familie zusammenleben lassen.

Nachdem Anna ihre Schuhe angezogen hatte, band Laoghaire die Schnüre auf der Rückseite ihres blauen Wollkleides zusammen.

„Vielleicht hat Pa ein Hochzeitsgesuch für mich." Laoghaire zog an den Schnüren und der Stoff zerriss geräuschvoll. „Es wird nicht für dich sein."

Leitis schüttelte den Kopf. „Mädchen, jetzt ist nicht der richtige Zeitpunkt, um sich zu streiten. Das ist ein guter Zeitpunkt, um die Manieren zu üben, die ihr gelernt habt, um wichtige Gäste zu begrüßen."

„Du meinst die Manieren, die *ich* gelernt habe." Laoghaire streckte ihren Rücken durch und ihr Nacken war leicht gebeugt, um weibliche Anmut und Gehorsam zu demonstrieren. Ihr Haar war so dunkel wie das von Anna – das Erbe der MacDonalds –, aber sie hatte die schönsten, durchdringendsten grauen Augen. Die hohen Wangenknochen und der perfekte Körperbau unter ihrer glatten Haut ließen sie fast überirdisch erscheinen. Das Bild einer jungen adligen Dame, die in den Manuskripten der Mönche als Schönheitsideal beschrieben wird. „Anna hat nichts anderes getan, als zu schwimmen und mit den Bauern und Hirten herumzulaufen."

„Das reicht", sagte Leitis. „Lasst uns zum Hafen gehen."

Anna willigte nur zu gern ein. Das Meer war nicht länger ein Freund, mit dem sie lustige Sommerstunden verbringen wollte. Es war ein unberechenbarer Feind, wie eine Schlange, die sie töten konnte, wann immer sie wollte.

Am Hafen angekommen, stellten sie sich auf einen hölzernen Steg und beobachteten, wie sich das Schiff zwischen den beiden Landstreifen hindurchbewegte, die die Lagavulin Bay bewachten – die Klippe mit Dunyvaig Castle auf der linken Seite und die Felsen, die aus dem Wasser ragten, auf der rechten Seite. Es war eine gefährliche Passage für alle, die mit der Küste nicht vertraut waren, aber die MacDonalds-Navigatoren kannten sie in- und auswendig. Sobald es die Passage hinter sich gelassen hatte, fuhr es reibungslos zwischen den verankerten Schiffen und Booten hindurch. Der gebogene Bug des *Tagradh*, was so viel wie „Anspruch" bedeutete, bahnte sich mühelos seinen Weg durch das Wasser, als es sich näherte. Das Segel wurde eingerollt und die Männer ruderten die Birlinn, sodass die Ruder sich auf und ab bewegten und Wasser umher spritzte. Hinter Anna, Laoghaire und Leitis versammelten sich die Mitglieder des MacDonalds-Clans und warteten, bis ihr geliebter Laird sich näherte. Dabei unterhielten sie sich und wiesen in Richtung des Schiffes. Vorfreude hing in der Luft, genauso wie der Geruch von Fisch und Algen, der immer von den Fischerbooten im Hafen herüberwehte.

Leitis ergriff Annas Hand und drückte sie. Anna spürte das schnelle Schlagen ihres Pulses an ihren Fingern. Ihr nasser Kopf fühlte sich kalt an, aber ihre Haut war warm, und ihr Magen verkrampfte sich vor Nervosität. Onkel Aulay stand am Bug und hatte seine Arme um die hohe, gebogene Galionsfigur eines Seeungeheuers geschlungen. Er war riesig und hatte breite Schultern wie ein mythischer Held aus den Highlands. Sein allmählich grau werdendes Haar war länger geworden und hinter seinem Rücken zusammengebunden. Er trug ein *Léine Cròich*, das auch Safranhemd genannt wurde, einen gesteppten Mantel mit Flicken und eine Kettenhaube. Sein Claymore hing wie immer in einer Scheide an seinem Gürtel. Neben ihm standen ihr Onkel Èoin, dessen Schulter verbunden war, und Seoras, Laoghaires jüngerer Bruder. Anna konnte Colum nicht sehen, aber vielleicht ruderte er gerade oder war auf der anderen Seite der Birlinn.

Anna winkte den Männern begeistert zu, während ihre Tante und Laoghaire stolz und feierlich dastanden wie wahre Edeldamen. Seoras winkte ihr zurück und Onkel Aulay hob seinen Arm zum Gruß.

Das Schiff legte an, die Rampen wurden angebracht und die Männer stiegen aus. Aulay warf alle Förmlichkeiten über Bord, überquerte den Steg mit vier riesigen Schritten, nahm Leitis in die Arme und vergrub sein Gesicht in ihrem Haar. Bei ihrem Anblick spürte Anna einen stechenden Schmerz in ihrer Brust. Sie glaubte, dass sie niemals eine so überwältigende Liebe finden würde, wie die, die Aulay und Leitis verband.

Danach wurden Willkommensgrüße zwischen ihrem Onkel Èoin, Laoghaire und Seoras ausgetauscht. Sie beobachtete, wie sich die Menschen einander begrüßten, die einander besonders nahe standen, während sie ganz allein dastand. Wie ein einsamer Baum, der im Wind schwankte.

Dann schritt noch ein weiterer Adliger langsam den Steg hinunter auf sie zu. Er wirkte ein wenig verloren, und er kam ihr auf eine schmerzliche Weise vertraut vor.

Er war groß, mächtig und hatte genauso dunkles Haar wie sie. Sein Gesicht war von Schrammen übersät und sein *Léine Cròich* war genauso zerrissen und blutig wie das von Aulay. Der Handgriff seines Schwerts an seinem Gürtel war mit goldenen und silbernen Schnüren umwickelt.

Während sich der Clan um Aulay versammelte, fragte sie sich, warum sie Colum nicht unter denen sah, die vom Schiff stiegen. Ihr Blick war noch immer auf den Mann gerichtet, während sich eine Gruppe Clanmitgliedern um Aulay, Èoin und Seoras versammelte und sie an den Rand des Stegs drängte. Sie konnte ihren Blick nicht von dem Mann abwenden, der sich ihr näherte. Sie schätzte ihn auf Mitte dreißig. Sein dunkles, schulterlanges Haar, das ein paar silberne Strähnen aufwies, war ein wenig zerzaust. Sein finsterer, durchdringender Blick schweifte über die Menge und landete auf ihr. Ob es daran lag, dass sie sich von der heiteren Menschenansammlung abhob oder daran, dass sie noch immer nasse Haare hatte und nicht wie eine echte Edeldame aussah, konnte sie nicht sagen.

Genau wie sie, schien auch der Mann nicht so recht zu wissen, was er tun sollte, während die anderen sich umarmten, einander auf die Schultern klopften und fröhlich miteinander redeten.

Plötzlich wurde sie von einem Ellbogen aus der Menge angestoßen, verlor das Gleichgewicht und fiel ... Doch starke Hände packten sie an den Schultern und der Mann half ihr, ihr Gleichgewicht auf dem Bootssteg zu bewahren.

„Vorsichtig, Mädchen“, sagte er mit einem sanften Lowland-Akzent.

„Danke, Herr“, sagte sie.

Sie hätte sich daran erinnern sollen, wie eine edle Dame einen Gast begrüßte ...

„Hattet Ihr eine lange Reise, Herr?“, fragte sie.

Er stellte sich an ihre Seite und schaute sie dann mit traurigen Augen an. „Ziemlich lang. Und auch ziemlich anstrengend.“

„Oh, tatsächlich?“

Er schluckte und ließ seinen Blick zum Horizont schweifen. Möwen schrien über ihnen und ließen sich vom Wind tragen. Der Wind blies ihr eine salzig fischige Brise ins Gesicht.

„Ich bin der König eines Königreichs, das nicht größer ist als eine Insel. Ein König, der alles verloren hat.“

Etwas in ihrem Magen kribbelte und sie kämpfte gegen den Drang an, den Mann zu berühren, um zu sehen, ob er überhaupt echt war. „Wer seid Ihr, Herr?“

Er schenkte ihr ein trauriges Lächeln. „Robert the Bruce. König der Schotten.“

Der Holzsteg schwankte unter ihren Füßen. Die Stimmen der Menge verhallten in der Ferne. Die Welt verdunkelte sich und nur dieser Mann stand im Licht vor ihr.

„König? Mein Vater ist König?“

Er runzelte die Stirn und betrachtete sie genauer. „Bist du Julіannas Tochter?", fragte er. „Alice?"

Er erinnerte sich nicht einmal an ihren Namen.

„Anna", krächzte sie.

Er blinzelte und seine Miene entspannte sich. „*Anna*. Julianna hat den Namen immer gemocht."

Ihre Brust platzte fast vor Anspannung, Hitze und Druck. Ihre Wangen brannten, als hätte sie sich verbrüht. Ihre Hände zitterten. Sie fühlte sich, als ob sie in einem Sack steckte, den jemand heftig schüttelte.

Ihr Vater, von dem sie träumte, nach dem sie sich sehnte, den sie verachtete und anbetete ... stand endlich vor ihr.

Und er war nicht mehr nur der Earl of Carrick. Er war jetzt König.

Sie war die Tochter eines Königs.

Oh, bei Gott, sie hätte all diese Umgangsformen mit Laoghaire erlernen sollen.

Sie hatte das seltsame Gefühl, über ihrem Körper in der Luft zu schweben. „Darf ich Euch Vater nennen?", fragte sie und wurde sich erst bewusst, was sie gesagt hatte, nachdem die Worte aus ihrem Mund herausgepurzelt waren.

Zu ihrer Überraschung grinste er und drückte ihre Schulter. Die Berührung war eine Wohltat. Sie wollte sich in seine Arme stürzen und sich von ihm umarmen lassen, den Duft eines Vaters einatmen, den sie nie gekannt hatte.

„Du darfst mich Vater nennen. Meine Frau Elizabeth und meine Tochter Marjorie sind weit weg. Es ist schön, hier Familie zu haben. Hast du keine Angst, einen Flüchtling zum Vater zu haben?"

Anna schüttelte energisch den Kopf. „Ich würde Euch sogar nehmen, wenn Ihr ein leprakranker Bettler wärt."

Sie war im Meer fast gestorben, aber nachdem sie wieder an Land gekommen war, hätte sie mit einem Mal einen Vater. Er war wie eine Vision, ein Wesen aus einem Feenland, eine Gestalt aus

Legenden. Sie hatte Angst, zu atmen und ihn damit wie Rauch zu vertreiben.

Und doch nagten Zweifel an ihrer Freude wie eine ätzende Säure. „Warum seid Ihr all die Jahre nicht zu mir gekommen?", fragte sie.

Er sank vor ihr in die Hocke und war nun kleiner als sie. Seine dunklen Augen funkelten wie strahlende Rubine. „Es tut mir leid, Mädchen. Deine Mutter war meine Verlobte und wir ... haben uns geliebt, bevor wir geheiratet haben. Ich musste Islay verlassen, um England zu dienen, und wurde in den Krieg hineingezogen ... und dann starb sie, bevor ich sie heiraten konnte. Eine Zeit lang wusste ich nicht, dass es dich gibt. Als ich es herausfand, legte ich eine Mitgift für dich in Carrick beiseite. Jetzt kann ich dir nicht mehr viel bieten. Meine Ländereien in Carrick wurden von Edward I. beschlagnahmt und ich habe keinen Penny mehr."

Er berührte ihr Gesicht und sie hielt den Atem an, als sie die Wärme der Berührung ihres echten Vaters auf ihrer Haut spürte. Wie oft hatte sie sich das schon vorgestellt? Wie oft hatte sie davon geträumt, dass er zu ihr zurückkommen würde? Und jetzt war er hier und sprach mit ihr. Er war keine Vision, kein Geist und sie bildete sich ihn auch nicht ein.

Was konnte sie tun, damit er blieb oder sie als sein eigen Fleisch und Blut akzeptierte, sie anerkannte und liebte? Ihre Handfläche schmerzte und sie merkte, dass sie ihre Fingernägel in ihre Haut gebohrt hatte.

„Lass mich dir eines sagen", sagte er. „Ich könnte morgen tot sein. Aber wenn ich lebe und eines Tages ein friedliches Königreich regiere, werde ich dich zu mir holen. Dann wirst du mit mir und meiner Familie an meinem Hof leben. Du wirst deine Mitgift bekommen und einen Vater haben. Und ich werde eine große Hochzeit für dich arrangieren."

Ein Feuer loderte in ihrer Brust. Sie würde für diesen Mann sterben, wenn es sein musste.

Er nickte. „Mach mich stolz, Anna. Du magst ein Bastard sein, aber du bist jetzt die Tochter eines Königs. Eines Tages werde ich dich brauchen. Wirst du bereit sein?“

Meine Güte, jetzt musste sie wohl eine edle Dame werden. Sie musste besser sein als Laoghaire. Ihre Tage, in denen sie ihre Freiheit genießen konnte, waren vorbei. Sie würde jede Stickerei in Schottland anfertigen, wenn er daran Gefallen fand.

„Aye, Vater, das werde ich.“

KAPITEL 1

Dunadd Fort, Argyll und Bute, Mai 1313

„Ein Fußabdruck." David Wakeley schüttelte den Kopf und tippte mit dem Zeigefinger eine Vertiefung in dem Stein an, auf dem er stand. Sie hatte die Form eines Fußes oder eines alten Axtkopfes, je nachdem, wie man es betrachtete. „Ich kann nicht glauben, dass unsere zweijährige Suche uns hierhergeführt hat." Dùghlas Ruaidhrís blonde Augenbrauen wanderten nach oben und er verschränkte seine riesigen Arme vor der Brust. Seine Muskeln wölbten sich. Er war ein großer, breiter Highlander. In einer Scheide auf seinem Rücken befand sich ein Claymore. Er stand einige Schritte von David entfernt. Sie befanden sich auf dem Gipfel des Dunadd Forts und waren umgeben von moosbedeckten Überresten der alten Bergfestung. Starke Winde wehten von allen Seiten um sie herum. Doch trotz der Kälte trug Dùghlas eine hellblaue Leinentunika zu seinen Braies, den mittelalterlichen Hosen, denn es war Mai, und im Mai war es für Highlander warm.

Kühle Böen, die vom Meer im Westen kamen, ließen David in seinem *Léine Cròich* frösteln. Er war nicht in einer eisigen mittelalterlichen Burg groß geworden. Er war in Chicago aufgewachsen. Obwohl die Winter dort eisig waren, hatten sie Daunenjacken,

Schals und Mützen, um sich warm zu halten. Er würde Zentralheizung, warmes Wasser und warme Autos nie wieder als selbstverständlich ansehen.

„Ähm ...", sagte Dùghlas. „Wieso bist du so überrascht, Mann? Du hast mich doch darum gebeten, dich hierherzubringen."

David griff in eine Seitentasche seiner Tunika und holte ein zusammengerolltes Stück Pergament mit einer handgezeichneten Karte von Schottland heraus, auf der zehn Kreuze zu sehen waren. Es war weich und sanft, das wertvollste Gut, das er besaß. Sein Weg in die Freiheit.

„Das habe ich." Er blickte zum Horizont im Westen, wo die Küste des Loch Crinan zwischen dunklen Hügeln und Bergen silbrig schimmerte. Eine Wolke hing darüber und sorgte für Regen, der wie Nebel aussah.

Der Fluss Add schlängelte sich um den Dunadd-Hügel und schnitt durch grüne, rostrote und gelbliche Felder. Um sie herum erstreckte sich das Land mit seinen braunen, grünen und grauen Tälern, Hügeln und Bergen. Die Sümpfe von Moine Mhor erstreckten sich als rost- und ockerfarbener Teppich im Westen. Schwarze Schafe, deren Wolle nach der Frühjahrsschur noch kurz war, grasten friedlich am Hang. Möwen krächzten über ihnen. Die Böen, die vom Meer kamen, brachten den Geruch von Regen, Salz und Ärger mit sich. Der Wind erfasste die Vögel und brachte sie zum Schweigen. Sie stiegen in die Höhe, kämpften gegen die unsichtbare Kraft und hingen in der Luft, als hätte jemand ihre Bewegungen auf Pause gestellt.

David biss sich auf die Unterlippe. Er trat mit seinem Fuß, der in einem spitz zulaufenden Schuh steckte, näher an den Fußabdruck im Stein heran und achtete auf jede noch so ungewohnte Regung in der Luft – ein Summen, ein saugendes Gefühl, den Duft von Lavendel und frischem Gras, der Sìneag begleitet hatte, die Fee, die seine Schwester Rogene durch die Zeit geschickt hatte. Und weil er Rogene dummerweise nicht geglaubt und sie am Arm gepackt hatte, um sie aufzuhalten, war auch er durch die Zeit gereist.

Seit zwei Jahren war er auf der Suche nach diesem Duft.

Aber in der Luft hing nur der Geruch von Moos, feuchter Erde und Stein, der von einem Hauch von Meer und Schafsmist begleitet wurde. Sìneag war nicht hier.

Davids Magen überschlug und drehte sich. Er hatte gehofft, dass einer der Felsen, die er in den letzten zwei Jahren aufgesucht hatte, leuchten, summen und sich für ihn öffnen würde, um ihn ins einundzwanzigste Jahrhundert zurückkehren zu lassen.

Zurück in sein ungelebtes Leben.

Zurück, um sein gesamtes Potenzial auszuschöpfen.

Zurück zu dem Football-Stipendium, das es ihm ermöglichen würde, aufs College zu gehen, einen Abschluss zu schaffen und etwas aus sich zu machen.

Das würde ihm ermöglichen, sich selbst – und allen anderen – zu beweisen, dass er nicht nur ein dummer Idiot mit einer Leseschwäche war, der in eine Familie von Genies hineingeboren worden war. Das Stipendium konnte innerhalb von drei Jahren in Anspruch genommen werden und würde im Juli auslaufen.

Er war erst einundzwanzig, er hatte sein ganzes Leben noch vor sich. Aber er verschwendete es unter Kriegsherren aus dem vierzehnten Jahrhundert, mittelalterlichen Rittern und Kriegern.

Zwar war seine Schwester hier, aber sonst gab es nichts, was ihn hielt. Er saß in diesem mittelalterlichen Gefängnis fest, in das ihn diese verdammte Fee ohne sein Einverständnis gesteckt hatte.

Drei Jahre. Zwei davon verbrachte er nun schon mit der Suche. Und in dieser Zeit hatte er seine Hand auf neun Steine geschlagen.

Aber er hatte keine Feen gefunden.

Es hatten sich keine Tunnel durch die Zeit geöffnet.

Es gab keine Möglichkeit, zurückzukehren.

„Ich hatte nur nicht gedacht, dass das alles wäre, Dùghlas“, sagte er. „Das ist gar nichts. Du hast mir erzählt, dass es hier von Feen und Geistern oder was auch immer nur so wimmeln soll. Du hast mir erzählt, dass Feen hier Glasperlen hinterlassen und Dinge in

Stein ritzen, und dass Leute hier verdammt noch mal *verschwinden* würden."

Dùghlas' silbrige Augen waren auf ihn gerichtet wie das Zielfernrohr eines Scharfschützen. „Ja, das ist es, was die Leute sich erzählen. Hast du wirklich erwartet, dass du eine Fee sehen würdest?"

Ja, das hatte er. Aber das konnte er nicht laut aussprechen. Als Rogene ihm erzählt hatte, dass eine Fee sie durch die Zeit ins Jahr 1310 geschickt hatte, hatte er sie ausgelacht. Dùghlas würde denken, er hätte den Verstand verloren.

„Das war meine größte Hoffnung", murmelte David. „Meine Schwester hat mir etwas über diesen Ort erzählt, aber ich habe nicht richtig zugehört. Anscheinend handelt es sich um einen magischen Ort. Das ist doch der Weihestein, oder?"

Ja, Rogene, die im Jahr 2021 eine Historikerin und in 1310 mit Laird Angus Mackenzie verheiratet war, hatte ihm viel über die schottische Geschichte erzählt. Aber er war zu betrunken – oder zu müde – von den Vorträgen gewesen, um richtig zuzuhören.

In der jetzigen Zeit konnte er sie ja nicht einfach anrufen und sie fragen. Selbst bei gutem Wetter war Eilean Donan zu Pferd etwa eine Woche entfernt.

Der Weihestein war natürlich etwas anderes als die Zeitreisesteine, aber das Prinzip war dasselbe. In Stein gemeißelte Symbole besaßen Macht. Neben dem Fußabdruck befanden sich einige Gravuren, die David nicht ganz entziffern konnte. Möglicherweise hatten sie etwas mit den Zeitreisesteinen zu tun, mit Sicherheit wusste er es jedoch nicht. Vielleicht würden sie sogar funktionieren, wenn die Zeitreisesteine es nicht taten.

Deine Zeit wird kommen, sobald du die Frau getroffen hast, für die du bestimmt bist. Das hatte James – einer der anderen Zeitreisenden und der Ehemann von Angus' Schwester Catrìona Mackenzie – ihm an dem Tag gesagt, an dem David seine Reise angetreten hatte. Offenbar hatte Sìneag James davon erzählt, als er versucht hatte, David mit ins einundzwanzigste Jahrhundert zu nehmen.

David wollte es nicht glauben. Er hatte Angst, für immer hier festzusitzen, wenn er sich verliebte, so wie seine Schwester es mit Angus getan hatte, so wie es James mit Catrìona passiert war ... und auch noch anderen.

Er glaubte fest daran, dass er einen Weg durch die Steine finden würde, auch ohne Sìneags unerwünschten Einfluss.

Aber wie um James' Worte zu bestätigen: Keiner der Zeitreisesteine funktionierte bei ihm – weder die mit dem Handabdruck noch jene mit dem Fluss der Zeit und dem eingemeißelten Tunnel. Also besann er sich auf Albert Einsteins Zitat „Die Definition von Wahnsinn ist, immer wieder das Gleiche zu tun und andere Ergebnisse zu erwarten." und beschloss, etwas Neues auszuprobieren.

Diesen Felsen.

Er hielt den Atem an und trat in den Fußabdruck.

Nichts passierte. Er reiste nicht durch die Zeit. Er stand einfach nur da, atmete den Wind ein und versuchte, seinen großen Fuß in den kleinen Fußabdruck zu stecken.

„Du bist jetzt der König von Dál Riata", verkündete Dùghlas feierlich. „Herzlichen Glückwunsch."

David fluchte leise vor sich hin und trat zurück, während ihm Enttäuschung wie Schweiß aus jeder Pore triefte. Dùghlas ging zu einer Schale, die fünf Schritte vom Weihestein entfernt in einen Stein gehauen war, sank auf die Knie und schöpfte mit beiden Händen Regenwasser aus der Schale. Dann, immer noch auf seinen Knien, streckte er seine Arme nach David aus.

„Würden Euer Gnaden Taranis, dem gefürchteten Gott des Donners und des Regens, erlauben, Eure Herrschaft für die nächsten Jahre zu segnen?"

David knirschte mit den Zähnen. „Nur, wenn Taranis dir einen Blitz in den Arsch jagt."

Die Wut, das ständige Gefühl der Hilflosigkeit, gegen seinen Willen festgehalten zu werden, erzeugte einen unerträglichen, zermürbenden Sturm in seinem Inneren. Er brauchte das Einzige, was ihm half, zu vergessen.

Uisge.

Mit einem Seufzen setzte er sich auf den Felsen, der noch warm von den Stunden in der Morgensonne war, und holte seine Flasche heraus – ein Horn mit einem Korken, das mit Uisge gefüllt war. Er klemmte seine Landkarte unter einen Fuß, damit der Wind seinen wertvollsten Besitz nicht wegwehen konnte, zog den Korken heraus und nahm drei lange kräftige Schlucke. Die feurige Flüssigkeit brannte in seinem Mund und in seiner Kehle, während sie in seinen Magen floss. Der Alkohol war hochprozentig. Er schmeckte zwar bitter, aber auch holzig und rauchig. Und es steckte auch ein Hauch von echtem Scotch darin. Allerdings würde Whisky erst im fünfzehnten Jahrhundert erfunden werden, hatte Rogene ihm erzählt. Der vertraute Rausch traf seine Gehirnzellen und er begann sich zu entspannen, während seine Sinne allmählich schwanden.

Endlich.

Dùghlas wischte sich die nassen Hände an seinen Braies ab und setzte sich neben ihn. „In Gottes Namen, mein Freund, deine Faszination für Dinge, die man in den Arsch befördert bekommen kann, hat mich während des ganzen Mondes, den wir schon zusammen unterwegs sind, immer wieder überrascht." David verdrehte die Augen und reichte ihm die Hornflasche mit Uisge. Dùghlas trank, röchelte und reichte sie ihm zurück. „Ich erinnere mich, dass du mir einen Ast in den Arsch gewünscht hast, als wir im Wald geschlafen haben und er zu nass zum Anzünden war. Ein nasses Tuch, als ich versucht habe, dir die Kotze aus dem Gesicht zu wischen, nachdem du dich betrunken hast. Und ... oh, das bisher Beste: Einen der Felsen, hinter denen du her gewesen bist und gegen die du deine Hand geschlagen hast. Der ganze Felsen war drei Meter lang." Dùghlas schüttelte den Kopf und lachte.

David trank noch mehr, um sich so zu betäuben, wie er es brauchte. „Nun, jetzt kannst du ‚Fick dich selbst' auf die Liste setzen."

„Ah." Dùghlas zog die Karte unter Davids Fuß hervor. „Das ist eines, das ich mag. Ich ziehe es vor, mich selbst zu befriedigen, als mir Dinge in den Körper zu schieben, die dort nicht hingehören."

David lachte und stieß darauf an. „Da hast du nicht unrecht." Er trank noch mehr.

„Wohin willst du als Nächstes gehen?", fragte Dùghlas und starrte auf die Karte. „Mann, ich bin froh, dass du diese Kinderzeichnung verstehst und dich orientieren kannst. Für mich ist das Ogham." So wurde die alte Schrift genannt, deren Zeichen aus aneinandergereihten Kerben und Linien entlang einer vertikalen Linie bestanden.

„Nun ...", sagte David, „... ich weiß es nicht. Das war der letzte Stein, von dem ich weiß."

„Es gibt noch mehr", sagte Dùghlas. „Die Pikten waren überall. Irgendwann haben sie auch Dál Riata erobert. Vielleicht liegen deine Steine irgendwo in Galloway oder sogar in England. Aber eines sage ich dir. Sei vorsichtig. Frag die Leute nicht nach ihnen. Sprich nicht mit jemandem über sie, den du nicht kennst. Und wenn du es vermeiden kannst, halte dich nicht länger als nötig in ihrer Nähe auf."

David trank mehr Uisge, und sein Kopf drehte sich bereits auf angenehme Weise. Der Wind, der vom Meer kam, wehte jetzt stärker und blies ihm die langen Strähnen seiner dunkelblonden Haare, die er seit drei Jahren nicht mehr geschnitten hatte, in die Augen. Ein paar Regentropfen fielen auf sein Gesicht und auf die Karte, aber er nahm sie kaum wahr. Schottland und Regen. Daraus bestand sein Leben nun schon für eine gefühlte Ewigkeit.

„Warum? Würden Feen mich verschwinden lassen?" Er trank noch mehr. Er brauchte mehr von diesem warmen Brennen in seinem Magen, um die Kälte des Windes und des Regens zu vertreiben. Er hatte sogar schon aufgehört, sich darum zu sorgen, dass der Regen seine wertvolle Karte ruinieren könnte. Noch ein paar weitere Schlucke Alkohol und er würde sich nicht mehr darum scheren, dass er im Mittelalter festsaß. Genau das wollte er erreichen.

„Nae." Dùghlas runzelte die Stirn. „Aber es gibt Menschen, die nicht gut auf Leute zu sprechen sind, die an solche Dinge glauben. Vor allem Priester."

David nickte. Eine süße Leichtigkeit gaukelte ihm vor, dass er keine düsteren Gedanken hatte, dass er fröhlich, unbeschwert und ausgelassen war. Alles, was er nicht fühlte, wenn er nüchtern war.

„Wir sollten aufbrechen“, sagte Dùghlas, rollte Davids Karte zusammen und reichte sie ihm. „Das Bauernhaus da unten ...“, er zeigte auf einen Hof, „... vielleicht geben sie uns Obdach.“

David stand auf, schwankte und zeigte wie Elvis mit zwei Fingern auf seinen Freund. „Ja, Mann. Ich bin froh, dass du mit mir reist. Du bewahrst mich vor Schwierigkeiten.“

Als sie den Hügel hinuntergingen und David über abgenutzte, alte Steine balancierte, die Überbleibsel alter Festungsmauern waren, sagte Dùghlas: „Du bist froh? Das ist eine nette Abwechslung dazu, dass du mir sonst Dinge in den Arsch wünschst und mir sagst, dass ich mich selbst befriedigen soll.“

Schwarze Wolken verdunkelten die Welt. Der Regen nahm zu und David blinzelte das Wasser weg. Er war fast am Ziel, fast in dem Stadium seligen Vergessens, in dem er sein erbärmliches Leben ertragen konnte und in dem die unausstehliche, selbstironische Stimme in seinem Kopf verstummte. Aber irgendetwas beschäftigte ihn noch immer. Als er über eine nasse, moosbedeckte Stufe trat, rutschte sein Fuß ein wenig ab, aber er fand sein Gleichgewicht wieder.

„Vorsichtig“, sagte Dùghlas.

„Danke für die Warnung, Mann. Ich bin seit drei Jahren nichts anderes als vorsichtig.“

Dùghlas runzelte die Stirn und in seinem Blick erschien ein fragender Ausdruck. Die Tatsache, dass er von drei Jahren sprach, verwirrte ihn. Aber er ließ es dabei bewenden, seufzte, schüttelte den Kopf und setzte seinen Weg fort.

Sie erreichten ihre Pferde, die am Fuße des Hügels an einem Busch angebunden waren, und ritten durch einen wahren Wolkenbruch zum Hof. Es war ein typisches Highland-Bauernhaus, das aus niedrigen Steinmauern und einem Strohdach bestand. Sie klopften an die Tür und ein Mann öffnete ihnen. Er war um die fünfzig, hatte einen grauen Bart, ein müdes, wettergegerbtes Gesicht und eine dünne, spitze Nase. Auf den betrunkenen David wirkte er wie ein Totenkopf.

„Vielleicht sollten wir uns einen anderen Ort suchen", flüsterte er Dùghlas ins Ohr, aber nach dem sich vertiefenden Stirnrunzeln des Mannes zu urteilen, hatte er es wohl zu laut gesagt.

Dùghlas wedelte mit seiner Hand in Davids Richtung, als wollte er ihn verscheuchen. „Freund ...", sagte er zu dem alten Bauern, „... wir suchen bei diesem Wetter eine Unterkunft für die Nacht. Wir sind gerne bereit, im Gegenzug Arbeit für euch zu erledigen.

Die Lippen des Mannes wurden schmaler und sein Kiefer mahlte. Er sah auf den Boden und versuchte, die Tür zuzudrücken, um sie zu schließen. Aber Dùghlas legte seine Hand auf die Tür und hielt ihn auf. „Irgendeine Arbeit. Bitte."

Die milchigen Augen des Mannes wirkten müde. „Ich kann zwei Paar starke Hände gebrauchen."

„Gut", sagte Dùghlas.

„Solange ihr nichts gegen eine Leprakranke im Haus habt."

Dùghlas erstarrte. „Eine Leprakranke?"

David schüttelte den Kopf. Lepra war im Mittelalter eine häufige, unheilbare Krankheit. David wusste nicht viel über Medizin, aber er wusste, dass es sich um eine bakterielle Infektion handelte, die im einundzwanzigsten Jahrhundert mit Antibiotika behandelt werden konnte. Aber im Mittelalter war sie ein langsames und schmerzhaftes Todesurteil. Wenn er und Dùghlas auf Sauberkeit achteten, würde alles gut gehen. Und David hatte immer ein Stück Seife dabei. Außerdem würde Uisge beim Desinfizieren helfen ... falls er noch welchen übrig hatte.

„Das macht uns nichts aus", sagte David. „Wir können in den Ställen schlafen."

Der Mann nickte. „Wenn ihr sie reinigt, die Pferde füttert und das Feuerholz hackt, dürft ihr das."

Dùghlas schaute David mit großen wütenden Augen an. Als ein

Mann aus dem Mittelalter hatte er große Angst vor Lepra. Vielleicht sollte David die auch haben.

„Mein Freund hier wird es tun", sagte Dùghlas.

„Gut." Der Mann trat zur Seite und ließ sie eintreten. „Meine Frau hat gerade das Abendessen gemacht."

Als sie eintraten, hing der Geruch von Holzrauch, ungewaschenen Körpern und gekochtem Eintopf im Raum. In der Mitte des Zimmers befand sich eine Feuerstelle. Der aus festgestampfter Erde bestehende Boden war mit Schilf bedeckt, bis auf einen großen Kreis um die Feuerstelle, damit die Funken kein Feuer entfachen konnten.

Rauch hing im goldenen, halbdunklen Licht unter der strohgedeckten Decke wie eine regenlose Wolke und Davids Augen begannen zu brennen. Aber selbst im einzigen Licht, das von den Flammen in der Feuerstelle ausging, konnte er die Frau erkennen. Sie war über den Kessel gebeugt und ihr Buckel war so kreisrund wie ein Rad. Ihr Gesicht wurde vom Feuer beleuchtet und es zeigte deutliche Anzeichen einer seit Langem unbehandelten Lepraerkrankung.

Während David an der Tür stand und wegen des Regens und Rauchs blinzeln musste, dachte er trunken, dass dies der Ort sein musste, an dem die alten Hexen aus den Märchen hausten.

Ihre tiefliegenden Augen waren milchig, die Haut in ihrem Gesicht dunkel und lila und sie schmiegte sich an ihren Schädel wie Pappmaché. Sie hielt die lange, hölzerne Kelle mit drei dunklen, faulenden Fingern in ihrer Hand. Sie beobachtete David mit einem Stirnrunzeln, und ihre trüben Augen wirkten bedrohlich.

Dùghlas räusperte sich. „Guten Tag."

David fühlte sich genötigt, *Madam* hinzufügen, hielt sich aber zurück.

„Guten Tag", erwiderte sie. „Das Essen ist noch nicht fertig."

„Ich zeige euch die Ställe", sagte der Mann. Sie gingen wieder hinaus, zurück in den strömenden Regen, und der alte Mann führte sie über den Hof des Gehöfts. „Mein Name ist Padean und meine

Frau heißt Peigi. Wir sind Bauern. Ich habe früher in Carlisle gelebt. Aber ich bin Schotte", fügte er hinzu, als wollte er sich verteidigen.

Er zeigte ihnen die Ställe und gab ihnen zwei Schaufeln und zwei Äxte. David und Dùghlas arbeiteten ein paar Stunden lang. Der Geruch von Dung und frisch geschlagenem Holz stieg David in die Nase. Die körperliche Arbeit sorgte dafür, dass er wieder etwas nüchterner wurde. Als alles erledigt war, gingen sie zurück in die Hütte.

„Seid ihr fertig?", fragte Peigi, die noch immer über dem Kessel gebeugt stand.

„Aye", antwortete Dùghlas und lehnte sein Schwert an die Wand neben der Tür.

„Eintopf?", fragte sie.

„Danke." David schnallte seine eigene Schwertscheide ab, die er am Gürtel trug, und setzte sich an den Tisch neben der Feuerstelle.

Padean nahm eine weitere Schöpfkelle und gab Eintopf in zwei Tonschüsseln. Er stellte die Schüsseln vor David und Dùghlas hin. Der Dampf des heißen, frisch gekochten Eintopfs kitzelte Davids Nase, und während Dùghlas sie vorstellte, schob sich David Löffel für Löffel in den Mund. Die dicke Suppe bestand hauptsächlich aus Gerste und etwas Wurzelgemüse, aber es war das Beste, was David seit Tagen gegessen hatte. Padean füllte zwei weitere Schüsseln für sich und Peigi. Er stellte sie auf den Tisch, dann half er ihr beim Aufstehen. Er führte sie zum Platz neben seinem, setzte sich und schirmte sie mit seinem Körper vor ihren Blicken ab. David betrachtete Padeans Hand, während der Mann aß, und bemerkte, dass auch seine Finger dunkel verfärbt waren. Er war von der Krankheit nicht verschont geblieben.

Eine Zeit lang war das kleine Haus erfüllt vom Knistern des Holzes, dem Trommeln des Regens auf das Strohdach, dem Schlürfen von Suppe und dem Wind, der durch die Türschlitze heulte. Nach der Hälfte der Mahlzeit sagte Padean: „Ihr zwei seid tapfere Männer. Nicht jeder würde in ein Haus mit Leprakranken kommen. Man sagt, es sei die Strafe Gottes, eine Verderbnis der

Seele. Dunadd Fort sorgt dafür, dass die Leute fernbleiben, und die Kämmerer aus Cambel sind so freundlich, uns nicht zu belästigen und uns nicht zu sehr mit Pacht und Forderungen nach Waren zu belasten. Was führt euch beide hierher?"

David entspannte sich, weil ihm warm und er satt war. Er stand auf und zog sein nasses Hemd aus. Sein langes Haar, das er in seinem Nacken zu einem Zopf zusammengebunden hatte, tropfte noch immer.

„Ist es in Ordnung, wenn ich es hier trockne?", fragte er, als er aufstand.

„Aye, Junge", sagte Padean. „Tu das."

„Ich suche nach Feensteinen", sagte David, während er mit seinem *Léine Cròich* in den Händen am Feuer stand. „Solche wie die, die da oben sind ..."

Er hielt inne, weil die Frau keuchte und das Schlürfen aufhörte. Die einzigen Geräusche, die noch zu hören waren, waren Regen, Feuer und Wind.

„Hinfort", sagte die Frau. Ihre Stimme klang wie ein Donnerschlag. „Verschwindet sofort."

Dùghlas lachte. „Bitte, das ist doch nichts Schlimmes. Mein Freund ist nur neugierig ..."

Die Frau drehte sich zu David um, wobei ihr Gesicht von der Kapuze verdeckt wurde. „Es ist ein Fluch. Diese Steine sind ein Fluch. Der gleiche Fluch, der mich getroffen hat. Die Feen sind schuld, sie sind schuld, dass Gott mich und jetzt auch noch meinen Mann bestraft. Hinfort, bevor ihr den Tod über uns bringt!"

„Peigi ...", sagte Padean beschwichtigend, „... die Burschen können nirgendwo hin. Es regnet und es gibt keine anderen Höfe in der Nähe. Komm schon, beruhige dich, sie können einfach zu den Ställen gehen ..."

„Nae, du Narr. Ich habe den Fluch bereits über dich gebracht. Dieser Mann ist nur ein weiterer, der von Gott gesandt wurde." Sie sah David direkt an. „Dort oben, auf dem Dunadd-Hügel, befindet sich der Stein mit dem Fuß. Aber das ist nicht das, wonach du gesucht hast, oder, Junge? Sonst hättest du nicht gefragt. Du hast nach dem Stein mit der Hand gesucht, aye?"

Wütende Flüche vor sich hin murmelnd, in der Art von *‚Ich habe dir doch gesagt, du sollst den Leuten nichts Falsches sagen'*, stand Dùghlas vom Tisch auf, ging zum Feuer und rieb sich die Hände. Seine Tunika, seine Haare und seine Schuhe waren noch nass und David wusste, dass sein Freund genauso wenig wie er in den Regen hinausgehen wollte.

Langsam hob David sein *Léine Cròich* auf. „Ja. Ich habe nach einer Hand gesucht."

Die Frau lachte hysterisch. „Du Narr. Er liegt nicht einfach so im Freien, mit dem Gesicht zum Himmel und dem Blick über das Land. Er befindet sich an einem Ort, der dunkler ist als die Nacht, wo Albträume geboren werden."

Selbst betrunken spürte David, wie ihm ein Schauer über den Rücken lief. Er stand auf und hielt das nasse *Léine Cròich,* das so viel wog wie ein ganzes Schaf, in seinen Händen. „Weißt du, wo er ist?", fragte er.

„Halt den Mund", murmelte Dùghlas, während er den Baldric, seinen über die Schulter getragenen Gürtel, wieder anlegte.

„Ich weiß es", sagte Peigi und kniff ihre Augen zusammen. „Aber ich werde es dir nicht sagen. Ich folge dem Weg Gottes. Erst wenn meine Seele geheilt ist, wird auch mein Körper heilen."

Er schaute hilflos zu Dùghlas, der mit den Schultern zuckte. David schüttelte den Kopf und versuchte, seinen betrunkenen Kopf dazu zu bringen, schneller zu arbeiten.

Padean packte David an seinem Ellbogen und führte ihn zur Tür. „Ihr müsst gehen. Ihr bringt sie aus der Fassung."

David nahm sein Schwert in die Hand. „Wohin denn?"

Aber sie antwortete nicht. Enttäuschung machte sich in David breit, als Padean die Tür öffnete und ihn und Dùghlas sanft in den grauen, trüben Regen hinausschob. Das Wasser ergoss sich regelrecht über sie, während Padean sie zielstrebig zu den Hoftoren führte.

„Wo ist der Stein mit dem Handabdruck?“, fragte David.

Padean schob sie durch das niedrige Tor und schloss es, sodass eine Barriere zwischen ihm und David und Dùghlas entstand. Dann seufzte er, schüttelte den Kopf und sah zu Boden.

„Er ist in Carlisle Castle“, sagte er. „Ich wurde hier geboren, aber als kleiner Junge wurde ich zu meinem Onkel geschickt, dem Maurer, der am Burgverlies arbeitete. Ich erinnere mich, dass ich den Stein gesehen habe – den Handabdruck, die seltsamen Gravuren in Form von Wellen und einem Tunnel oder etwas Ähnlichem. Dieser Stein ist seltsam und heidnisch und sollte nicht von gottesfürchtigen Christen besprochen werden“, fügte er verärgert hinzu.

Carlisle ..., dachte David. Englisches Hoheitsgebiet. Sein nächstes Ziel.

Padeans Blick wurde sanfter. „Wenn du dort hingehen willst, Junge, sei vorsichtig. Die Burg ist wahrscheinlich immer noch gut bewacht. Aber ich erinnere mich an einen Weg hinein. Weißt du, ich habe mich als junger Bursche in Peigi verliebt. Sie lebte in der Stadt, aber ich durfte den Bergfried nach Einbruch der Dunkelheit nicht mehr verlassen. Also schlich ich mich hinaus. An der nordwestlichen Seite der Ringmauer bilden die Steine eine Art Treppe. Sie stehen ein klein wenig hervor. Der Feind wird sie nicht bemerken, nur die, die wissen, dass sie da ist. Mein Onkel, ein Cambel, hat mir davon erzählt, um mir zu helfen, meine Liebe zu treffen. Vielleicht hilft es dir ja bei deiner Suche. Ihr habt uns mit den Ställen und dem Feuerholz geholfen, aber wir haben euch keine Unterkunft gewährt. Das ist das Mindeste, was ich tun kann.“

Dann drehte er sich um und schlurfte mit nach vorn gebeugter Haltung, dass er aussah wie ein Fragezeichen, zurück zu der kranken Liebe seines Lebens. Das Mädchen, für das er in seiner Jugend die Burgmauern erklommen hatte. Und wo hatte die Liebe sie hingeführt? David erschauderte.

Mit einem Seufzen holte er seine Karte hervor. Es regnete immer noch, aber er hoffte, dass er die Markierung schnell genug machen konnte, damit die Nässe sie nicht zerstörte. Er legte das

Pergament auf die Steinmauer, die den Hof umgab, und holte dann einen Federkiel und ein kleines Glas Tinte heraus. Rogene hatte sie ihm gegeben, damit er ihr schreiben konnte.

Seine Schwester war eine Diktatorin. Was erwartete sie von einem Legastheniker, der kaum mit Stift und Papier umgehen konnte, geschweige denn mit Federkiel und Tinte? Er hatte ihr in den letzten zwei Jahren nicht geschrieben. Paul, seinen Neffen, hatte er seit zwei Jahren nicht mehr gesehen. David hatte Eilean Donan Castle verlassen, als Paul etwa zwei Monate alt war.

Er vermisste Rogene und Paul und dachte oft an sie. Paul würde mittlerweile ein Kleinkind sein, das laufen und vor sich hin brabbeln konnte. Er war ein süßes Baby gewesen, und seine Schwester und Angus hatten nicht genug von ihrem Sohn bekommen können.

Er machte mit dem Federkiel ein Kreuz, ungefähr dort, wo sich Carlisle befand. Der Regen prasselte auf das Kreuz und es verlief. „Wie weit ist es bis Carlisle?", fragte er.

„Etwa eine Woche zu Pferd", sagte Dùghlas. „Aber ich komme nicht mit dir mit."

David legte die Karte weg, damit sie nicht vom Regen zerstört wurde. „Warum?"

Dùghlas seufzte schwer. „Ich kann keinen Fuß auf englisches Land setzen, Bruder. Und ich muss mich wieder um meine eigenen Angelegenheiten kümmern, so sehr ich dieses seltsame Abenteuer mit dir auch genossen habe."

David runzelte die Stirn. Er wünschte, er könnte Dùghlas überzeugen, weiter mit ihm zu reisen und ihm zu helfen, aber er wusste, dass der Mann sein eigenes Leben, seine eigene Agenda und seine eigene Mission hatte. Wie alle Beziehungen war auch diese für David nur vorübergehend. Keine Frau, kein Mann und kein Kind konnten ihn hier halten.

Mit Bedauern drückte er Dùghlas' Schulter. „Es tut mir leid, das zu hören, Kumpel. Auch wenn du manchmal nervig bist, würde ich diese verrückte Reise lieber mit dir machen als ohne dich. Du hast dafür gesorgt, dass ich in Sicherheit bin. Du hast mir beigebracht, wie man überlebt. Du ...“ Seine Kehle schnürte sich zu. Das hatte keinen Sinn. Warum wurde er emotional, wenn es für ihn keine Möglichkeit gab, in dieser Zeit, die er so sehr hasste, irgendwelche Beziehungen aufzubauen?

Dùghlas’ Augen richteten sich wieder aufmerksam wie Zielfernrohre auf ihn, als er Davids Schulter drückte.

„Wirf Freundschaften nicht so leichtfertig weg, Mann“, sagte Dùghlas. „Was auch immer du in diesen Steinen suchst ... vielleicht ist es gar nicht da. Vielleicht würdest du erkennen, dass du bereits alles hast, was du brauchst, wenn du annimmst, was das Leben dir bietet. Es sind schließlich nur Steine.“

David schüttelte den Kopf. Der Mann hatte keine Ahnung, wovon er sprach. Sie umarmten sich, während der Regen wie aus Eimern auf sie niederprasselte. Der Wind durchfuhr David wie eine scharfe Klinge. Dann gingen sie getrennte Wege.

Während Dùghlas’ Pferd in der Ferne im Norden immer kleiner und von der schottischen Landschaft wie ein weiterer dunkler Moosfleck verschluckt wurde, zog David sein *Léine Cròich* enger um sich zusammen. Die Einsamkeit überkam ihn wie die feuchte Kälte der Highlands. Er fragte sich, ob er jemals wieder nach Chicago zurückkehren würde, als er sein Pferd Richtung Süden nach Carlisle führte.

Dort, in den Kerkern des Schlosses, irgendwo, wo Albträume geboren wurden, könnte sich sein Weg zurück durch die Zeit befinden.

Sein Weg nach Hause.

KAPITEL 2

AYR, Schottland
Drei Tage später …

ANNA MACDONALD SCHRITT ÜBER DEN DUNKLEN, NASSEN SAND und entfernte sich so weit vom Meer, wie sie konnte. Zum ersten Mal in ihrem Leben stand sie auf dem Festland von Schottland.

Der Strand war übersät mit Steinen und Seegras, das wie Lumpen von einem für sie nicht sichtbaren Schiffswrack ans Ufer gespült wurde. Während ihr Clan eifrig Truhen, Proviant und Waffen von den drei Birlinns trug, holte sie tief Luft. Sie atmete die Luft ein, die stark nach Seegras, Meer und nassem Sand roch.

Endlich konnte ihr Leben beginnen. Endlich brauchte ihr Vater sie.

Nach sieben Jahren des Schweigens hatte ihr Warten ein Ende.

Onkel Aulay stellte sich neben sie und legte seine Hand locker auf den Knauf seines Claymores an seiner Hüfte. Sein Blick war auf eine Gruppe von Reitern gerichtet, die sich ihnen von den felsigen Hügeln am Strand näherten.

„Bleib in der Nähe, Mädchen“, sagte er.

Colum stellte sich auf ihre andere Seite. Er war genauso groß wie Aulay, aber während Aulay wie ein verlässlicher Felsbrocken wirkte, der groß und muskulös war, ein erfahrener Krieger, mit kurzen, silberfarbenen Haaren und Bart, erschien Colum wie ein Wolf – dunkel, schlank und wachsam. Er hielt seine scharfen Augen auf die sich nähernde Gruppe gerichtet. Sie war begeistert gewesen, als Colum nach einem Jahr Gefangenschaft bei den Engländern 1307 von Onkel Aulay und anderen Clanmitgliedern befreit worden war. Obwohl er verändert zurückgekommen war – bedrückt und traurig, nicht mehr der humorvolle und freundliche Kriegsheld, den sie davor gekannt hatte –, liebte sie ihn immer noch.

Anna griff in die versteckte Tasche ihres langen roten Kleides mit Engelsärmeln und umklammerte den Griff des Messers, das Colum ihr für die Reise mitgegeben hatte. In den letzten sieben Jahren war sie nie wieder schwimmen gegangen. Stattdessen hatte sie mit Messern und Schwertern trainiert.

Colum neigte den Kopf, die Strähnen seines dunklen, schulterlangen Haares spielten im Wind. „Glaubst du, dass dies Bruce' Männer sind, die die Pferde bringen? Sie kommen aus Richtung Ayr, wie es vereinbart war."

„Das hoffe ich", sagte Aulay und blickte zurück zu seinen Männern, die immer noch dabei waren, die drei Birlinns abzuladen. „Haltet ein, Männer."

Sie hielten sofort inne und legten alles ab, was sie in den Händen trugen. Die etwa vierzig Männer des MacDonald-Clans stellten sich in Formation um ihren Laird, Anna und Colum auf. Vierzig grimmige Gesichter richteten ihren Fokus auf die Gruppe der Reiter.

Als einer der sich nähernden Männer eine Hand hob und rief, dass sie aus Ayr kämen und Pferde für Annas Reise mitbrächten, entspannten sich die MacDonalds. Die Männer setzten daraufhin ihre Arbeit fort und entluden die Schiffe.

Nach einer Weile begannen sie, die Pferde zu beladen. Anna schnallte ihre Schlafrolle an das braune Highland-Pony, auf dem sie reiten würde. Es war eine wunderschöne braune Stute. Ihr Sommerfell war weich und glatt, ihr Duft staubig und warm. Das Meer flüsterte sanft, während die Wellen rhythmisch an den Strand schlugen, aber Anna würde sich nie wieder vom Gesang des Wassers verzaubern lassen. Während die Männer arbeiteten und sich miteinander unterhielten, waren gelegentlich Befehle und warnende Zurufe zu hören. Immer wieder warf sie einen Blick auf die Umrisse der Kirche von Ayr, das höchste Gebäude in einer Ansammlung von niedrigen Dächern am Rande der Küste im Norden, blau und nebelig in der Ferne.

„Er ist nicht mehr da, oder?“, fragte sie Aulay, der mit einem schwereren Sack zu ihrem Pferd kam und ihn auf der anderen Seite des Sattels befestigte.

Er war todunglücklich, seit Leitis gestorben war. Selbst sieben Jahre später schien der Schmerz nicht weniger geworden zu sein.

Anna erinnerte sich an die schreckliche Nacht, einen Monat nachdem die *Tagradh* zurückgekehrt war und ihren Vater zu ihr gebracht hatte. Bei Leitis hatten die Wehen eingesetzt. Es war etwas zu früh gewesen, aber die Schwangerschaft war die längste von allen gewesen, und in der ganzen Burg herrschte große Hoffnung, aber auch Angst. Sie erinnerte sich daran, wie sie vor Aulays und Leitis' Schlafgemach gestanden hatte. Aulays Hand hatte auf dem Türgriff gelegen, aber er hatte gezögert. Das Feuer der Fackeln hatte tanzende Schatten auf sein Gesicht geworfen, seine Augen waren dunkel gewesen und voller Feuer. Er hatte schnell geatmet, war zweifellos erschüttert, hoffnungsvoll und gleichzeitig hatte er das Schlimmste befürchtet. Von der anderen Seite der Tür war Leitis' Stöhnen erklungen.

Er hatte sich bekreuzigt und war hineingegangen. Anna hatte ihre Arme um ihre Knie geschlungen und eine gefühlte Ewigkeit neben der Tür gesessen. Sie hatte Leitis' Stöhnen gehört, dann ihre gequälten, herzzerreißenden Schmerzensschreie vernommen, die sich wie ein schreckliches Lied zu einer hohen Tonlage gesteigert hatten und dann verstummt waren.

Anna war zitternd aufgestanden und hatte ihr Ohr an die Tür

gepresst, um verzweifelt nach dem Schrei eines Neugeborenen zu lauschen. Ein Quietschen. Der Moment war verflogen, ihre Atmung hatte sich beschleunigt, aber es war kein Schrei zu vernehmen gewesen. Sie hatte sich gegen die Wand gelehnt und auf den Boden sinken lassen. Tränen hatten ihre Augen gefüllt. Nein. Es musste eine Erklärung geben. Sie konnte Tante Leitis nicht verloren haben. Die einzige Mutter, die sie je gekannt hatte.

Bald darauf hatte sich die Tür geöffnet und Aulay war mit hängenden Schultern und gesenktem Kopf herausgekommen.

„Sie ist tot, Anna", hatte er gekrächzt.

Er war als ein anderer Mann herausgekommen. Ein Mann mit einem Loch in seinem Herzen.

Aulay folgte ihrem Blick. Unter seinen Augenbrauen wirkten seine Augen dunkel. Seit jenem Abend hatten sie immer diese Traurigkeit an sich. Anna wünschte sich, er würde wieder jemanden kennenlernen, vielleicht eine neue Frau finden, um das Loch in seinem Herzen zu füllen. Die unverheirateten Mädchen und Witwen auf Islay sahen ihn alle voller Bewunderung und Sehnsucht an. Einige von ihnen waren direkter als andere, aber er wies sie alle zurück.

„Nae, Mädchen." Er zog den Gurt über dem Reisesack fest. „Der König hat Ayr vor ein paar Monden erobert. Jetzt wartet er in Stirling auf dich."

Er wartet auf dich ... Ihr Vater *wartete* auf sie.

Sie atmete zittrig aus, als sie einen Knoten machte, um die Schlafrolle zu befestigen. Die Nachricht war vor einer Sennacht gekommen und hatte ihr Leben für immer verändert. „Ich kann nicht glauben, dass er endlich nach mir gerufen hat, Onkel. Ich will ihn nicht enttäuschen."

Aulays Augen wurden sanfter und ähnelten flüssigem Obsidian.

„Mädchen, das ist unmöglich. Du bist ein Schatz für deinen Vater, und dein Mann kann sich glücklich schätzen, dich zu bekommen."

Ihr Ehemann ... Das war noch so etwas, das sie nicht so recht glauben konnte, obwohl sie sich auf eine Heirat vorbereitet hatte, seit Bruce vor sieben Jahren in Islay aufgetaucht war und ihr gesagt hatte, sie müsste eine richtige Dame werden. Genau das hatte sie auch getan.

Für ihn.

Und doch drehte sich ihr der Magen um bei dem Gedanken, dass ein Mann, den sie noch nie gesehen hatte, ihr Ehemann werden und die volle Kontrolle über ihr Leben haben würde. Aber sie verdrängte diesen Gedanken und zwang sich, ihrem Onkel ein Lächeln zu schenken, wie es sich für eine adlige Dame gehörte.

Innerhalb einer Stunde waren zwanzig Männer der MacDonalds auf ihren Pferden in Richtung Nordosten nach Stirling unterwegs. Weitere zwanzig waren zurückgeblieben, um die Schiffe zu bewachen und Handel mit Ayr zu treiben, während sie auf Aulay und Colum warteten, die nach Annas Hochzeit zurückkehren würden.

Bald lag die Stadt Ayr hinter ihnen und sie ritten durch die Wälder. Die Bäume, die in den Himmel ragten, wirkten zunächst schütter, wurden aber immer dichter, je tiefer sie vordrangen. Abgestorbene Blätter mischten sich mit Gestrüpp, Gras und Farnen und bedeckten den Boden. Hier und da lagen verrottende Baumstämme, auf denen Moos wuchs wie ein Fell.

Die späte Mai-Luft war erfüllt von Vogelgezwitscher, dem Rascheln von Blättern und Ästen im Wind und dem leisen Hufschlag von zwei Dutzend Pferden. Anna atmete die erdige, nach Kräutern duftende Luft des Waldes ein, die der von Bridgend Woods auf Islay nicht unähnlich war. Sie wünschte sich, sie könnte das Pferd den Trampelpfad entlanggaloppieren lassen und den schnellen Ritt, den Wind und das Gefühl eines kräftigen Tieres, das sich unter ihr bewegte, genießen. Aber natürlich taten Prinzessinnen – selbst Bastardprinzessinnen – solche Dinge nicht.

Würde ihr neuer Ehemann ihr erlauben, so schnell wie der Wind zu reiten? Sie wusste so gut wie nichts über ihn.

„Hast du Sir Philip Mowbray schon einmal getroffen, Onkel?“, fragte sie Aulay, der neben ihr ritt.

Er schenkte ihr ein beruhigendes Lächeln, bei dem sich die feinen Falten in seinen Augenwinkeln vertieften. „Nae, mein Schatz."

Sie biss sich auf die Lippe. „Hast du etwas über ihn gehört?"

„Er ist ein Schotte, obwohl er offensichtlich auf der Seite Englands steht. Ich denke, er ist ein fähiger und tüchtiger Mann. Sonst hätte man ihn nicht zum Constable – dem Burgvogt – der strategisch wichtigsten Burg gemacht, die England in Schottland eingenommen hat." Aulay lachte leise. „Und nur ein kluger und ehrgeiziger Mann würde einen solchen Pakt mit dem König schließen."

Tüchtig, klug und ehrgeizig ... So würde ihr Mann sein. Sie schüttelte einmal den Kopf, wobei sich einer ihrer Mundwinkel hob. „Der Typ Mann, der Stirling kampflos an Bruce übergeben würde, um die Bastardtochter des Königs zu heiraten."

„Aye", sagte Aulay. „In genau sechsundzwanzig Tagen, am Tag von Johannes dem Täufer, wird deine Heirat mit Sir Philip Stirling wieder in schottische Hände bringen. Du bist sehr wichtig für Schottland, Liebes. Und für deinen Vater."

Sie atmete langsam aus. Darauf hatte sie gewartet, seit sie ihren Vater vor sieben Jahren kennengelernt hatte. An seiner Seite zu sein, von ihm geschätzt und geliebt zu werden, für ihn von Bedeutung zu sein. Wie eine echte Prinzessin hatte sie die Macht, Schottland zu retten. Viele Leben zu retten.

Das war es wert, einen Mann zu heiraten, den sie nicht kannte. Das war eine ehrenwerte Sache.

Außerdem würden sie irgendwo in den Lowlands leben, wie Carrick. Ihre Mitgift würde ein wenig Gold sein und ein Anwesen dort. Auf diese Weise würde sie ihn öfter sehen können. Sie würde ihren Vater bei Hof besuchen. Er würde sie und Philip besuchen, mit ihm auf die Jagd gehen, während der Feste speisen, die sie für ihn ausrichten würde, und Zeit mit seinen Enkeln verbringen. Ihr Herz zog sich vor lauter Hoffnung und Vorfreude zusammen. Sie würden alles miteinander teilen, über ihr Leben sprechen und ihr Bestes geben, um all die Jahre aufzuholen, die sie verloren hatten.

„Sollen wir uns beeilen, Onkel?", fragte sie. „Sollten wir einander nicht schon früher vorgestellt werden? Und die Verhandlungen über die Mitgift ... der Ehevertrag ..."

Die Wahrheit war, dass sie es kaum erwarten konnte, mehr Zeit mit Robert the Bruce zu verbringen, und dafür würde es vor der Hochzeit genug Gründe geben. Je eher sie dort ankam, desto eher konnte sie ihren Vater sehen.

„Es sind nur noch zwei Tage bis Stirling, Süße", sagte er. „Wir haben noch viel ..."

Etwas Dünnes und Dunkles rauschte an Anna vorbei und schlug mit einem dumpfen *Dong* gegen den Baum.

Ein Pfeil.

Ein Pferd wieherte. Es flogen noch mehr Pfeile. Männer schrien. Jemand jaulte auf und fiel von seinem Pferd.

„Ein Hinterhalt!", schrie Aulay. „Beschützt Anna!"

„Verdammt noch mal", fluchte Colum, als er neben sie ritt. Sein Schild hing an seinem rechten Arm und er lenkte sein Pferd zwischen Anna und die Pfeile, während seine Augen nach dem Ursprung der Bedrohung Ausschau hielten.

Aber die Pfeile kamen von überall her und die Bogenschützen waren im Wald unmöglich auszumachen.

Aulay befand sich auf ihrer anderen Seite und schwang seinen Schild, während Pfeile auf ihn flogen und im Holz stecken blieben.

Anna umklammerte die Zügel und drückte ihre Beine in die Flanken des Pferdes. Alles in ihr schrie wegzulaufen, zu fliehen. Die Verwundeten und im Sterben liegenden MacDonalds-Männer schrien, Pferde wieherten vor Angst und Qual, als sie von Pfeilen getroffen wurden.

„Ich kann sie nicht sehen!", schrie Aulay. „Wo, um Himmels willen, sind sie?"

Und dann kamen sie. Zuerst ertönte das donnernde Geräusch von Dutzenden von galoppierenden Pferden und dann verdunkelte sich der Weg hinter ihnen, als mehr Reiter, als Anna zählen konnte, auf sie zuhielten.

„Reite, Anna“, rief Aulay und zog sein Claymore aus der Scheide. „Los!“

Sie verlor jegliches Körpergefühl und spürte nur noch das Vibrieren des Bodens, das in ihrem Bauch wie eine Stimmgabel widerhallte.

„Los!“, brüllte Colum und schlug ihrem Pferd auf die Flanke.

Ihr Pferd stürmte los. Die Zügel in ihren Händen fühlten sich so dünn an wie Spinnweben und ihre Ohren klingelten von dem Lärm. Irgendwie wussten ihre Oberschenkel, wie sie sich bewegen mussten, um das Pferd am Galoppieren zu halten, obwohl ihr Verstand genauso undurchdringlich war wie ein Schafsfell.

„Hüa!“, hörte sie sich selbst rufen.

Ihre eigene Stimme klang seltsam fremd in ihren Ohren. Die grünen und braunen Wälder blitzten zu ihrer Rechten und zu ihrer Linken auf. Die kühle Luft strich über ihre erhitzten Wangen.

Wer auch immer es war, er hatte es auf sie abgesehen. Sie mussten von der geheimen Abmachung zwischen Bruce und Mowbray erfahren haben.

Nein, sie würde sich nicht von ihnen entführen lassen. Nicht, wenn das zum Greifen nah war, was sie sich immer gewünscht hatte.

Einen Vater.

Hufe donnerten hinter ihr über den Boden und sie schaute über ihre Schulter. Ein Dutzend von ihnen folgte ihr, Krieger in *Léintean Cròich* und mit Kettenhauben auf den Köpfen. Sie beugten sich tief über ihre Pferde und ihre Augen waren auf sie gerichtet, wie ein Rudel Wölfe auf der Jagd nach Beute.

Ihr Anführer war ein älterer Mann, dessen zurückgehender Haaransatz grau und zottelig war. Aber er war ein bedeutender Mann – er ritt ein großes Schlachtross und trug als einziger ein Kettenhemd über seinem *Léine Cròich*.

Sie trat ihrem Pferd mit den Fersen in die Flanken und peitschte mit den Zügeln, woraufhin das Pferd schneller lief.

„Komm schon, Mädchen, komm schon!", murmelte sie.

Ihre Schenkel brannten und ihre Lungen verkrampften sich.

„Hüa! Hüa!", rief sie immer wieder.

Doch eine dunkle Gestalt näherte sich langsam zu ihrer Rechten, und als sie sich umdrehte, sah sie den Anführer der Männer neben sich reiten.

„Bleib stehen, Mädchen, oder ich werde dich aufhalten", rief er.

Mit der einen Hand hielt sie die Zügel, mit der anderen griff sie nach dem Messer, das sie in ihrer Tasche versteckt hatte, und holte es heraus. „Wenn du es versuchst, wird es dir leidtun."

Er grinste, wobei eine Reihe weißer Zähne aufblitzte, und griff nach ihren Zügeln. Sie stach auf seine behandschuhte Hand ein, zerkratzte aber nur die Oberfläche der ledernen Rüstung. Zur gleichen Zeit tauchte ein anderer Reiter zu ihrer Linken auf und ein weiterer zu ihrer Rechten.

Sie waren schneller und positionierten sich vor ihrem Pferd, um es dazu zu zwingen, langsamer zu werden.

Nein! Nein!

Anna trieb die Stute an, aber sie konnte nirgendwo hin, und sie wieherte so verwirrt und verzweifelt, wie sie sich fühlte. Dann griff der Mann nach ihrer Hand, die das Messer hielt.

Sie konnte ihren Vater nicht im Stich lassen, jetzt, wo er sie endlich brauchte. Jetzt, wo sie endlich die Chance hatte, das Leben zu führen, das sie sich immer gewünscht hatte. Das Leben, in dem ein uneheliches Mädchen einen Vater hatte, der sie liebte.

Mit schmerzendem Rücken holte sie aus und stach dem Bastard in den Oberschenkel. Ein langer blutiger Riss klaffte an seiner Hose auseinander. Der Mann knurrte vor Schmerz, ließ aber nicht von ihr ab. Sie zog ihren Arm zurück, um erneut zuzustechen, aber er schlug mit seinem Schild nach ihrer Hand.

Der Schlag ließ irgendetwas in ihrer Hand knacken, Schmerz schnürte ihr die Luft ab, und das Messer flog davon. Dann packte er sie und zerrte sie von ihrem Pferd. Der Knauf seines Sattels drückte sich in ihren Bauch, als sie vor ihm lag, nachdem er sie über den Rücken seines Pferdes geworfen hatte.

„Nae!“, schrie sie. „Lasst mich gehen!“

„Halt die Klappe, du Hexe“, sagte der Mann. „Du gehörst jetzt mir.“

Anna brüllte, als Wut sie wie eine feurige Welle überkam, und biss dem Mann in den Oberschenkel. Er schrie vor Schmerz, das Pferd wieherte und scheute, und dann traf sie ein harter Schlag am Kopf.

Als sie in eine schmerzhafte, schaukelnde Dunkelheit sank, gab es nur noch einen Gedanken.

Sie hatte noch Zeit.

Wo auch immer er sie hinbrachte, sie würde einen Weg finden zu entkommen.

Sie würde Schottland retten und ihren Vater stolz machen.

KAPITEL 3

WÄLDER in der Nähe von Carlisle, Grenzgebiete

Zehn Tage später ...

JEMANDES KLEIDUNG LEUCHTETE ZWISCHEN DEN BÄUMEN AUF. Freund oder Feind? David hielt mit Daisys Zügeln in der Hand inne und wartete.

Er konnte die Kleidung zwischen den Ästen und Baumstämmen nicht mehr sehen, also lauschte er den Geräuschen um sich herum. Vögel zwitscherten und der Wind rauschte über ihm in den Baumkronen. Daisy atmete leise hinter ihm.

Sein Pferd hörte den Mann, bevor David es tat. Es schnaubte und zog an den Zügeln, doch bevor David reagieren konnte, tauchte eine dunkle Gestalt neben ihm auf und etwas Scharfes und Kaltes wurde gegen seine Kehle gedrückt.

„Beweg dich nicht", sagte eine kühle männliche Stimme.

Richtig. *Freund oder Feind, von wegen*. Hier, mitten im Wald, gab es keine Freunde. Bis zum Beweis des Gegenteils war jeder ein Feind. Besonders in den Grenzregionen, wo sich England und Schottland seit Generationen gegenseitig überfielen.

David hob beschwichtigend die Hände und schaute nach links, ohne dabei seinen Kopf zu drehen, um herauszufinden, wer sein Angreifer war. „Ich habe keine bösen Absichten."

David sah, dass er ein Krieger war, wahrscheinlich ein Highlander, seinem Akzent und seiner Kleidung nach zu urteilen. Immerhin war er kein Engländer, ein kleiner Trost. David hatte für die Mackenzies und für seine Schwester gekämpft und unterstützte Bruce' Streben nach Unabhängigkeit voll und ganz. Die meisten Highlander taten das auch. Das machte die Engländer zu Davids Feinden, zumindest in dieser Zeit.

„Bist du von hier?", fragte der Mann.

„Nein. Ich bin auf dem Weg nach Carlisle."

Der Mann neigte den Kopf, kniff die Augen zusammen und musterte David.

„Nach Carlisle? Warum?"

„Ich habe Angelegenheiten im Schloss zu regeln."

„Was für Angelegenheiten?"

Langsam und im Bewusstsein, dass die kühle, scharfe Klinge jeden Moment seine Haut zu durchdringen drohte, drehte sich David um und sah den Mann an. Er war groß und muskulös. Er hatte einen ausgeprägten Knochenbau, hohe Wangenknochen und dunkles, schulterlanges Haar, das sein bärtiges Gesicht umgab. Seine dunklen Augen unter den vollen Augenbrauen waren auf ihn gerichtet und beobachteten jede seiner Bewegungen. Eine frische Schnittwunde zog sich über seine Schläfe.

Er trug eine Tunika und eine Rüstung aus gebranntem Leder – ein Kürass – bedeckte seine Brust. Die Rüstung war teuer für einen Highlander und das Schwert, das David zu töten drohte, war ein Claymore.

„Lass mich einfach passieren", sagte David. „Ich will keinen Ärger."

„Sag mir, was du in der Burg willst, dann werde ich entscheiden, ob ich dich gehen lasse."

David runzelte die Stirn. „Wieso interessiert dich die Burg?"

„Ich will dort hinein."

„Wir wollen also beide dort rein", sagte David nachdenklich, und die beiden starrten einander an. „Aber ich nehme an, die Engländer wollen dich nicht hineinlassen, oder?"

Die Nasenflügel des Highlanders blähten sich auf, als er harsch einatmete und die Klinge tiefer in Davids Haut drückte.

„Ich kenne einen Weg hinein", sagte David schnell. „Einen geheimen."

Die Augen des Highlanders weiteten sich vor Überraschung, verengten sich aber gleich wieder, als er ihn bedrohlich anfunkelte. „Wenn du mich zum Narren halten willst ..."

„Das tue ich nicht. Ich sage die Wahrheit."

„Er ist ein Mackenzie", kam eine andere Stimme von rechts. „Sieh mal, Colum, das Wappen. Da ist ein Mackenzie-Berg in Flammen auf der Querwache seines Claymores."

David drehte langsam seinen Kopf, ein weiterer Highlander stand mit gezücktem Schwert bereit. Er war jünger und schlanker. Das blonde Haar fiel ihm zottelig ins Gesicht und ein kurzer Bart bedeckte sein Kinn.

„Ich bin ein Mackenzie", sagte David. Er hatte sich bereits daran gewöhnt, sich als Mitglied des Clans zu erkennen zu geben, auch wenn er nicht das Gefühl hatte, dass er wirklich dazugehörte. „Ich bin der Bruder von Rogene Mackenzie, der Frau des Lairds."

Das Schwert in Colums Hand zog sich ein Stück zurück und das scharfe Stechen an Davids Kehle ließ nach.

„Du bist Angus' Schwager?", fragte Colum. „Warum habe ich dich bisher noch nicht getroffen?"

Erleichterung löste die Spannung in Davids Brust ab. „Ich bin die letzten zwei Jahre auf Reisen gewesen. Du kennst meine Schwester?"

„Aye, ich hatte das Privileg, Lady Rogene kennenzulernen."

Davids Herz krampfte sich zusammen. „Wann hast du sie gesehen?"

„Vor einem Jahr."

„Und mein Neffe? Ging es ihm gut?"

„Aye, der Kleine war kräftig und bei guter Gesundheit."

David konnte sich ein Grinsen nicht verkneifen. „Gut. Nun, vielleicht könntest du dann dein Schwert senken, Colum? Und wir können wie Freunde miteinander sprechen."

Colum schaute zu seinem Gefährten.

„Nun komm schon, lass das Schwert sinken", sagte der junge Highlander. „Die MacDonalds und Mackenzies sind Freunde."

Sie waren also MacDonalds. Vor drei Jahren hatte David einige von ihnen bei den Highland Games bei Eilean Donan gesehen, aber Colum war nicht dabei gewesen. Er wusste, dass die Mackenzies über das riesige Handelsnetz des Lord of Islay Vlies verkauften. Der Clan war mächtig und reich, seine Schiffe und seine Krieger furchteinflößend.

„Wage es nicht, ihm zu vertrauen, Colum", erklang eine weitere Stimme, als ein dritter Highlander hinter einem Baum hervortrat. Er war älter als der erste, hatte eine Glatze und einen langen Bart. Er hatte breite Schultern und eine kräftige Brust. „Vielleicht hat er einen Mackenzie getötet und sein Claymore an sich genommen. Jeder könnte sagen, dass er ein Bruder der Frau des Lairds ist. Die Welt ist voller Eidbrecher."

Bei dem Wort „Eidbrecher" verwandelte sich Colums Gesicht in eine bleiche steinerne Maske. Langsam senkte Colum sein Schwert und richtete seine Augen wie glühende Kohlen auf den älteren Mann. „Wenn du etwas zu sagen hast, Marcas, dann sag es."

In den drei Jahren, die David nun schon in den Highlands lebte, hatte er gelernt, dass es wenig gab, was die Highlander mehr schätzten als Ehre und Loyalität. Ein Eidbrecher war ein Mann, der beides verletzt hatte. Was hatte Colum getan?

„Du weißt, dass ich dir viel zu sagen habe, Kleiner. Du weißt, dass ich dir nicht traue und niemals trauen werde, nachdem du deinen Schwur gegenüber deinem Gutsherrn und deinem Clan gebrochen und dich auf die Seite der Engländer geschlagen hast."

Auf die Seite der Engländer? David betrachtete Colum mit misstrauisch zusammengekniffenen Augen. Gegenüber jemandem, der auf die feindliche Seite und dann wieder zurück gewechselt war, musste er vorsichtig sein. Marcas hatte nicht ganz unrecht. Wer wusste schon, wozu Colum fähig war und auf welcher Seite er wirklich stand?

„Marcas ...", sagte der junge Highlander, aber Colum trat einen Schritt näher, hob sein Schwert und richtete es auf Marcas.

„Du weißt nicht, wovon du sprichst", sagte Colum. „Menschen machen Fehler, und Gott weiß, dass ich für diesen Fehler für den Rest meines Lebens bezahlen werde. Ich habe dem König der Schotten meine Treue geschworen und werde im Dienste meines Königs, meines Clans und Schottlands sterben."

Marcas spuckte auf den Boden und verzog sein Gesicht, als hätte er gerade fauligen Fisch gerochen. „Ich vermute, wir müssen abwarten, um herauszufinden, ob das stimmt."

Colum schüttelte den Kopf. „Entweder du vertraust mir oder du vertraust mir nicht." Er deutete mit seinem Schwert in Richtung Süden. „Wenn wir in der Burg sind, sind wir drei auf uns gestellt, umgeben von Feinden, dann bleibt keine Zeit für Zweifel. Wir müssen uns gegenseitig den Rücken freihalten, und wenn du mir nicht vertraust, dass ich dir den Rücken freihalte, wie sollen wir dann überleben und sie retten?"

Marcas Gesicht verzerrte sich verächtlich und er schüttelte den Kopf. „Das war ein Fehler. Ich hätte nicht zustimmen sollen, mich mit einem Eidbrecher in die Mitte des Feindes zu begeben. Ich werde dem Laird sagen, dass die Mission gescheitert ist." Er sah zu dem jungen Highlander. „Kommst du mit, Iàcob?"

Der blonde Highlander blickte zwischen den beiden hin und her, blinzelte, dann wurde der Ausdruck in seine Augen hart. „Nae. Ich bleibe bei meinem Herrn. Jeder verdient eine zweite Chance, und du kannst das Mädchen nicht im Stich lassen."

Das Mädchen im Stich lassen ... War da eine Frau in der Burg gefangen?

„Das werden wir nicht. Aulay und Bruce werden weitere

Truppen zur Rettung versammeln. Mit drei Männern dort reinzugehen, ist ohnehin ein dummer Plan."

„Ich bleibe. Wenn der Plan funktioniert, bekomme ich die Chance, mich zu beweisen. Wenn nicht, werde ich bei der Rettung eines Mädchens sterben und meinem Clan und meinem Land dienen."

„Wie du willst." Der ältere Mann bedachte Colum mit einem letzten, harten Blick und David mit einem bedrohlichen und ging davon. Nach ein paar Minuten ertönte in der Ferne das Geräusch eines galoppierenden Pferdes.

Davids Magen knurrte noch lauter. Er schaute zu den beiden Männern. „Ich bin kein Räuber und ich habe auch niemanden getötet, um dieses Schwert zu bekommen. Angus selbst hat es mir gegeben, ebenso wie Daisy, mein Pferd, und diese Rüstung."

Colum und Iàcob tauschten einen Blick aus und Colum steckte sein Schwert zurück in die Scheide an seinem Gürtel. „Mag sein. Marcas hat recht, dass man nicht jedem trauen sollte, aber wir haben gerade einen Mann verloren und du hast gesagt, dass du in die Burg willst. Binde dein Pferd hier an. Wir haben ein Lager aufgeschlagen, aber Pferde können es nicht erreichen. Du bist hungrig. Wir werden dir zu essen geben, wir werden reden und du wirst mir sagen, was ich wissen muss."

Sollte David das wirklich tun? Wusste er überhaupt, worauf er sich da einließ? Er vermisste Dùghlas. Zwei Köpfe waren besser als einer. Dùghlas hätte ihm wahrscheinlich gesagt, dass er nicht gehen sollte, dass er eine Ausrede finden sollte, um zu verschwinden. Welchen Grund hatte er, Colum und Iàcob zu vertrauen, wenn sogar ihr eigener Mann gerade gegangen war?

Aber wenn sie in die Burg eindringen wollten, um ein Mädchen zu retten oder was auch immer, konnten sie zusammenarbeiten, um hineinzugelangen. David brauchte ihnen nicht für den Rest seines Lebens zu vertrauen, nur für einen Tag. Das könnte seine einzige Chance sein, den Stein zu finden.

Er musste nur vorsichtig sein.

Er nickte und band Daisy bei einem saftigen Grasfleck fest, dann folgte er Colum zu einem Hügel, der zu einer Klippe wurde. Sie erklommen einen schmalen Pfad, der scharf in eine Art Korridor überging, der sich zu einer flachen Fläche öffnete, die vom Wald, durch Felsformationen und Büsche, die aus dem Stein wuchsen, verborgen wurde. Dort befand sich eine kleine Höhle, in der ein kleines Lagerfeuer unter einem Feldkessel brannte. Hinter der Höhle plätscherte etwas, und als David vom Eingang etwa zwanzig Schritte nach rechts ging, sah er einen kleinen Wasserfall, der einen dreißig Fuß breiten, runden Teich speiste, von dem wiederum ein Bach wegführte, der in einem Schlitz zwischen Felsen verschwand.

„Ein guter Platz für ein Lager", sagte David, während seine Gedanken zum Lagerfeuer und dem leckeren Essen zurückkehrten, das im Kessel brodelte.

„Aye", sagte Colum, als er sich ans Lagerfeuer setzte, etwas Eintopf in eine Holzschüssel füllte und sie David reichte.

David legte eine Hand um die warme Schüssel und aß und trank die dicke Suppe wie ein echter mittelalterlicher Mann. Sie hatte einen salzigen Geschmack von geräuchertem Speck, grob geschnittenem Wurzelgemüse und Waldpilzen. Die Flüssigkeit wärmte seinen Körper. Colum reichte ihm ein Stück Brot, das er abgebrochen hatte. David tauchte es in den Eintopf, um die letzten Reste der Suppe damit aufzusaugen, und schob es sich in den Mund.

Sie saßen um das Feuer herum, während die anderen beiden Männer in einem normalen, nicht halb verhungerten Tempo aßen. Die Höhle, in der sie sich befanden, war ungefähr zehn Fuß hoch, und es gab viel Platz, sodass der Rauch den Raum verlassen konnte. Auf dem Boden lagen zwei Schlafrollen und ein paar Leinensäcke lehnten an den rauen Granitwänden. In der Dunkelheit des hinteren Teils war kaum etwas zu erkennen.

Als David fertig war, bot Colum ihm eine weitere Schüssel an und er konnte nicht nein sagen.

Schließlich stellte Colum seine eigene Schüssel beiseite und wischte sich mit dem Handrücken den Mund ab. „Wie hast du von dem Geheimgang ins Schloss erfahren?"

David nahm einen Schluck von seiner Suppe. „Ich habe auf meiner Reise einen Mann getroffen, der mir davon erzählt hat."

„Und warum hat er dir das erzählt?"

David nahm noch einen Schluck. „Er war mir etwas schuldig für die Arbeit, die ich auf seinem Hof geleistet habe. Er wusste, dass ich nach etwas suche, das sich in Carlisle Castle befindet."

„Wonach suchst du?", fragte Colum und betrachtete ihn mit zusammengekniffenen Augen.

Seine Gedanken rasten. Er konnte ihnen nicht von den Steinen erzählen, aber er brauchte irgendeine Erklärung, warum er ins Schloss musste. Er kaute den letzten der saftigen Pilze.

„Ein Schatz", sagte er. „Die Engländer haben einen Schatz gestohlen, der meinem Clan gehört. Ich bin auf der Suche nach ihm."

Colums Gesicht verzog sich zu einer ungläubigen Grimasse. „Alleine?"

David lachte spöttisch. „Und ihr wollt eine Gefangene zu zweit befreien?"

Colum tauschte einen langen Blick mit Iàcob aus. „Na gut. Aber wir werden nicht mehr nur zu zweit sein."

David wusste, dass es sicherer war, feindliches Gebiet mit ein paar Highland-Kriegern an seiner Seite zu betreten, aber er war sich immer noch nicht sicher, ob er ihnen vertrauen konnte. „Vielleicht. Vielleicht aber auch nicht. Sag mir zuerst, wer ist das Mädchen, das ihr befreien wollt?"

Colum schüttete Wasser aus seinem Horn in einen Becher und reichte ihn David. David nahm ihn und trank. „Wenn ich es dir sage, musst du wissen, dass es ein Zeichen von großem Vertrauen ist. Es ist ein Geheimnis, das nur wenigen Menschen bekannt ist."

„Ich werde dieses Geheimnis bewahren."

„Es ist meine Cousine Anna", sagte Colum. „Sie ist die Tochter meiner verstorbenen Tante Julianna, die vor neunzehn Jahren Robert the Bruce heiraten sollte.“

David spürte, wie sich seine Augenbrauen so weit hoben, dass sie beinahe seinen Haaransatz berührten. „Ist sie Robert the Bruce’ Tochter?“

„Ja. Bastardtochter. Meine Tante und er haben es nicht geschafft zu heiraten, obwohl die Absicht und das Einverständnis der Familien bestanden. Julianna starb kurz nach der Geburt. Anna muss den Constable von Stirling Castle in sechzehn Tagen heiraten, am Johannistag. Ihre Hochzeit wird sicherstellen, dass Philip die Burg kampflos an Bruce übergibt. Sie wurde vor zehn Tagen von Dugald MacDowell, einem alten Feind von Bruce, entführt. Wir sind sicher, dass er es aus Rache getan hat. Die Männer des Königs haben MacDowells Ländereien verwüstet, Galloway, und ihn vertrieben, weil er die beiden Brüder von Robert auf dem Gewissen hatte.“

Im Laufe der Jahre hatte David durch Rogenes Unterricht und die Nachrichten von der Front ein ziemlich gutes Verständnis für die schottische Politik erlangt und wusste, welche Clans für Bruce und welche für England waren. „Richtig. Die MacDowells waren schon immer auf der englischen Seite.“

„Aye. Er will die Hochzeit verhindern, damit Bruce Stirling nicht so leicht bekommt. Aber wir müssen sie zurückholen. Wir müssen sie, Schottland und unseren König retten.“

David stieß einen langen Seufzer aus. Das Letzte, was er wollte, war, in die politischen Machtspiele und Kriege der Menschen im Mittelalter verwickelt zu werden. Er wünschte Anna nichts Böses und er würde ihr gerne helfen, aber sein Hauptaugenmerk lag darauf, seinen Stein zu finden. Konnte er beides tun?

„Wie du weißt ...“, sagte Colum, „... ist mein Clan reich. Du wirst für deine Hilfe mit reichlich Gold bezahlt.“

„Warum seid ihr nur zu dritt gewesen? Und jetzt seid ihr nur noch zu zweit.“

„Weil Carlisle nur schwer mit Gewalt zu erobern ist“, sagte Iàcob. „Bruce hat es vor ein paar Monden versucht, aber es ist ihm nicht gelungen. Eine erneute Belagerung würde seine Streitkräfte nur noch schwächer machen. Und er belagert bereits Stirling. Unser Plan ist es, sie heimlich und schlau herauszuschmuggeln, wie echte Highlander. Wenn das nicht klappt, wird mein Onkel Aulay, das Oberhaupt des Clans, eine größere Streitmacht gegen Carlisle aufstellen und Bruce wird ihm dabei helfen. Auch dafür gibt es keine Garantie, dass das funktioniert. Also ... wirst du uns helfen, in die Burg zu gelangen und meine Cousine zu retten?“

David dachte an die Karte von Schottland und daran, dass er keine anderen Hinweise darauf hatte, wo die Zeitreise-Steine sein könnten. Wenn das funktionierte und der Stein im Kerker ihn in seine eigene Zeit zurücksandte, war alles andere egal. Und wenn es nicht klappte, würde er eine stattliche Summe Gold von den MacDonalds bekommen, was ihm bei seiner Suche helfen und es ihm ermöglichen würde, weiterzuziehen, anstatt seine Münzen damit zu verdienen, dass er seine Arbeitskraft anbot.

„Ja“, sagte er. „Ich werde helfen. Ich werde euch helfen, eure Prinzessin zurückzuholen.“

Und hoffentlich in der Zeit zurückzureisen. Vielleicht wurde er gerade zu einem echten Highlander, denn in seinem Kopf fügte er hinzu: *Oder bei dem Versuch sterben.*

„Gut“, sagte Colum. „Wir ziehen heute Nacht los. Und jetzt erzähl mir von dem Weg hinein.“

KAPITEL 4

CARLISLE CASTLE, in derselben Nacht

ANNA WUSSTE NICHT, WIE VIEL ZEIT VERGANGEN WAR.

Die Dunkelheit war zu ihrem Ein und Alles geworden.

Die Dunkelheit lag ihr im Blut, sie atmete sie. Sie war ihre ganze Lebensgrundlage.

Die Dunkelheit war ihr Bett, ihr Wächter und ihr Albtraum. Sie roch wie ein Plumpsklo, sie klang wie ein Schrei und sie sah aus wie der Tod. Sie fühlte sich an wie ein kalter, nasser Stein und schmeckte wie Schimmel.

Als Dugald MacDowell und seine Bande sie nach Carlisle gebracht hatten, hatte sie angenommen, sie würden sie in einen Kerker stecken.

Sie haben etwas viel Schlimmeres getan.

Dugald hatte sie die Treppe hinuntergeschleift, einen schmalen Korridor zwischen einer Steinmauer und einem Gitter aus Eisenstangen mit mehreren Kerkerkammern entlang. Aber er hatte keine der Eisentüren geöffnet. Immer wieder war das Licht des Feuers von den rauen Steinwänden und den Eisenstangen zurückgesprungen, wie die Geister derer, die hier vor langer Zeit gestorben waren. Sie hatte immer wieder versucht, ihre Hand zu befreien, aber er war zu stark und sie war zu hungrig, durstig und schwach gewesen.

Dann, am Ende des Ganges, hatte er eine schwere Tür geöffnet und im Inneren hatte sich ein kleiner, runder Raum befunden. Er hatte sie zu einem Loch im Boden in der Mitte des Raumes gezerrt. Der kalte Tod hatte ihr aus dem endlosen Nichts entgegengehaucht. Die Wachen hatten Fackeln mitgebracht, die orangefarbenes Licht auf den Steinboden und die Wände warfen, die über ihren Köpfen zu einer runden Decke verschmolzen.

Der einzige Bereich des Raumes, den das Licht nicht erreichte, war das Loch. Wie ein Eingang in eine andere Welt.

Eine Welt der Albträume.

Über dem Loch befand sich ein Mechanismus wie der über einem Brunnen mit einem Flaschenzug und einer dicken Kette mit einem Haken am Ende.

„Was ...“, hatte sie angesetzt, aber es war ganz klar, was es war.

„Eine Oubliette, Mädchen“, hatte Dugald gesagt. „Der einzige Weg dort raus ist der Tod.“

Sie hatte schon von Oubliettes gehört. Es war eine Erfindung der Normannen, ein tief in den Fels gehauener Ort. Ein Ort, an dem Gefangene eingesperrt und vergessen wurden. Das französische Wort *„oublier“* bedeutet „vergessen“.

Niemand kam dort lebend heraus.

Als sie zu dem kleinen Loch gedrängt worden war, hatte sie weiter gekämpft, natürlich vergeblich. Während sie sich an der Kette festgehalten hatte, war sie in eine Gruft hinabgelassen worden, die nach Verwesung und Wahnsinn roch.

Seitdem hatte sie nur ein paar Mal Licht gesehen. Hoch über ihr schwebte dann jedes Mal ein Kreis aus Orange und Gold, der ihr in den Augen wehtat, wenn Brot und Wasser in einem Eimer zu ihr heruntergelassen wurden. Das Quietschen der Kette klang wie ein Freiheitslied. Die einzige Verbindung zur Welt der Lebenden.

Zuerst hatte sie an ihrem Stolz festgehalten. Immerhin war sie die Tochter eines Königs. Eine MacDonald, ihre Vorfahren waren Schotten und Wikingerkrieger. Sie schöpfte Kraft aus ihnen. Sie waren zwar unsichtbar und doch immer allgegenwärtig in ihrem Blut. Sie würde nicht betteln. Sie würde nicht schreien und ihren Feinden nicht das geringste Anzeichen von Schwäche zeigen.

Auf der Suche nach einem Ausweg tastete sie immer wieder die Felswände um sich herum ab und drehte sich dabei in endlosen Kreisen. Sie klammerte sich an einen Hoffnungsschimmer und kratzte an ihnen. Ihre Fingernägel brachen ab und sie saugte an ihrem salzigen Blut. Ihre Welt war endlos und doch bestand sie nur aus einem steinernen Loch.

Es gab keine Decke, kein Bett und keinen Stuhl. Sie lag zitternd auf dem harten, kalten, nassen Felsen und betete. Sie betete, dass ihr Vater und ihr Clan zu ihr kommen würden.

Dann betete sie dafür, dass sie ihren Stolz bewahren und nicht schreien möge.

Schließlich betete sie für den Tod.

Der finstere Wahnsinn sickerte Tropfen für Tropfen, Atemzug für Atemzug in sie hinein. Sie bekämpfte ihn mit aller Kraft, die sie noch hatte. Mit ihren Erinnerungen. Das einzige Licht, das sie finden konnte, befand sich in ihrem Kopf.

Woran konnte sie sich festhalten? Was waren die schönsten Momente in ihrem Leben gewesen? Im Meer zu schwimmen – bevor sie fast ertrunken wäre und nicht einmal mehr daran hatte denken können, noch einmal einen Fuß ins Wasser zu setzen. Ihren Vater kennenzulernen. Die Freiheit, mit den Kindern von Islay herumzurennen, den Wind in ihren Haaren zu spüren und die nur selten scheinende schottische Sonne, die ihre Wangen küsste. Die Luft einzuatmen, die voll von den Düften des Meeres, des Heidekrauts und des Mooses war. Clan-Versammlungen in der großen Halle von Finlaggan Castle, wo jeder jeden kannte. Kleine Späßchen. Alte keltische Lieder. Ihr Onkel Aulay, der Geschichten erzählte. MacDonald-Händler, die von fernen Ländern erzählten – von Galizien und dem Kalifat und Norwegen, von Flandern und dem

Baltikum und Frankreich. Minnesänger, die Geschichten von König Artus und Lancelot, von Tristan und Isolde sangen.

Bei all dem hatte sie immer stets gewartet. Sie hatte darauf gewartet, dass ihr Vater sie bitten würde, zu ihm zu kommen. Sie hatte darauf gewartet, dass ihr Leben beginnen würde.

Hatte sie überhaupt gelebt?

Ihr Leben war vielleicht schon vorbei gewesen, bevor es richtig begonnen hatte. Sie war eine Dame gewesen, hatte sich für die Ehe aufgespart. Sie hatte Dinge aufgegeben, die ihr Freude bereitet hatten. Sie hatte ihre Familie zurückgelassen, um einen Mann zu heiraten, den sie nie zuvor kennengelernt hatte, um ihren Vater stolz zu machen.

Und wofür? Um als Gefangene zu enden, um in einem schier endlosen Steinkerker zu sterben, der nach ihren eigenen Fäkalien roch und sich wie ein Grab anfühlte?

Warum hatte sie sich nicht erlaubt, frei zu sein? Da war dieser Junge auf Islay gewesen, der für sie geschwärmt und einmal versucht hatte, sie zu küssen. Sie hätte ihn gewähren lassen sollen. Sie würde als Jungfrau sterben und niemals die Lippen eines Mannes auf den ihren spüren. Sie würde nie so lieben, wie die Heldinnen aus den großen Legenden es taten. Sie würde nie die Freude erfahren, wenn ein Leben in ihr heranwuchs und sie ihr Kind in den Armen hielt.

Plötzlich fiel ein Licht in ihre Augen, das ihr wehtat, aber sie hielt sie offen und bemühte sich, etwas zu erkennen. Es kam von einigen Symbolen auf dem Boden, die blau und braun leuchteten. Seltsamerweise erfüllte der Duft von Lavendel und frisch gemähtem Gras die Luft.

Sie hatte zweifellos den Verstand verloren. Aber sie musste trotzdem herausfinden, was vor sich ging.

Der Schein erhellte eine Frau in einem grünen Mantel, sie hatte lange rote Haare.

Das war's. Der Wahnsinn musste Annas Verstand überwältigt haben.

Das Gesicht der Frau war in dem schwachen Licht kaum zu

erkennen. Sie lächelte. „Hab keine Angst, Mädchen. Gib die Hoffnung nicht auf. Jemand wird dich retten. David, ein Mann aus einer anderen Zeit. Er wird dein Beschützer sein. Und du wirst ihn auch beschützen müssen."

Anna war dabei, den Verstand zu verlieren, doch selbst die bloße Existenz ihrer Halluzination war ein Trost. Sie war nicht allein. Sie konnte mit jemandem reden.

„Wer bist du?", fragte Anna. „Bist du eine Heilige?"

Die Frau kicherte. „Ich bin keine Heilige, Mädchen. Mein Name ist Sìneag. Ich öffne den Tunnel durch den Fluss der Zeit und lasse die Menschen passieren."

Den Fluss der Zeit? Die Menschen passieren lassen? Anna hatte noch nie von so etwas gehört. Sie war definitiv verrückt geworden.

Sìneag fuhr fort. „Ich wünschte, ich könnte dich durch den Stein gehen lassen und dich aus deinem Gefängnis befreien, aber deine wahre Liebe ist schon auf dem Weg zu dir. Er wird kommen."

Dann war sie weg. Das Leuchten verblasste und die Symbole von einer Welle und eines Kreises, durch den eine gerade Linie führte, brannten sich wie Narben in Annas Gedächtnis. Sie zitterte und sah sich um.

„Sìneag!", rief sie. „Sìneag! Bitte, geh nicht! Bitte ..."

Dann ertönte ein Geräusch. Die Tür quietschte, dann ertönten Stimmen und ein Lichtkreis erschien hoch über ihr. Da waren eine Fackel und jemandes Kopf, der sich dunkel vom Licht abhob.

„Bist du noch am Leben?" Es war die Stimme von Dugald MacDowell.

„Fahr zur Hölle!", schrie sie.

Er lachte. Es folgte das metallische Klirren der Kette und der Eimer wurde zu ihr heruntergelassen. „Das ist deine letzte Mahlzeit, Mädchen. Ich brauche mich nicht mehr um dich zu kümmern. Bruce wird nicht mehr lange König sein. Man sendet ein Schiff nach Irland, voll mit Gold, Rüstungen und Waffen, um eine weitere Offensive gegen Bruce zu starten, während er mit der Belagerung beschäftigt ist."

Sie nahm kaum wahr, was er sagte, als der Eimer auf den Boden knallte. Sie stürzte sich darauf, wild vor Hunger und Durst, und ihre Hände suchten nach dem Brot und dem Wasser, das darin sein musste.

Als sie das fade, schimmlige Brot in ihren Mund schob, wurde die Welt wieder dunkel. Dies war das letzte Brot, das sie jemals bekommen würde. Mit der Dunkelheit kam die Verzweiflung. Ihr dummer Verstand wurde wahnsinnig und sandte ihr vergeblich Hoffnung auf Rettung.

Ihre Seele schrumpfte, wurde korrumpiert und lag im Sterben. Dugalds Folter zeigte Wirkung.

Das Schlimmste war, dass ihr Vater sie mit jedem Augenblick, den sie hier verbrachte, immer weniger brauchte. Sie war für ihn nur etwas wert, wenn sie Philip heiraten konnte. Was hätte es also für einen Sinn, am Leben zu sein und gerettet zu werden, wenn er sie nicht mehr brauchte?

Sobald der Hochzeitstermin verstrichen war, würde es zu spät sein und die wichtigste Burg Schottlands in Englands Besitz bleiben, was ihren Sieg zu einer schrecklichen Realität machen würde.

~

Carlisle Castle, in derselben Nacht

„Nun, David vom Clan der Mackenzies", flüsterte Colum hinter Davids Rücken. „Wo ist der Weg hinauf, von dem du gesprochen hast?"

Davids richtiger Nachname war Wakeley, aber er hatte sich an den Namen Mackenzie gewöhnt, den er vor drei Jahren angenommen hatte und der ihm als Schutz diente.

Iàcob kratzte sich am Kinn. Der Mond lugte hinter einer Wolke hervor und warf sein silbriges Licht auf die Mauer. Sie hatten ihre Pferde versteckt hinter einem Busch angebunden, der etwa zehn

Meter entfernt war. Die Stadt Carlisle hinter ihnen schlummerte. Padean hatte ihm gesagt, dass die Treppe sich auf der nordwestlichen Seite der Ringmauer befand. Er hatte behauptet, die Steine stünden ein wenig hervor und bildeten so etwas wie ...

Stufen. Er sah sie.

„Da ist eine Treppe", flüsterte David und betrachtete das Muster in der Wand. „Seht ihr die Steine, die ein bisschen herausragen? Nicht weit, aber gerade genug, um vorsichtig drauftreten zu können."

„Aye", sagte Colum. „Aber sie sind winzig."

„Aye", antwortete Iàcob. „Sie mögen mein Gewicht tragen, aber Colums ... und deins ..."

David schaute hinauf. Zehn Meter weiter oben flackerte Feuer, das musste eine Fackel sein. Drei oder vier Männerstimmen erklangen, dann Gelächter.

„Wächter", flüsterte Colum.

In einem kleinen Wäldchen zu ihrer Rechten heulte eine Eule. Die Stadt, deren Dächer sich schwarz gegen den Himmel abhoben, lag etwa dreihundert Meter entfernt. Einige Kirchtürme ragten über der Stadt auf. Ein Hund bellte und eine Frauenstimme brüllte eine wütende Tirade. Die Luft roch nach Waldrauch, Kuhmist, Blumen und blühenden Pflanzen. Es war eine gute Nacht, nicht zu dunkel und nicht zu hell. Alle Bedingungen waren perfekt für ihre Mission.

Ob sie Anna finden würden und ob David Sìneags Stein finden würde, war eine andere Frage.

Die Stimmen von oben wurden leiser und bewegten sich von ihnen fort.

„Sie sind weg", sagte Colum. „Lasst uns gehen."

David nickte. Mit dem Bauch an die Wand gepresst, trat er auf den ersten Stein. Langsam bewegte er sich Stein für Stein nach oben. Die rauen Mauersteine kratzten an seiner Wange und der Geruch von Staub stieg ihm in die Nase. Seine Finger schmerzten, weil er versuchte, sich mit jeder Stufe irgendwo festzuhalten, aber er fand kaum Halt. Er blickte zurück und Colum, dem der Aufstieg ebenso Mühe bereitete, folgte ihm. Iàcob kam hinterher.

Trockener Mörtel und zerbröckelte Steine glitten unter seinen Fingern weg und fielen in die Dunkelheit. Da er nichts hatte, woran er sich klammern konnte, konnte er sich nur auf sein Gleichgewicht und seine Beine verlassen, um den Brocken nicht in die Tiefe zu folgen. Je höher er gelangte, desto schwächer fühlten sich seine Knie an.

Sieh nicht nach unten.

Er bewegte sich weiter.

Als er die Brüstung erreichte, blieb er stehen und spähte über den Rand. Die Wächter mit den Fackeln standen etwa fünfzig Meter weiter unten an der Mauer. Er erklomm eine weitere Stufe, sprang über die Brüstung und hockte sich hin. Wenige Augenblicke später war das Rascheln von Schuhen hinter ihm zu hören und als er den Kopf drehte, kletterten auch Colum und Iàcob über die Mauerbrüstung.

Hinter ihnen befand sich ein Ausgang mit Rampen, die hinunter in die innere Vorburg führten.

„Lasst uns gehen“, sagte David und zeigte auf den Ausgang.

Aber Colums Augen waren auf die Fackeln gerichtet. „Nae. Wir müssen sie töten, sonst sehen sie uns vielleicht.“

„Du müsst die Engländer nicht *töten*, um deine Loyalität zu beweisen“, sagte Iàcob. „Der Weg nach unten ist frei.“

Für einen Moment leuchtete Kummer in Colums Augen auf und wieder einmal fragte sich David, was mit ihm geschehen war. Wenn David den Stein in der Burg fand, würde er es vielleicht nie erfahren.

„Aye“, sagte Colum. „Lasst uns gehen.“

Sie überquerten den Mauerweg und kletterten hinunter, so schweigsam wie die Nacht. Im inneren Burghof war es still. Zwischen den Holzhäusern mit ihren Strohdächern war niemand zu sehen. Sie bewegten sich dicht an den Gebäuden entlang und gingen von Haus zu Haus, bis sie den Hauptturm, ein quadratisches, dreistöckiges Gebäude, erreichten.

„Lasst uns in den Kerker gehen“, schlug David vor, während die drei die einzelne schwere Tür betrachteten.

Padean hatte ihm erzählt, dass er den Stein im Kerker gesehen hatte und wahrscheinlich würden sie dort auch einen Gefangenen finden. Die Männer nickten. Colum lauschte an der Tür und öffnete sie dann langsam. Der erste Stock war im Wesentlichen ein Lagerraum voller Waffen, Feuerholz und Lebensmittel, wie man es von großen Burgen kannte. In der Ecke befand sich eine Treppe, die nach unten führte.

Sie eilten so leise hinunter, wie sie konnten. Als Colum die Tür am Ende der Treppe öffnete, sah David zwei Wachen um einen kleinen, runden Tisch sitzen. Einer von ihnen hatte das Kinn auf die Brust gestützt, der andere lehnte mit dem Kopf an der Wand. Beide schnarchten.

David hatte mit einem Kampf gerechnet, aber die beiden schliefen. Wie zwei dunkle Schatten kamen die Highlander von hinten und schnitten den Wachen ohne ein Wort die Kehlen durch. Obwohl David an die Gewalt im Mittelalter gewöhnt war, sah er dennoch schockiert dabei zu, wie das Leben in dunklen Strömen aus den Wachen floss.

Mit seinem blutverschmierten Schwert in der Hand ging Colum zur nächsten Tür. „Komm schon, Mackenzie. Wir haben Glück, dass wir noch leben.“

Der nächste Raum war ein Kerker. Ein langer Korridor führte zu einer Reihe von Zellen hinter Eisengittern auf der linken Seite. Alle schienen leer zu sein. Während Colum mit einer Fackel vorausging, nahm David eine andere Fackel und ging in die erste Zelle, um den Boden sorgfältig auszuleuchten.

Nichts. Nur ein glatter, staubiger Boden ohne flache Steine, ohne Einkerbungen und ohne jegliche Handabdrücke. David sah sich hilflos in der leeren Zelle um.

„Worauf wartest du?“, sagte Iàcob hinter ihm. „Sie ist nicht hier. Beeil dich.“

Das quietschende Geräusch von Metallscharnieren auf dem

Korridor verriet David, dass Colum eine weitere Tür erreicht haben musste. David überprüfte die restlichen fünf Zellen, eine nach der anderen. In keiner von ihnen war der Stein. Mit einem mulmigen Gefühl, versagt zu haben, eilte David ihnen hinterher.

Sie betraten einen seltsamen leeren Raum mit einem runden Loch in der Mitte des Bodens und etwas, das wie ein Brunnenmechanismus aussah. Colum lehnte sich mit seiner Fackel über das Loch.

„Anna?", rief er.

„Ja, ich bin hier", erklang eine schwache Frauenstimme. „Wer ist da?"

Sie war dort unten, in einem Loch ohne Ausweg. Er schaute ebenfalls hinunter und sah in etwa zehn Metern Tiefe ein weibliches Gesicht, das sie anschaute. Der Gestank von Tod und Fäkalien ließ ihm die Galle im Magen hochkommen. Was für Bestien würden einem Menschen so etwas antun?

„Ich bin es Colum. Wir sind gekommen, um dich hier rauszuholen."

„Lasst mich sie holen", sagte David. „Ich habe schon von der Oubliette gehört."

Er hatte den Stein immer noch nicht gefunden; er hatte seinen Weg nach draußen nicht gefunden. Vielleicht hatte Padean ihn angelogen, aber das glaubte er nicht. Ein Ort, an dem Albträume geboren werden, erinnerte er sich an Peigis Worte. Wenn der Stein irgendwo in der Burg war, musste er dort unten sein.

„Wir haben keine Zeit, darüber nachzudenken, Colum", sagte David streng. „Lasst mich runter."

„Aye", sagte Colum mit zusammengebissenen Zähnen.

David hielt sich an der Kette fest und Colum ließ ihn hinunter. Das Kreischen der Kette war für den Herrn der Finsternis wie der Ruf eines Gargoyles.

Mit seiner Fackel, die an der Kette über ihm befestigt war, sank er immer tiefer in ein Gefängnis aus Stein. Anna drückte sich gegen die Wand und schirmte ihre Augen gegen das Licht ab, sodass sie ihm den Blick auf ihr Gesicht versperrte. Sie war eine kleine, dünne Gestalt mit dunklen Haaren, die zu einer Masse an schmutzigen Knoten verfilzt waren.

Als seine Füße auf einem glatten Felsen landeten und er nach unten sah, schien sich der Boden unter ihm zu neigen.

Er stand auf dem Zeitreisestein. Hektisch sah er sich um und schwenkte die Kette mit dem Feuerschein. „Sìneag! Sìneag!"

„Was machst du da, Mann?", zischte Colum von oben. „Nimm Anna und mach, dass du da rauskommst."

Er zitterte. Wie groß war die Wahrscheinlichkeit, dass Colums Mission und seine eigene an denselben Ort führen würden: die Oubliette.

„Sìneag!", rief er.

Da war der Handabdruck, also sank er auf die Knie und schlug seine Hand darauf. Nichts geschah. In seiner Verzweiflung schlug er sie noch einmal drauf. Und wieder. Und noch einmal. Seine Handfläche stach und brannte.

„Was machst du da?", rief Iàcob.

„Bist du David?", fragte Anna.

Er blickte zu ihr auf. Sie schirmte ihr Gesicht nicht mehr ab, sondern schaute ihn mit großen, dunklen Augen an. Unter den Schmutz- und Dreckflecken zeichneten sich ihre markanten und eleganten Gesichtszüge ab, wie die einer Füchsin. Ihre großen, leicht schräg stehenden Augen mit den langen Wimpern waren weit geöffnet, entweder vor Schreck oder vor Angst. Sie hatte volle Lippen und einen sinnlichen Mund. Ihre Haut war blass und sie hatte hohe Wangenknochen und eine dünne Nase, die an der Spitze leicht nach oben gebogen war, gerade genug, um den Eindruck eines unschuldigen Mädchens zu erwecken.

Er stand auf, und in seinem Herzen herrschte Aufruhr. Er empfand sowohl Enttäuschung als auch Mitleid mit ihr. Es war ihm peinlich, dass er wie ein Idiot geschrien hatte, obwohl das Mädchen offensichtlich traumatisiert, misshandelt und verletzt worden war.

Er sah ein letztes Mal zum Felsen. Diesmal war es nicht seine

Chance. Dann streckte er ihr die Hand entgegen. „Ich bin David. Komm mit mir, wir müssen uns beeilen."

Anna schenkte ihm ein wunderschönes Lächeln und kam zu ihm. „David?", fragte sie kichernd.

Er schlang seinen Arm um ihre schlanke Taille und runzelte die Stirn. „Ja, David. Woher wusstest du das eigentlich?"

Er hielt sie fest und griff mit der anderen Hand nach der Kette. Sie schlang ihre Arme um seinen Hals. Als Colum die Kette nach oben zog, wiederholte Anna „David?" und lachte.

Und lachte.

Und lachte.

Es war ein hysterisches Lachen. Ein wahnsinniges. Sie klang wie eine Verrückte. Zwischen den Lachsalven sagte sie etwas über den Fluss der Zeit und Sìneag. Sie lachte weiter, prustete und weinte.

„David ... Fluss der Zeit ... Tunnel ... Sìneag ..." Bei jedem Wort, das wie Schluchzen aus ihrem Mund kam, lief David ein Schauer über den Rücken.

„Was meinst du damit?", fragte er weiter.

Aber sie antwortete nicht. Das Mädchen hatte wahrscheinlich nach zehn Tagen in der Oubliette den Verstand verloren. Als die beiden schließlich auf dem Boden des Raumes angekommen waren, umarmte Colum sie kurz und drückte seine Hand auf ihren Mund, um sie zum Schweigen zu bringen. Überraschenderweise tat sie das auch. Aber während sie sich umschaute, trübte ein Schleier ihre Augen, und es war, als wäre das Leben aus ihr herausgepustet worden. Sie begann zu zittern und wäre fast gestürzt, aber David fing sie auf.

„Wir müssen uns sputen", sagte Colum.

David nickte, warf sie sich über die Schulter und mit gezückten Schwertern eilten sie durch den Korridor, die Treppen hinauf und von Gebäude zu Gebäude der inneren Vorburg. Wie durch ein Wunder schafften sie es, zu den Toren zu gelangen, sie zu öffnen und zu ihren Pferden zu laufen.

Aber als sie ihre Pferde erreichten, verließ das Glück sie.

„Halt!“, rief jemand von oben. David hievte Anna in eine sitzende Position auf seinem Pferd und stieg hinter ihr auf. Nachdem Colum und Iàcob auf ihre eigenen Pferde gestiegen waren, galoppierten sie los.

Es folgten weitere wütende Rufe und Schreie, und David blickte zurück. Keine dreißig Meter entfernt folgten ihnen mindestens zehn Reiter, und ihre Blicke waren tödlich.

KAPITEL 5

Sie galoppierten durch die dunkle Stadt und schlängelten sich durch die engen Gassen. Anna saß wie ein schlaffer Sack Kartoffeln vor ihm, aber wenigstens war sie am Leben.

Er zwang sich, nicht mehr darüber nachzudenken, woher sie von Sìneag wusste und wie es sein konnte, dass er ausgesandt worden war, um eine Prinzessin zu retten, die genau auf einem der Zeitreisesteine saß.

Und dass ihm der Weg nach Hause immer noch versperrt war.

Er musste aufhören, darüber nachzudenken. Jetzt ging es nur noch ums Überleben. Es ging darum, dem Feind zu entkommen und das Mädchen zu retten.

Als sie auf einen kleinen Platz galoppierten, stürmten Reiter aus allen vier Richtungen auf sie zu und versperrten jeden Ausweg. Sie waren von ein- und zweistöckigen Fachwerkhäusern umgeben. Davids, Colums und Iàcobs Pferde drängten sich in der Mitte zusammen. Ein Dutzend Krieger umringten sie und bewegten sich im Kreis. Den roten Mänteln mit den drei goldenen Löwen nach zu urteilen, waren es Engländer. Es mussten noch mehr Männer ausgesandt worden sein, um ihnen den Weg abzuschneiden und genau an dieser Stelle eine Falle zu stellen. Seine Handflächen waren mit eiskaltem, glitschigem Schweiß bedeckt. Die Krieger zogen ihre Schwerter aus der Scheide, auch David, obwohl er mit einer Hand Daisys Zügel hielt und seinen Arm um Anna geschlungen hatte.

Colum ließ die Engländer nicht aus den Augen und lehnte sich näher zu David herüber. „Iàcob und ich werden dir eine Chance verschaffen. Reite um dein Leben, um das Leben meiner Cousine und um Schottland, hörst du mich? Reite dorthin, wo wir uns begegnet sind, und warte auf uns."

„Das werde ich."

„Wenn wir nicht bis morgen Früh eintreffen, musst du Anna zu Bruce bringen. Nach Stirling."

„Nein! Ich kann sie nicht dahin bringen ..."

„Versprich es mir. Wenn wir nicht bis morgen Früh ankommen, musst du sie nach Stirling bringen!"

„Colum, ich bin kein Ritter in glänzender Rüstung. Ich muss weiter nach dem ..."

„Gib mir dein Wort!"

Sie lag leblos an seiner Brust. Welche Chance hatte er überhaupt, allein, mit einem Mädchen, das so erschüttert war, dass es sich nicht bewegen konnte?

Welche Chance er ihr auch immer verschaffen konnte. Er konnte sie nicht einfach schutzlos in einer gefährlichen, mittelalterlichen Welt zurücklassen. „Okay. Du hast mein Wort."

Worauf hatte er sich da nur eingelassen?

Nach einem plötzlichen Schrei der umstehenden Reiter griff der Feind an. Der kleine Platz füllte sich mit dem Geräusch von Metall, das klirrend auf Metall traf, von Pferdehufen auf Stein und von schreienden und knurrenden Männern.

David versuchte so gut es ging auszuweichen und schirmte Anna vor den Kriegern ab. Es war schwer, sein Schwert zu schwingen, da er seinen linken Arm und seine Beine nicht benutzen konnte, aber er schaffte es, einen Krieger zu verwunden, dann einen weiteren.

„Mach dich bereit!", rief Colum.

Es waren noch sieben Reiter übrig, und Colum und Iàcob

kämpften weiter. Doch in der Ferne ertönte das Geräusch von weiteren Hufen. Sie mussten von hier verschwinden.

Colum spornte sein Pferd an, ritt auf drei Reiter zu und stieß dabei einen Kriegsschrei aus. Die Pferde wieherten vor Angst und wichen zurück, wodurch sich eine Gasse auftat.

Sie gaben einen Ausweg frei.

„Jetzt!", brüllte Colum und griff den nächsten Reiter mit seinem Schwert an.

Stahl funkelte im Mondlicht, als David rief: „Hüa, Daisy!" Er rammte seine Fersen in ihre Flanken und sie preschte los. Er musste die Zügel festhalten und seine Beine anspannen, damit er und Anna nicht heruntergeschleudert wurden.

Die Pferde von Colum und Iàcob folgten ihm. Sie ritten im Zickzack durch die engen Gassen mit ihren Stein- und Fachwerkhäusern.

„Teilt euch auf!", rief Colum hinter ihm. David wendete Daisy, um nach rechts zu galoppieren, und hörte Colums Pferd davonreiten. Als er zurückblickte, war die Straße leer.

Er ritt in Richtung des Stadttors. Es vergingen noch ein paar lange Minuten, in denen er nur sein Herz und Daisys trommelnde Hufe hören konnte. Als das Tor in Sichtweite kam, hörte er das Geräusch von Pferdehufen hinter ihm. Männer schrien ihm zu, dass er anhalten sollte. Pfeile flogen.

„Schließt das Tor!", riefen sie.

Die großen, schweren Türen des Tores begannen sich zu schließen, also spornte er Daisy an.

„Komm schon, Mädchen! Komm schon!", rief er und rammte seine Fersen in ihre Flanken.

Sie flogen durch den enger werdenden Spalt und die Türen schlossen sich hinter ihnen mit einem Knall.

Obwohl seine Lungen brannten, spornte er Daisy weiter an. Er konnte seine Hand, die Anna festhielt, nicht mehr spüren. Ihr Haar wehte ihm ins Gesicht und kitzelte ihn. Der Mond kam heraus und beleuchtete das Feld zwischen dem Wald und Carlisle. Er schaute über seine Schulter.

Reiter. Mindestens ein Dutzend von ihnen. Sie lagen einige Meter zurück, weil sie das Tor erneut hatten öffnen müssen, aber sie holten auf.

Ein paar quälende Minuten später flohen er, Anna und Daisy in die glückselige Dunkelheit des Waldes. Seine Ohren dröhnten vom Poltern der Hufe, dem Rascheln der Bäume und seinem eigenen schweren Atem.

Er lenkte Daisy in eine andere Richtung, in der Hoffnung, ihre Verfolger zwischen den Bäumen zu verlieren. Nach einiger Zeit hörte er nur noch die leisen Nachtgeräusche des Waldes – Eulen, die heulten, kleine Tiere, die in den Blättern wühlten. Schließlich erreichten sie eine Ansammlung von Büschen und Felsbrocken, wo sich ihr kleines Lager befand.

Wie vereinbart, würden sie in der Höhle warten. Colum und Iàcob könnten geflohen sein, als das Tor wieder geöffnet worden war. Sie könnten immer noch hierherkommen.

Er stieg ab und ließ Anna auf dem Rücken seines Pferdes sitzen. Er versteckte Daisy in einem kleinen, von Büschen umgebenen Wäldchen und ließ sie grasen. Sobald das Pferd angebunden war, half er Anna abzusteigen. Der Arm, mit dem er sie festgehalten hatte, kribbelte und er schüttelte ihn, damit das Blut wieder fließen konnte. Anna blinzelte, runzelte die Stirn und sah ihn zum ersten Mal klar und deutlich an.

Dann öffnete sie ihren Mund und schrie. Ihr schriller Schrei durchdrang die Luft wie eine Sirene.

David stürzte zu ihr und hielt ihr mit einer Hand den Mund zu, während er sie mit dem anderen Arm festhielt.

„Pst!“, zischte er, aber sie kämpfte weiter, zappelte, trat um sich und versuchte, in seine Finger zu beißen. „Ich bin David. Ich gehöre zu Colum, deinem Cousin. Ich habe dich gerettet, weißt du noch?“

Sie biss ihn, woraufhin er aufschrie und sein Griff schwächer wurde. Sie schlängelte sich frei wie ein Fisch und rannte davon.

„Scheiße!“, fluchte er und stürzte ihr hinterher.

Er fing sie nach ein paar Schritten ein, fiel mit ihr zu Boden und hielt sie unter sich fest. Sie schrie wieder und er presste seine Hand auf ihren Mund.

Und dann hörte er sie. Die Hufe.

Die Engländer ... oder die MacDowells ...

Der Feind.

„Keinen Mucks“, sagte er zu ihr, als er sie in eine zwei Fuß tiefe Senke unter den Wurzeln eines Baumes zerrte.

Er legte sich auf sie, um sie vor dem Feind zu schützen. Sie sah ihn mit großen, verängstigten Augen an, und ihm stockte der Atem. Das Poltern der Hufe mehrerer Reiter ertönte direkt über ihnen.

Sie war so schön. Ihre Augen waren groß, von langen Wimpern umgeben und fast durchsichtig. Sie atmete schwer unter ihm; er spürte, wie sich ihr Brustkorb schnell hob und senkte.

Die Geräusche der Hufe entfernten sich langsam und nach einer Weile wusste David, dass sie wieder allein waren.

„Wenn ich meine Hand wegnehme ...“, flüsterte er, „... versprichst du mir, dass du nicht schreien wirst? Ich bin auf deiner Seite. Ich bin derjenige, der dich gerettet hat, erinnerst du dich? Ich bin derjenige, den Colum gebeten hat, dich in Sicherheit zu bringen.“

Sie nickte. Er nickte ebenfalls und ließ ihren Mund los. Sie schrie nicht, sondern starrte ihn nur an wie ein verängstigtes Tier.

„Okay“, sagte er. „Gut.“

Er setzte sich auf und ließ sie ganz los. Sie setzte sich ebenfalls langsam auf, während sie ihn immer noch anstarrte.

„Geht es dir gut?“, fragte er. „Kannst du laufen? Oder reiten?“

Sie räusperte sich. „Aye.“

„Gut. Dann gibt es in der Nähe ein Versteck. Ich soll dich dort hinbringen und auf Colum und Iàcob warten. Komm mit.“

Er stand auf und streckte ihr seine Hand entgegen. Sie ergriff sie zögernd und sie gingen zu der Höhle, die etwa hundert Meter entfernt war. Ihre Hand zitterte und er drückte sie beruhigend.

Mit einem bitteren Geschmack im Mund betrachtete er Annas stolze Erscheinung. Obwohl sie entführt worden war, obwohl sie in der Dunkelheit und isoliert gefangen gehalten worden war, hielt sie sich gerade und ihren Kopf hoch.

Er mochte sie.

Natürlich mochte er sie. Nicht wahr, Sìneag? Warum sonst hatte er sie auf einem Zeitreisestein vorgefunden, während sie etwas über Sìneag und den Fluss der Zeit gebrabbelt hatte?

Warum sonst saß er mit dieser hübschen Prinzessin fest, ohne dass er in seine eigene Zeit zurückkehren konnte?

KAPITEL 6

ANNA HIELT ihre Knie mit den Armen umschlungen, während sie vor dem Feuer saß. Sie konnte das Zittern, das ihren Körper erschütterte, nicht unterdrücken. Die Höhle um sie herum war wie das Echo des Steinsarges, in dem sie eine Ewigkeit verbracht hatte. Nur das Licht des Feuers verscheuchte die Dunkelheit.

Sie nahm an, dass David dachte, es sei ruhig. Aber für Anna war alles um sie herum mit Geräuschen erfüllt. Mit dem Rauschen der Blätter im Wind, dem fernen Knacken von Zweigen, dem Summen der Mücken, dem Heulen der Eulen und dem Rascheln der Igel. Irgendwo in der Ferne brüllte ein Hirsch einen Balzruf und klang wie eine Kreatur aus einer anderen Welt.

Es war beängstigend und beruhigend zugleich. All das zu hören bedeutete, dass sie sich nicht mehr in der Oubliette befand. Sie war frei.

Aber nach Tagen vollkommener Stille kratzten das Plätschern des Wasserfalls außerhalb der Höhle und das Wasser, das im Kessel zu kochen begann, an ihren Sinnen wie Wäsche, die über einen Stein gerieben wurde.

David, ihr Retter, saß ein Stück entfernt. Sein Blick wanderte zwischen dem Feuer, ihr und der Dunkelheit jenseits des Höhleneingangs hin und her. Er war in die Höhle hinabgestiegen wie ein Engel, der Licht in die Dunkelheit brachte, und von da an war alles nur noch verschwommen. Es war, als ob ihr Verstand endlich gebrochen wäre. Oder das, was davon übrig gewesen war, besonders nach ihrer Vision von Sìneag.

Was hatte sie Anna erzählt? Dass ihre einzig wahre Liebe sie retten würde. Nein, sicher nicht. Es war seltsam, so etwas in einer Oubliette zu sagen, tief im Inneren des Felsens. Es war unmöglich, dass jemand mit ihr dort unten gewesen sein konnte. Sie musste es sich eingebildet haben. Hatte sie jetzt immer noch Visionen? Sie hatte David noch nie in ihrem Leben gesehen und noch nie von ihm gehört.

„Wer bist du?", fragte sie.

Er schaute sie scharf an. „David. Das habe ich dir doch gesagt. Erinnerst du dich nicht?"

Wenn Sìneag nur eine Vision gewesen war, woher hatte Anna dann seinen Namen gekannt, bevor sie sich begegnet waren?

„Aye, das hast du. Ich bin mir nicht mehr sicher, was real war und was nicht. Woher kommst du, David?"

Sie sah, wie er kaum merklich zusammenzuckte, als er den Blick abwandte. „Ich gehöre zum Clan der Mackenzies. Meine Schwester ist die Frau des Lairds."

„Oh. Dein Akzent ... den habe ich noch nie gehört. Spricht man so in der Mackenzie-Sippe?"

Sein markantes Kinn bewegte sich unter seinem kurzen Bart. Zum ersten Mal fiel ihr auf, dass er gut aussah. Sogar sehr gut. Gerade, gemeißelte Züge, warme braune Augen, dunkelblondes Haar, das ihm in Wellen bis zu den Schultern fiel. Er war groß, muskulös und breit. Die Arme und Schultern unter seiner Tunika waren riesig und seine Muskeln bewegten sich, während er mit einem Zweig in seinen Händen spielte.

„Nein, dieser Akzent kommt nicht von den Mackenzies."

„Woher kommt er dann?"

Er neigte den Kopf in ihre Richtung. „Ist das ein Verhör? Was hat mein Akzent damit zu tun? Ich habe dich gerade aus einer Folterkammer und vor einer Verfolgungsjagd gerettet und dabei mein eigenes Leben und meine eigenen ... Ziele riskiert. Wie wäre es mit einem Dankeschön?“

Dieser Ausbruch war seltsam und nicht sehr ritterlich, aber er bewirkte das Gegenteil von dem, was er beabsichtigt hatte. Er schüchterte sie nicht ein und brachte sie auch nicht dazu, vor lauter Dankbarkeit in sich zusammen zu schrumpfen und zu zittern.

Sie richtete sich auf. „Wenn ich so ein Hindernis für deine Ziele war, dann wirst du doch sicher irgendetwas als Gegenleistung dafür bekommen, dass du meinem Clan geholfen hast, oder?“

Er seufzte und schaute wieder ins Feuer. „Ja. Aber ich hatte mich nicht verpflichtet, dich bis nach Stirling zu bringen.“

Stirling ... Wo ihr Vater und ihr zukünftiger Ehemann auf sie warteten. Wohin sie jetzt gehen konnte. Für ihren Vater würde sie alles tun.

„Wie lange noch bis zum Tag von Johannes dem Täufer?“, fragte sie.

Seine Augen wurden sanfter. „Sechzehn Tage.“

Sie sollte ihren Verlobten eine Woche vor der Hochzeit auf einem geheimen Fest treffen. Wenn sie bis dahin nicht auftauchte, würde Philip sich Sorgen machen und vielleicht die ganze Sache mit ihrem Vater überdenken.

Sie nickte. „Wie weit ist es von hier nach Stirling?“

„Es sollten ungefähr hundert Meilen sein“, murmelte er nachdenklich und blickte ins Leere. „Also fünf ... sechs Tage zu Pferd.“

Als er sie erneut ansah, überkam sie eine wohlige Wärme. Sie merkte, dass sie nicht mehr zitterte. Ein warmes, ruhiges Gefühl durchflutete sie. Sie nickte, löste ihre Arme von den Knien und zog ihre Beine unter sich zusammen.

Es war genug Zeit. Hoffnung keimte in ihrer Brust auf. Genug Zeit, um es nach Stirling zu schaffen. Das bedeutete jedoch nicht, dass sie sich ausruhen konnte. Der Feind war immer noch da draußen und suchte nach ihr. „Wir sollten gleich morgen Früh aufbrechen."

„Wir?" Er zog eine Augenbraue hoch. „Ich warte darauf, dass Colum und Iàcob bis zum Morgen eintreffen. Dann kannst du mit ihnen gehen."

„Du hast recht", sagte sie und warf einen Zweig ins Feuer. „Es ist das Beste für mich, auf meine Clanmitglieder zu warten. Ich kenne dich gar nicht."

Ob gutaussehend oder nicht, sie konnte ihm noch nicht voll und ganz trauen. Wenn das Leben sie in den letzten Tagen etwas gelehrt hatte, dann das, dass Feinde überall lauern könnten.

„Ja, Ma'am", sagte David und schaute in den Kessel. „Das Wasser kocht. Bist du hungrig? Du solltest etwas Warmes essen." Er holte drei Pastinaken, Trockenfisch und einen kleinen Sack Hafer aus einer Reisetasche. „Wie geht es dir?"

Dass er sich um sie kümmerte, rührte sie. Es zauberte ihr ein wenig Farbe auf die Wangen und ließ sie glühen. Sie griff nach dem Hafer und schüttete etwas davon in den Kessel. Der Geruch von Hafer, selbst von trockenem Hafer, ließ ihren Magen knurren. Auch wenn sie vorhin das schimmlige Brot gegessen hatte, hätte sie nach Tagen in der Oubliette eine ganze Kuh verspeisen können.

„Mir geht es gut, ich danke dir", sagte sie. „Ich würde gerne mehr essen, ja."

David holte ein Feldmesser heraus und begann, die Pastinaken zu schälen. Anna warf trockenen Fisch in den Kessel und der scharfe Geruch des Meeres drang zu ihr herüber. Genau wie damals auf Islay. Die Nostalgie stach sie wie eine spitze Nadel. Sie war weit weg von zu Hause, dem Ort, an dem sie darauf gewartet hatte, dass ihr Leben begann.

Hatte es nun begonnen? Sicherlich nicht so, wie sie es sich vorgestellt hatte.

David schälte einen langen Streifen Pastinakenschale ab und sah sie an. „Bist du wirklich die Tochter von Robert the Bruce?"

Sie runzelte die Stirn. „Ja. Natürlich bin ich wirklich seine Tochter. Wusstest du das nicht?“

Sein Blick wanderte langsam an ihrem Körper auf und ab. „Ja, ich wusste es. Ich habe wohl nur nicht darüber nachgedacht, dass ich die ganze Zeit in der Gegenwart einer Prinzessin war.“

Seine Augen funkelten amüsiert und das Eis, das ihr Inneres umschlossen hatte, begann aufzutauen.

„Ich bin eigentlich keine Prinzessin“, sagte sie. „Ich bin ein Bastard, wie du sicher auch weißt. Mein Vater hat eine eheliche Tochter, Marjorie. Sie ist die Prinzessin.“

„Für mich bist du immer noch eine Prinzessin“, sagte er grinsend und schälte einen weiteren Streifen Schale ab.

Zum ersten Mal seit einer gefühlten Ewigkeit verspürte sie ein Gefühl der Leichtigkeit in der Brust und ihr Mund verzog sich zu einem kleinen Lächeln. Wer war dieser Mann? Seine Manieren, seine Stimme und sein Akzent waren so ganz anders als alle, die sie bisher in ihrem Leben angetroffen hatte. Sie war nicht viel gereist, aber durch das Handelsnetz des MacDonald-Clans hatte sie Menschen aus den verschiedensten Ecken der Welt gesehen und getroffen.

Und doch hatte sie noch nie in ihrem Leben jemanden wie ihn kennengelernt. Und niemand hatte ihr je gesagt, dass sie eine Prinzessin sei. Sie war für alle ein Bastard. Ein königlicher Bastard seit ihrem zwölften Lebensjahr. Aber trotzdem war sie ein Bastard. Manche sahen sie an, als wäre sie ein schmutziger Lappen. Andere sahen sie an, als gäbe es sie nicht.

Keiner hatte je behauptet, sie wäre eine Prinzessin.

David hörte damit auf, die Pastinake zu schälen und warf sie in das kochende Wasser. „Liebst du deinen Verlobten?“

Sie drehte sich um, nahm einen Zweig und begann, etwas in den Staub auf dem Boden zu malen. „Ich habe ihn noch nicht kennengelernt.“ Sie beobachtete, wie Davids Hände sich langsamer bewegten. Sein dunkler Blick lag schwer auf ihr. „Mein König will, dass ich meine Pflicht für ihn und mein Land erfülle. Liebe spielt keine Rolle."

David nickte kurz und schälte schneller. „Du hast recht. Für mich spielt sie auch keine Rolle. Ich bin nicht auf der Suche nach ihr."

Seine Stimme klang seltsam, distanziert und leise.

„Wonach suchst du denn?", fragte sie.

Er warf die Pastinake ins Wasser und sah ihr in die Augen. Sein Blick war hart, direkt und voller Entschlossenheit. „Nach einem Ausweg. Um dorthin zu gehen, wo ich stolz auf mich sein kann. Wo ich ich selbst sein kann."

Anna blinzelte. Sie wusste, wie es sich anfühlte, sein wahres Ich zu verdrängen und zu verstecken.

Er nahm die letzte Pastinake in die Hand, fuhr mit dem Messer unter die Schale und zog, während er zusah, wie sich der blasse Streifen löste. „Du warst für ein paar Tage in Gefangenschaft. Ich bin schon seit Jahren in Gefangenschaft. Und ich lebe immer noch in ihr. Alles, wonach ich mich sehne, ist ein Ausweg."

Irgendetwas an diesem Satz berührte sie tief in ihrer Seele. „Was soll das heißen, David? Ich habe dich nicht in Fesseln gesehen. Auf welche Weise lebst du in Gefangenschaft?"

Er schüttelte den Kopf und sah auf die Pastinake hinunter. „Das würdest du nicht verstehen. Du wurdest hier geboren und kennst nur dieses Leben. Du bist hier zu Hause. Ich werde es nie sein."

Er warf die letzte Pastinake in den Kessel, nahm einen anderen, kleineren Kessel und stand auf. „Ich hole Wasser vom Wasserfall, um es zu kochen, damit wir es trinken können."

Während Anna beobachtete, wie seine große, kräftige Gestalt hinter der Ecke des Höhleneingangs verschwand, runzelte sie die Stirn. Er hatte Unrecht damit, dass sie ihn nicht verstand. Als Bastard hatte sie sich nicht einen Tag in ihrem Leben zu Hause gefühlt. Sie musste sich immer anstrengen, damit die Menschen sie liebten und akzeptierten. Die Liebe ihres Clans war nie selbstverständlich.

Sie war an Bedingungen geknüpft.

Sie wusste nicht einmal, ob Robert the Bruce sie wirklich wollte oder ob sie nur eine Schachfigur in seinem politischen Kalkül war.

Auch wenn sie hoffte, dass er sie um ihrer selbst willen lieben würde, vermutete sie, dass es eher das Letztere war. Dennoch war sie bereit, alles für ihn zu tun.

Was sollte ein Bastard sonst tun?

KAPITEL 7

NACHDEM SIE GEGESSEN HATTEN, ging Anna zum Teich, um sich zu waschen. Das Mondlicht funkelte in dem Wasserfall, als wären es Sterne. Mit einem Stück Seife, das David ihr gegeben hatte, in der einen Hand und dem, was er Zahnbürste nannte, in der anderen, blieb sie stehen, lauschte dem plätschernden Wasser und atmete die Luft ein. Der schmierige Dreck klebte wie eine Krankheit an ihrer Haut, und der Geruch ihrer eigenen Exkremente haftete noch immer an ihrem Kleid. Sie schüttelte sich und wünschte sich nichts sehnlicher, als sich wieder sauber zu fühlen.

Sie zog ihr prächtiges rotes Kleid aus. Die warme Junibrise kitzelte sie durch ihr weißes Leinenhemd hindurch und sie freute sich, den Wind zu spüren. Wind bedeutete Freiheit.

Sie zog ihre Schuhe aus, löste die Strumpfbänder, die ihre Strumpfhose unter den Knien hielten, und streifte sie ab. Das Gras, die Steine und ein paar Zweige fühlten sich spitz und trotzdem angenehm an unter ihren nackten Füßen.

Sie kniete sich an den Rand des Teiches und weichte ihre Strumpfhose und ihr Kleid darin ein. Sie beobachtete, wie der dunkle Stoff anschwoll und sank. Dann schäumte sie Davids Seife auf und atmete den angenehmen Duft ein. Welcher Reisende machte sich die Mühe, Seife mitzunehmen? Und noch dazu eine teure, die eindeutig aus Galizien oder Frankreich importiert worden war. Sie roch nach Heidekraut und etwas anderem, nach Kräutern und etwas Süßem. Anna rieb die Seife über den Stoff und schrubbte das Kleid auf einem Felsen am Rand des Teiches.

Was wusste sie schon über David? Wo wollte er hin, was war das für ein Ausweg, den er suchte? Wie war er auf ihren Cousin und Iàcob gestoßen? Was hatten sie ihm versprochen, wenn er ihnen half, sie aus dem Schloss zu retten?

Schon bald war sie mit ihrem Kleid fertig und wrang das Wasser so gut es ging aus dem schweren Stoff heraus, ehe sie es über die Zweige eines am Wasser wachsenden Busches hängte. Dann tat sie dasselbe mit der Strumpfhose. Sie blickte zurück zur Höhle. Sie wusste, dass David nicht herauskommen würde, weil sie ihm gesagt hatte, dass sie sich waschen würde.

Trotzdem hatte es etwas Aufregendes, zu wissen, dass sie nur ein paar Schritte von der Höhle zum Teich trennten.

Um wenigstens etwas trocken zu halten, beschloss sie, ihr Unterkleid später zu waschen, wenn ihr Kleid trocken war. Es war zwar nicht so schmutzig wie ihr Kleid, aber ihr Körper musste dringend gewaschen werden.

Sie zog ihr Unterkleid über ihren Kopf und legte es auf den Boden. Gänsehaut breitete sich auf ihrer nackten Haut aus, dann stand sie auf, atmete tief ein und genoss das Gefühl der frischen Luft auf ihrem Körper. Mit dem Stück Seife in der Hand begab sie sich bis zur Hüfte ins Wasser. Es war kalt, aber nicht so kalt wie das Meer bei Islay. Die stechende Kälte und der weiche Schlamm auf dem Grund des Teiches waren eine Wohltat für ihren schmerzenden Körper.

Das letzte Mal, dass sie im Meer geschwommen war, war sieben Jahre her, an dem Tag, als sie ihren Vater kennengelernt hatte. Da sie damit beschäftigt gewesen war, eine adlige Dame zu werden, und fürchtete, dass das Meer wieder versuchen würde, sie umzubringen, hatte sie sich nicht wieder hineingewagt. Aber hier war sie sicher –

die Felsen umgaben das Becken von allen Seiten und es herrschte keine starke Strömung.

Das Wasser über ihre Schultern und ihren Rücken laufen zu lassen, fühlte sich himmlisch an. Als sie das Seifenstück über ihre Haut gleiten ließ, wusch der nach Blumen duftende Seifenschaum die Albträume mitsamt dem Schmutz und dem Dreck weg. Sie wusch ihr Haar, zog die Knoten mit ihren seifigen Fingern so gut es ging auseinander und schrubbte ihre Kopfhaut.

Endlich konnte sie wieder atmen. Ins Wasser zu tauchen war, als würde sie zu ihrem wahren Ich zurückkehren und die Scherben ihrer Seele wieder zusammensetzen.

Plötzlich hörte sie das Geräusch von raschelnden Ästen und Anna schrie auf. Sie wandte ihren Kopf den Büschen und dem Gestrüpp zu, das um den Eingang des Teiches bei den Felsen wuchs.

Im nächsten Moment rannte David mit gezogenem Schwert aus der Höhle.

Aus dem Gebüsch tauchte ein Eichhörnchen auf und rannte wie ein pelziger Blitz über die freie Fläche zwischen den Felsblöcken.

Davids Blick fiel auf sie. Sie stand nackt im Wasser und ihr Haar klebte an ihr wie eine zweite Haut. Der Mond kam heraus und das Wasser schimmerte in ihrem Haar und auf ihren Brüsten.

Mit dunklem Blick und offenem Mund starrte David sie an wie ein Wolf, der ein Reh witterte.

„Du siehst aus wie eine Meeresgöttin“, murmelte er.

Sie sollte sich bedecken. Sie sollte ihm sagen, dass er aufhören sollte zu starren und dass er verschwinden sollte. Aber sie schämte sich nicht dafür, nackt vor ihm zu stehen. Vielmehr fühlte sie sich mit jedem Augenblick, der verging, immer wärmer, als hätte er einen Ofen in ihr angeheizt. Die schiere Lust und Bewunderung in seinen Augen ließen ihre Haut kribbeln. Er hatte sein Schwert für sie gezogen, um sie zu beschützen.

Ihr Beschützer ... Etwas in ihr schmolz und eine unsichtbare Kraft zog sie zu ihm. Sie wusste, dass eine anständige Dame sich schämen sollte. Aber sie sehnte sich danach, ihm nahe zu sein,

Haut an Haut, sein Atem, der sich mit ihrem vermischte, Herz an Herz.

Vor nicht allzu langer Zeit hatte sie das Gefühl gehabt, ihr Leben wäre vorbei, bevor es begonnen hatte. Jetzt war da ein glorreicher Krieger mit einem seltsamen Akzent und Muskeln aus Stahl. Ein Krieger, der sie gerettet hatte und sie wollte, der großen Beule zwischen seinen Beinen nach zu urteilen.

Sie war am Leben und sie konnte ihn haben. Sie konnte der Versuchung nachgeben und das Leben in vollen Zügen genießen, bevor es endete.

Sie könnte ihm sagen, dass er sich ausziehen und zu ihr kommen sollte. Sie könnte ihre Handflächen über seine harte Brust gleiten lassen, über seine muskulösen Arme, die sie festhielten und ihr Sicherheit gaben.

Ein starker Windstoß rauschte durch die Büsche. Sie fröstelte und der Moment wurde wie eine Rauchwolke weggefegt.

David schüttelte den Kopf und drehte sich um. „Zieh dich an."

Sie bewegte sich nicht. „David ..."

„Zieh dich an", fauchte er. „Meinem Körper gefällt vielleicht, was ich sehe, aber ich würde mich nie für dich interessieren."

Die Zurückweisung tat weh. Er würde sich nie für sie interessieren? Er war ein Narr. Nein, nicht er. Sie war es, die töricht war.

Sie marschierte durch das Wasser, sodass es wild plätscherte. „Fahr zur Hölle."

Sie trat ans Ufer und drückte ihm seine verdammte Seife und seine verdammte Zahnbürste in die Hand. Dann hob sie ihr Unterkleid auf und zog es sich über den Kopf. Es klebte an ihrer nassen Haut und roch noch immer unangenehm, aber das war ihr egal.

„Du hast Wahnvorstellungen, David", flüsterte sie wütend. „Ich bin diejenige, die niemals an dir interessiert sein wird. Ich bin mit einem wichtigen Mann verlobt, während ich nicht einmal weiß, wer du wirklich bist." Sie zog ihre Schuhe an und hob ihr nasses Kleid und ihre Strumpfhose auf. „Irgendetwas an dir ist sehr seltsam und es ist nur eine Frage der Zeit, bis ich herausfinde, was es ist."

Seine Augen verdunkelten sich vor Schmerz. Es war ihr egal. Seine Zurückweisung schmerzte noch immer. Gerade hatte er sie noch eine Meeresgöttin genannt und dann behauptete er, er sei nicht interessiert? Er war ein Narr. Sie zeigte mit dem Finger auf ihn. „Eigentlich brauche ich dich gar nicht, um mich zu beschützen. Ich weiß, wie man kämpft, ich bin eine MacDonald. Das ist ein Vorteil, wenn man so aufwächst, als wäre man nicht von Bedeutung – man kann alles tun, was man will. Ich wollte lernen, wie ein Junge zu kämpfen."

Sie marschierte in die Höhle und breitete ihr Kleid auf einem Felsen neben dem Feuer aus, dann ihre Strumpfhose. Während sie das tat, hörte sie, wie David hereinkam und sein Schwert zurück in die Scheide steckte.

„Meine Tante Leitis war wie eine Mutter für mich", sagte sie, während sie heißes Wasser in eine Schüssel goss, ihre Hände darum schloss und sich wärmte. „Mein Onkel Aulay, der Laird, war wie ein Vater. Sie gaben mir so viel Liebe, wie sie konnten, wenn man bedachte, dass ich nicht mal ihr Kind war. Aber sie waren auch der Meinung, dass ich wie eine Dame erzogen werden sollte. Nicht so streng wie meine Cousine, sodass ich mehr Freiheiten hatte. Ich weiß, wie man schwimmt, mit Schwertern kämpft und Pfeile schießt."

„Gut. Aber das reicht nicht aus, um es allein nach Stirling zu schaffen", sagte David.

„Ich weiß viele Dinge, mehr als du dir vorstellen kannst. Das Einzige, was ich nicht kenne, ist den Weg nach Stirling. Und wenn Colum kommt, werde ich dich sowieso nicht brauchen."

Colum ... O Gott. Wo war er? Mit jedem Augenblick, der verging, wurde es schwieriger, sich vorzustellen, dass er noch lebte ... Ein Angstschauer überkam sie. Mit einer Tasse schöpfte sie etwas warmes Wasser aus dem Kessel und trank es. Die Wärme fühlte sich angenehm in ihrem Magen an. Als sie David über ihre dampfende Tasse hinweg ansah, glaubte sie, in seinen Augen Trauer zu sehen.

Aber er versteckte sie schnell hinter seinem grimmigen Blick.

KAPITEL 8

„Du solltest schlafen“, sagte David, als er aufstand und zum Eingang der Höhle ging, um in die Dunkelheit zu schauen. Sie hatten gegessen und Anna hatte sich aufgewärmt, also ließ David das letzte Feuer erlöschen, um nicht mehr Aufmerksamkeit als nötig zu erregen.

Die Nacht war ruhig. Der Mond stand tief am Himmel, bis er sich schließlich hinter der Höhle verbarg. David schätzte, dass es etwa 2 oder 3 Uhr morgens sein musste. „Die Sonne wird in ein paar Stunden aufgehen.“

Sie trug ihr knöchellanges Unterkleid, das an manchen Stellen grau und braun war. Sie war so dünn, ihre Wangen waren eingefallen und sie hatte dunkle Ringe unter den Augen. Er ballte die Fäuste bei dem Gedanken, wie wenig ihre Entführer ihr zu essen gegeben haben mussten und wie hungrig sie die ganze Zeit über gewesen sein musste. Ihr langes Haar war jetzt sauber und immer noch nass. Ihr Gesicht war nicht mehr schmutzig, sondern wunderschön und ihre Haut war durchscheinend.

Das Bild von ihr, wie sie nackt und nass im Mondlicht geschimmert hatte wie eine schlanke keltische Meeresgöttin, hatte sich für immer in sein Gedächtnis eingebrannt. Ihre perfekten kleinen, runden Brüste mit den dunkelrosa Brustwarzen, die sich vor Kälte zusammengezogen hatten. Ihre schmale Taille, die in runde Hüften überging, der tiefliegende Bauchnabel auf einem zu flachen Bauch.

Gott, er wollte sie. Selbst jetzt spürte er das Verlangen. Obwohl er einundzwanzig war, war er noch Jungfrau. Würde sie ihn auslachen, wenn er es ihr sagte?

„Ich halte Wache", sagte er ihr und schluckte schwer, dann ging er zu seinen Sachen und suchte seine Bettrolle.

Sie sah zu, wie er die Riemen löste und ein Hirschfell für sie am toten Lagerfeuer ausrollte, dann breitete er eine dicke Wolldecke aus und reichte sie ihr. Der Hirsch war von Angus erlegt und die Decke von Rogene für ihn gestrickt worden, ihr Geschenk an ihn für seine Reise. Das lag mittlerweile zwei Jahre zurück. Das Hirschfell hielt die Wolle trocken und sorgte dafür, dass man auf dem Boden gut isoliert schlafen konnte.

Anna nahm die Decke und murmelte ein Dankeschön, ohne ihn anzuschauen. Sie sah verlegen aus. Vielleicht tat es ihr leid, dass sie gesagt hatte: *Ich werde dich sowieso nicht brauchen.*

Aber jetzt brauchte sie ihn definitiv. Aber er nahm es ihr nicht übel. Er hatte sie angestarrt, als er sich hätte abwenden und ihr ihre Privatsphäre lassen sollen. Er hatte einfach nicht aufhören können, sie anzusehen. Sie musste das wohl schönste Mädchen sein, das er je gesehen hatte. Ihr zu sagen, dass er nie Interesse an ihr haben würde, war die größte Lüge seines Lebens gewesen. Sie hatte keine Ahnung, wie kurz davor er gewesen war, sich die Kleider vom Leib zu reißen und durch das Wasser zu ihr zu stürmen.

Anna wickelte sich in die Decke und legte sich auf das Hirschfell auf die Seite. Sie schloss die Augen und er verspürte eine seltsame Sehnsucht danach, dieser Stoff zu sein, sich um sie zu wickeln und sie warmzuhalten. Sie schob einen Arm unter ihren Kopf und kuschelte sich noch tiefer in die Decke. Und er saß an ihrer Seite, mit Blick auf den Höhleneingang, beobachtete und lauschte.

Er hoffte, dass sie sich ausruhen würde, aber sie zappelte immer wieder, bewegte ihre Beine und kam nicht zur Ruhe. Dann zitterte sie. Als sie anfing zu wimmern und Grimassen zu schneiden, als hätte sie Schmerzen, drehte er sich zu ihr. „Anna, geht es dir gut?"

Sie öffnete ihre Augen und sah sich um. „Ich kann nicht schlafen."

„Du bist in Sicherheit. Ich werde dich beschützen. Ich habe mein Schwert bei mir."

„Ich habe keine Angst vor Schwertern und Männern", flüsterte sie, „sondern vor der Dunkelheit."

Er holte noch ein paar trockene Äste und Anzündholz, nahm seinen Feuerstahl zur Hand und schlug mehrmals auf eine scharfe Kante des Feuersteins, bis die Funken in das Brennholz flogen. Auch wenn er wusste, dass ein Feuer die Engländer zu ihnen locken konnte, konnte er es nicht ertragen, sie so zu sehen.

Das Mädchen war gerade tagelang gefoltert worden. Wahrscheinlich hatte sie eine posttraumatische Belastungsstörung. Während das Feuer vor sich hin loderte, setzte er sich wieder in den Schneidersitz und rückte näher an sie heran. „Willst du deinen Kopf hierhin legen?" Er deutete mit seiner Hand auf seinen Oberschenkel. Sie runzelte die Stirn und schaute ihn skeptisch an. „Du bist nicht allein", sagte er. „Ich bin bei dir. Ich werde nicht zulassen, dass die Dunkelheit dich holt."

Sie nickte und kuschelte sich tiefer in die Decke. Er hasste es, sie so niedergeschlagen und verängstigt zu sehen.

Als sie sich näher zu ihm heranbewegte, berührten sich ihre Hände und ihre Augen trafen sich. Ihre Lippen waren rosa und weich, und sie trug nur ihr Unterkleid. Wie würde sie wohl schmecken, wenn er sie küsste?

In der Highschool hatte er nur eine Freundin gehabt – Jessica, ein schönes, beliebtes Mädchen. Er war ein Sportler gewesen. Sport war ihm immer leichtgefallen, und wegen seiner Legasthenie hatte er nie gute Noten bekommen. Er war oft gehänselt worden, dass er nicht der Klügste war, sogar von einigen Lehrern.

Er hatte sich von ihnen in eine für sie praktische Schublade stecken lassen: die des dummen Sportlers. Sogar Jess hatte das gedacht. Sie war nicht bereit gewesen, ihre Jungfräulichkeit zu verlieren, bevor sie achtzehn war, und so hatten sie viel oral und mit den Händen ausprobiert.

Aber die Instagram-perfekte Jessica verblasste im Vergleich zu Annas natürlicher Schönheit. Ihre Blicke hielten einander noch immer fest, und ihre Lippen waren sich so nah, dass ihre Atemzüge sich vermischten ...

Im nächsten Moment wich sie zurück.

„Du brauchst keine Angst zu haben", sagte David. „Ich werde dich nicht anrühren."

„Ich habe keine Angst. Und nein, du wirst mich nicht anrühren. Ich werde bald einen Mann haben."

Genau. Einen Ehemann. Noch ein Grund mehr für David, seinen Wünschen nicht nachzugeben. Außerdem wollte er sich nicht im Mittelalter verlieben oder eine Frau schwängern. Ein Kind ohne Vater und eine Frau ohne Unterstützung zurückzulassen, war undenkbar. Denn früher oder später würde er den Weg zurück in die Zukunft finden oder bei dem Versuch sterben. Er wollte sich hier nicht noch mehr gefangen fühlen.

Anna legte ihren Kopf auf seinen Oberschenkel. Das Gewicht fühlte sich angenehm auf seinem Bein an. Er spürte die warme Feuchtigkeit ihres Haares durch seine Leinenhosen. Er sehnte sich danach, ihren Kopf zu streicheln.

„Was weißt du über ihn?", fragte er. „Deinen zukünftigen Ehemann."

„Ich weiß, dass er Schotte ist. Er ist kein junger Mann mehr. Und ich habe gehört, dass er ehrenhaft ist. Aber er ist mit unserem Feind verbündet."

„Machst du dir Sorgen?"

„Wenn er ein gütiger Mann ist, ist das alles, was zählt." Sie schwieg einen Moment lang. „Hast du eine Verlobte? Eine Frau?"

„Nein."

Das, was für ihn einer Verlobten oder Ehefrau am nächsten gekommen war, war Jess gewesen. Sie waren drei Jahren zusammen gewesen. Nach mittelalterlichen Maßstäben war sie so etwas wie eine Prinzessin. Jess hatte sich vorgenommen, Influencerin zu werden, und schon in der Highschool hatte sie sich eine große Fangemeinde in den sozialen Medien aufgebaut.

Wie sollte er das Anna erklären?

„Aber ich hatte mal eine“, sagte er. „Drei Jahre lang habe ich ...“, er versuchte, den richtigen Ausdruck zu finden, „... um sie geworben.“

„Oh.“ Er spürte, wie Anna sich rührte und ihre Schulter gegen seinen Oberschenkel drückte. „Wer war sie?“

„Sie war ... eine Edeldame, schätze ich.“

„Du schätzt?“ Sie lachte. „Entweder sie ist es oder sie ist es nicht.“

„Nun, dann war sie eine. Aber es hat nicht funktioniert.“

Jess war ein kluges Mädchen, aber das hatte sie in den sozialen Medien nie gezeigt. Sie hatte versucht, dem Bild eines hübschen Mädchens zu entsprechen, das über Marken, Make-up und Wellness gesprochen hatte. Sie war der Meinung gewesen, dass sie keinen College-Abschluss brauchte, um erfolgreich zu sein. Ihrer Meinung nach ging es bei Erfolg um die Anzahl der Follower, die man hatte. Sie hatte sich Podcasts angehört und Bücher über Unternehmensführung gelesen, deshalb wusste David, dass noch mehr in ihr steckte.

Er fragte sich oft, ob das Bild des beliebten Mädchens eine Rüstung war, mit der sie sich selbst hatte schützen wollen. Um alle davon abzuhalten, zu erkennen, dass dahinter jemand steckte, der es dringend nötig hatte, geliebt zu werden. Die Bewunderung ihrer Fans war ein Versuch, die Liebe zu bekommen, die sie für sich selbst nicht empfand.

„Es ist das erste Mal, dass ich jemandem von ihr erzähle“, sagte er.

„Warum hat es nicht geklappt? Haben eure Clans die Heirat nicht arrangiert?“

Die Wahrheit war, dass Jessica nach ihrem Abschluss

beschlossen hatte, eine globale Lifestyle-Tour zu machen. Er war auf dem Weg zur Northwestern gewesen. Es war eine einvernehmliche Trennung gewesen. Auf der Highschool hatten sie sich eine Zeit lang gut verstanden. Er war ihr Sport-Ass gewesen. Sie seine Ballkönigin. Nach dem Abschluss war ihr Auftritt vorbei gewesen.

„Sie wollte nicht mehr, und ich habe sie gehen lassen", sagte David.

„Hast du sie geliebt?"

„Ich glaube nicht, dass ich jemals in jemanden verliebt war. Noch nicht."

In der goldschimmernden Dunkelheit drehte sie sich zu ihm um und ihre Augen trafen sich. In ihnen stand eine Frage, aber bevor sie sie stellen konnte, sagte er leise: „Du solltest versuchen zu schlafen. Ich werde auf dich aufpassen."

Sie drehte sich von ihm weg und wandte sich dem Feuer zu. „Was tust du, wenn du nicht schlafen kannst, David?"

Er lachte verbittert. „In letzter Zeit? Ich trinke. Das ist der einzige Weg, um zu vergessen."

„Uisge?"

„Ja. Aber früher, als ich zu Hause war, habe ich immer Bücher gelesen. Ähm, Geschichten." Auch wenn ihm das Lesen schwerfiel, so liebte er es doch, sich in Romane zu flüchten.

„Das gefällt mir. Erzählst du mir eine?"

Ihr eine Geschichte erzählen ... Was könnte er ihr erzählen? Etwas Mittelalterliches, etwas, das sie verstehen würde und bei dem sie nicht zu viele Fragen stellen würde ... Vielleicht *Die Braut des Prinzen*? Rogene und seine Cousinen hatten den Film geliebt. Nein, etwas, das sie ebenfalls kennen könnte. Eine vertraute Geschichte würde sie trösten.

Dann fiel ihm etwas ein.

„Vor langer, langer Zeit lebte an einem Ort namens Cornwall ein junger Prinz namens Tristan. Er hatte seine Eltern verloren und König Mark von Cornwall zog ihn wie seinen eigenen Sohn auf. Tristan wurde König Marks treuester und ehrenhaftester Krieger.

Deshalb schickte er Tristan nach Irland, um ihm Isolde zu bringen, die schönste und edelste aller Prinzessinnen. Die Heirat würde Frieden bringen und einen langen Krieg zwischen ihren beiden Königreichen beenden."

„Mhm ...", murmelte sie schläfrig. „Ich kenne die Geschichte ... aber nicht so, wie du sie erzählst. Bitte fahr fort. Erzähl mir, was passiert ist."

„Tristan schaffte es, Irland zu erreichen. Aber als er Isolde sah, verliebte er sich in sie. Sie war nicht nur schön, sie war einfach alles. Klug, freundlich und mutig wie ein Krieger. Egal wie sehr Tristan sich dagegen wehrte und versuchte, sich von Isolde fernzuhalten, auf dem Weg zurück nach Cornwall verliebte sich auch Isolde in ihn. Beide wussten, dass sie niemals zusammen sein konnten. Isolde sollte König Marks Braut werden und Tristan konnte seinen Adoptivvater niemals betrügen. Er hielt sein Wort und stellte das Vertrauen des Königs über alles, deshalb brachte Tristan Isolde zu seinem König. Genau wie Tristan sein Wort nicht brechen konnte, durfte Isolde nicht egoistisch sein. Ihre Heirat würde Frieden zwischen ihren Königreichen bringen und viele Leben retten. Also heiratete Isolde den König."

„Ja ...", murmelte Anna und schmiegte sich an seinen Schenkel. „Was hätte das Mädchen auch sonst tun sollen?"

David schmunzelte. Er sehnte sich danach, ihre weiche Wange zu berühren und mit den Fingern durch ihr Haar zu fahren. „Aber sie hörte nie auf, Tristan zu lieben, und er hörte nie auf, sie zu lieben."

Annas Atem war jetzt gleichmäßig und schwer. „Ist Tristan nicht gestorben?"

David schluckte den schweren Kloß hinunter, während er die Flammen beobachtete. „Ja, er starb. Für ihn war das ein besseres Schicksal, als eine Frau zu lieben, die er niemals haben konnte."

KAPITEL 9

DER HIMMEL, der von Blitzen erhellt wurde, war in der Lücke zwischen dem Höhleneingang und den Felsbrocken zu sehen, die den Eingang verbargen. Anna regte sich auf Davids Schoß, was ein Kribbeln auf seinem Oberschenkel verursachte. Sein Bein war durch die eingeschränkte Blutzirkulation ganz taub, aber er hatte sich nicht getraut, sich zu bewegen, weil er Annas Schlaf nicht hatte stören wollen. Sie brauchte ihn.

Sie drehte ihren Kopf und eines ihrer von schwarzen Wimpern umrandeten Augen blinzelte zu ihm hoch. Ihre Wangen waren vom Schlaf gerötet und ihre vollen Lippen wirkten entspannt.

Er grinste sie an. „Wie hast du geschlafen?"

Sie wischte sich über den Mund, richtete sich neben ihm auf, streckte ihre Arme und krümmte ihren Oberkörper. David schaute weg, als sich ihre Brüste durch den Stoff abzeichneten. „Na ja", sagte sie und schaute sich um. „Ich habe nicht mehr viel geschlafen, seit MacDowell mich in die Oubliette gesperrt hat. Es war immer so kalt und so nass, dass ich kaum schlafen konnte. Gibt es irgendein Zeichen von Colum und Iàcob?"

Er spürte, wie sein Gesicht sich verzog. „Noch nicht."

Sie seufzte und warf einen langen, besorgten Blick auf den

Eingang der Höhle. Nachdenklich fasste sie ihr langes gewelltes Haar zusammen, das jetzt trocken war, und kämmte es mit den Fingern. Ihre strahlenden Augen hatten die Farbe von dunklem Honig, und ihre Wangen waren sanft gerötet. Sie sah ausgeruhter und gesünder aus, und dadurch erschien sie noch umwerfender.

David stand auf und streckte sich. Seine Beine waren müde, weil er stundenlang in ein und derselben Position gesessen hatte, aber sie ausgeruht zu sehen, war es wert.

Er räusperte sich. „Ich werde nach Daisy sehen. Mein Pferd ...“, fügte er hinzu, als sie ihn verwirrt ansah. „Wir brauchen mehr Feuerholz, um das Frühstück zu machen.“

Sie nickte. „Aye, danke. Ich werde mich anziehen, mein Kleid dürfte jetzt zumindest einigermaßen trocken sein.“

David steckte sein Schwert in die Scheide und schnallte es sich um die Hüfte, dann machte er sich auf den Weg zwischen den Felsbrocken hindurch und den kleinen, steilen Pfad hinunter. Bevor er den Pfad verlassen konnte, erstarrte er.

Nur fünf Meter entfernt, zwischen den Bäumen, befand sich ein Lager. Es war so nah, dass David die Nähte der Feldzelte sehen konnte und die Narben auf den Gesichtern und Händen der Männer, die darunter schliefen. Er konnte das Knistern eines kleinen Lagerfeuers hören. Die Pferde grasten etwa dreißig Schritte entfernt, unter ihnen auch Daisy ...

Direkt vor David, drei Schritte entfernt und mit dem Rücken zu ihm, saß ein einzelner Mann am Lagerfeuer. Er schlief und sein Kopf hing zwischen seinen Schultern. Die Vögel zwitscherten fröhlich in den grünen Baumkronen hoch über ihm. Der Geruch von Waldrauch stieg ihm in die Nase, vermischt mit den Düften von verrottendem Holz, Pflanzen und Morgentau.

David hielt den Atem an, erstarrt wie eine Statue, und betete, dass Anna keinen Laut von sich geben oder sich entschließen würde, herunterzukommen. Ein Specht hämmerte irgendwo in der Nähe vor sich hin.

So lautlos wie möglich, ohne die schlafende Wache aus den

Augen zu lassen, machte er sich wieder auf den Weg zu Anna. Das musste der Suchtrupp sein. Sie hatten ihre Suche nach ihnen in der Nacht wahrscheinlich abgebrochen, um bei Tageslicht weiterzusuchen.

Wenn David und Anna jetzt nicht aufbrachen, würden sie sie entdecken.

Sobald er außer Sichtweite des Lagers war, rannte er den Pfad hinauf und in die Höhle. Anna trug ihr rotes Prinzessinnenkleid. Die langen Engelsärmel waren mit Fell besetzt. Jetzt, wo es sauber war, erkannte er die karmesinroten Blumenmuster. Es war an einigen Stellen zerrissen und wies noch verblasste Flecken auf, aber es stand ihr gut und betonte ihre stolze Statur.

Ihre Augen trafen sich und sie rührte sich ebenfalls nicht. Ihre Wangen röteten sich sanft. Sie war wahrhaftig eine Prinzessin. Irgendetwas an ihr wirkte überirdisch, wie Liv Tyler in *Der Herr der Ringe* ... Diese verdammte Sìneag. Musste sie ihm ausgerechnet die schönste Frau vorsetzen, die er je gesehen hatte? Wenn Sìneag glaubte, dass Anna die Frau war, die für ihn bestimmt war, hatte sie wahrscheinlich recht. Und vielleicht würden die Zeitreisesteine jetzt, nachdem er Anna getroffen hatte, endlich funktionieren.

Er hatte jede Beziehung hier vermieden, obwohl er in dieser Zeit hübsche junge Frauen getroffen hatte. Im Rausch hatte er sich von einer willigen Bauerntochter verführen lassen, sich aber auf Oralsex beschränkt, da er niemanden schwängern wollte. Offenbar waren viele mittelalterliche Frauen nicht daran gewöhnt, Oralsex zu bekommen. Und nachdem er sie befriedigt hatte, hatten ihn viele nicht mehr gehen lassen wollen.

Aber noch nie hatte er bei einer Frau dieses Kribbeln, diese Anziehung tief in seiner Seele gespürt, wie wenn er Anna ansah. Die Welt erschien ihm heller, und der Boden unter seinen Füßen fühlte sich weicher an und als würde er sich bewegen.

Er hätte darauf gewettet, dass es genau das war, was Sìneag gewollt hatte. Ihn zu der Frau zu führen, in die er sich verlieben konnte.

Nun, das würde er nicht zulassen. Er konnte sie vielleicht bewundern, aber er würde sie nicht anrühren.

„Wir müssen aufbrechen", sagte er, als er sich bückte und begann, eilig Sachen in seine Bettrolle zu packen. „Der Feind hat sein Lager direkt vor unserer Haustür aufgeschlagen."

Anna keuchte und sprang auf, um den Feldkessel und die Utensilien in den Reisesack zu packen.

„Und sie haben mein Pferd."

„Nae!"

„Ja. Wir können nicht länger auf Colum und Iàcob warten." Er schnürte die Schnüre um die Bettrolle zusammen, und als Anna ihm seinen Reisesack reichte, band er die Rolle unten fest. „Wenn der Feind mein Pferd hat, weiß er, dass wir in der Nähe sind, also müssen wir ihn austricksen und in eine andere Richtung als Stirling gehen."

David setzte den Rucksack auf seine Schultern. Er hatte ihn selbst entworfen, bevor er sich auf die Reise gemacht hatte, damit er seinen Rucksack auf den Schultern tragen konnte.

„Ayr", sagte Anna. „Es liegt im Westen und untersteht dem Kommando meines Vaters."

„Okay", sagte David und ging auf den Pfad zu. „Aber leise."

„Ich werde allein gehen, David", sagte sie hinter seinem Rücken und er drehte sich zu ihr um. Sie beäugte ihn kühl. „Du hast deutlich gemacht, dass du deinen eigenen Weg gehen musst, und ich will dir nicht zur Last fallen. Wenn du mir ein Messer leihen kannst, werde ich mich selbst beschützen."

David runzelte die Stirn. Es gab für ihn keinen Grund, sich Sorgen um sie zu machen. Es gab auch keinen Grund, sich über den Deal zwischen Bruce und Philip Mowbray Sorgen zu machen. Es war nicht sein Kampf. Er war ein moderner Amerikaner, der mitten in einen Krieg hineingeraten war, der nicht seiner war. Er hatte nicht einmal besonders auf die historischen Details geachtet, als Rogene ihm vom Ausgang des Krieges erzählt hatte. Er erinnerte sich, dass die Engländer Stirling angreifen würden, aber Bruce würde gewinnen, obwohl er nicht wusste, wann und wie das mit Annas Hochzeit zusammenhing. Rogene hatte ihm etwas Wichtiges erzählt, aber er konnte sich einfach nicht mehr daran erinnern.

So oder so, es gab keinen Grund für ihn, Anna nicht eine Waffe, den Rest seines Silbers und etwas Proviant zu geben und sie gehen zu lassen, um seine Suche fortzusetzen. Er mochte sie, aber sie hatten keine gemeinsame Zukunft.

Doch er konnte sie nicht allein lassen. Er würde nicht mit sich selbst leben können, wenn er nicht dafür sorgte, dass sie in Sicherheit war.

Wahrscheinlich war es derselbe Teil von ihm, der versucht hatte, Rogene davon abzuhalten, den Zeitreisestein zu berühren. Der Teil, der ein Schwert in die Hand genommen und für die Mackenzies in den Schlachten gegen den Ross-Clan gekämpft hatte. Der Beschützer in ihm.

„Ich werde dich nicht allein lassen, Anna. Ich werde nicht zulassen, dass dir etwas zustößt."

Zu seiner Überraschung entspannte sich ihr Gesicht vor Erleichterung. Ihre Augen funkelten und ein sanftes Lächeln umspielte ihre Lippen.

„Na gut. Dann lass uns nach Ayr aufbrechen. Dort können wir unsere Verfolger abhängen und Pferde und Hilfe bekommen, um sicher nach Stirling zu gelangen."

David nickte. „Okay. Los geht's. Ganz, ganz leise."

Worauf hatte er sich eingelassen?, fragte sich David, als sie den Pfad hinuntergingen.

Als sie den Fuß des Hügels erreichten, schlief das Lager noch. Aber der Wachposten war jetzt wach. Er saß immer noch mit dem Rücken zu ihnen, hatte eine Schüssel in der Hand und schlürfte einen Eintopf. David drehte sich zu Anna um und legte seinen Finger an die Lippen. Sie nickte.

Sie schlichen sich nach links, hinter den Wachposten. Davids Augen wichen nicht vom Rücken des Mannes und beobachteten ihn jedes Mal, wenn seine Hand den Löffel hob und senkte. Der Waldboden war mit altem Laub, Gras und Blumen bedeckt, und David achtete darauf, nicht auf Zweige und Äste zu treten.

Ein Eichhörnchen huschte an ihm vorbei, als er gerade seinen Fuß absetzen wollte. Er sprang zurück und etwas unter seinem Fuß knackte so laut, dass es wie eine Explosion klang.

Der Wald erstarrte, als der Wächter mit dem Löffel auf halbem Weg zu seinem Mund regungslos verharrte. „Verdammt!“, murmelte David leise vor sich hin. Diese verfluchten Eichhörnchen!

Der Wächter drehte seinen Kopf und sah David geradewegs an.

Als sich seine Augen weiteten, blitzte etwas Rotes und Schwarzes in Davids Augenwinkel auf. Mit einem dicken Ast in der Hand stürzte sich Anna auf den Wachposten, der sich gerade aufrichtete und die Hand an sein Schwert legte. Sie schwang den Ast und traf ihn mit einem dumpfen *Dong* am Hinterkopf.

Ein Mann im nächstgelegenen Zelt regte sich, wachte aber nicht auf.

Der Wächter schwankte ein wenig, fiel jedoch nicht um. Und als er sich zu Anna umdrehte, stürzte sich David auf den Mann und schloss seinen Arm um seinen Hals, um ihn zu würgen. Die Hände des Mannes griffen nach Davids Arm, während er ächzte und stöhnte. Nach etwa einer Minute erschlaffte er in seinem Griff und David ließ ihn sanft auf den Boden gleiten.

Jemand regte sich in dem etwas weiter entfernt aufgestellten Zelt und setzte sich auf.

David sah Anna an und sie rannten so schnell und leise, wie sie konnten.

KAPITEL 10

ANNA HIELT DEN ATEM AN, während die Hufe der englischen Pferde über sie hinwegdonnerten. Der Geruch von Erde umgab sie. Sie sah ein paar weiße Maden unter den Wurzeln des Baumes herumkrabbeln, der am Rande des Grabens wuchs, in dem sie und David sich versteckt hielten. Über ihren Köpfen flimmerte das Sonnenlicht, als die Reiter an ihnen vorbeizogen. Davids Arme lagen warm und beruhigend um ihre Schultern. Seine Nähe gab ihr Kraft. Sie war erschöpft und wollte sich einfach nur hinlegen und für lange, lange Zeit schlafen. Sie war immer noch müde vom Hunger und Durst und wurde weiterhin von der Dunkelheit gejagt.

Vielleicht würde sie es immer sein.

Aber David half ihr. Die Sonne half, und es half auch, an der frischen Luft zu sein und den Duft des Waldes und der Natur einzuatmen. Sie waren schon eine Weile unterwegs und es war bereits nach Mittag gewesen, als sie gehört hatten, dass die Engländer sie verfolgten, und sie hatten sich hier versteckt.

Nachdem die Engländer vorbeigezogen waren, sah sie David an. Er hatte so schöne, warme braune Augen und ein Gesicht, das auf Wandteppiche und in die Geschichten von Minnesängern gehörte.

David brach den Blickkontakt ab, sah auf und wartete. „Ich glaube, sie sind weg“, flüsterte er.

„Aye“, sagte sie.

„Lass uns hier ein Lager aufschlagen. Du musst etwas essen und dich ausruhen. Du siehst ein wenig blass aus.“

Sie seufzte. „Ich gebe zu, der Gedanke an eine Pause klingt gut. Aber ich möchte so schnell wie möglich nach Ayr kommen.“

„Das werden wir. Jetzt, wo sie vorbeigezogen sind, glaube ich nicht, dass sie so bald wieder hierher zurückkehren, also sind wir im Moment wahrscheinlich sicher. Ich kann einen Bach hören. Vielleicht gibt es dort Fische. Ich könnte sie braten, das würde dir guttun.“

Sie kletterten aus dem Graben und fanden einen guten Platz für ein Lager. Nachdem Anna ein Feuer gemacht hatte, brachte David ihr eine Forelle, die er bereits ausgenommen und geputzt hatte. Der stechende Geruch von frischem Fisch stieg ihr in die Nase und obwohl er roh war, knurrte ihr Magen. Während er ihn auf einen Stock steckte und über dem Feuer briet, trank sie aus einem Gefäß, das aus dem Horn eines Widders gefertigt war. David hatte seine Ärmel hochgeschoben und die Muskeln seiner starken Unterarme spannten sich an, während er arbeitete. Sie hatte das seltsame Bedürfnis, mit ihren Fingern sanft über sie zu streichen.

„Eine Forelle“, sagte sie und schloss den Deckel des Trinkhorns. „Das ist eine sehr schöne Forelle. Auf Islay hat mich mein Onkel Aulay mit Colum und meinem Cousin Seoras zum Angeln zum Loch Gorm mitgenommen. Das war, bevor ich meinen Vater kennengelernt habe.“ Sie kicherte. „Meine Cousine Laoghaire, die schon immer eine edle Dame war, blieb bei meiner Tante Leitis und nähte Kleider aus Seide, die gerade aus dem Mittelmeerraum angekommen war.“

Die Sorge um Colum sorgte dafür, dass sich ihre Schultern ständig verkrampften. War er verletzt? War er wieder einmal gefangen genommen worden? War er noch am Leben? Versuchten er und Iàcob, sie aufzuspüren? Sie musste zugeben, dass Davids Anwesenheit sie beruhigte. Er hatte gesagt, dass ihr Onkel Aulay am Leben und bei Bruce wäre und auf Nachricht von Colum über seine geheime Rettungsmission wartete. Sie waren bereit, Carlisle zu stürmen, wenn nötig, um sie zu befreien.

David mühte sich ab, den Stock durch das Maul des Fisches zu stecken. Sie rückte näher an ihn heran. „Du machst das falsch. Lass mich mal." Sie griff nach dem Fisch.

„Willst du nach Fisch riechen, nachdem du dir so viel Mühe gegeben hast, das Kleid zu waschen?"

Sie kicherte. „Das Kleid ist nicht mehr zu retten. Und ich habe Hunger."

Er zuckte mit den Schultern und reichte ihr den Stock und den Fisch. Vorsichtig führte sie das scharfe Ende durch den kalten, glitschigen Körper der Forelle.

„Hier, bitte schön." Sie steckte den Stock durch die Seite des Fischschwanzes und reichte ihn ihm mit einem triumphierenden Lächeln.

Er neigte respektvoll den Kopf und hielt den Fisch zum Braten über das Feuer. „Gut gemacht. Du wurdest also nicht von Bruce aufgezogen?"

„Nae", sagte sie. „Meine Mutter und Bruce waren verlobt, aber sie starb kurz nach meiner Geburt. Da war sie noch immer unverheiratet ... Ich nehme an, er wurde in den Krieg verwickelt ... William Wallace. Dann John Balliol. In dem Jahr, in dem er König wurde, kam er nach Islay. Und das nicht einmal, um mich zu sehen. Er war vielmehr auf der Flucht vor den Engländern, und mein Onkel hat ihn versteckt. Ich wurde von meinem Onkel Aulay und meiner Tante Leitis aufgezogen. Meine Cousins und Cousinen sind eher wie Geschwister für mich. Außer Laoghaire." Sie kicherte und schaute auf ihre Hände. „Laoghaire hat mich nie gemocht."

Auch er musste lachen. „Ich habe auch einen Cousin, der sich so verhält. Liam. Er hat immer eine Ausrede gefunden, um mit mir zu streiten."

Sie stocherte mit einem Stock im Feuer herum. „Aye. Ich weiß, wie das ist. Hast du ein gutes Verhältnis zu deinen Eltern?“

„Meine Eltern starben, als ich fünf war.“

Anna sah ihn jetzt mit anderen Augen an. Sie hätte nicht gedacht, dass dieser gut aussehende Krieger eine eigene Tragödie haben könnte. „Es tut mir leid, dass sie schon bei Gott sind, David.“

„Ja, danke“, sagte er. Er hob einen Zweig auf und begann, ein Loch in den Boden zu graben. „Ich wurde auch von meiner Tante und meinem Onkel aufgezogen. Die Schwester meiner Mutter. Aber sie hatten vier eigene Kinder, plus meine Schwester Rogene und mich. Es war immer so passiv-aggressiv. Die Seufzer. Die strengen Blicke. Die Unterstellungen, dass ihre Kinder ohne uns neue Sachen statt Secondhand-Klamotten hätten haben können.“

Anna runzelte die Stirn. „Was sind Secondhand-Klamotten?“

Er murmelte etwas vor sich hin – sie glaubte zu hören, dass er sich selbst verfluchte. „Nur ... ähm ... Sachen, die schon jemand anders getragen hat.“

„Oh. Aye, für Adlige ist das nicht so gut, aber normale Leute bekommen oft Kleidung aus zweiter Hand. Ich habe viele davon von Laoghaire bekommen. Sie ist die eheliche Tochter meines Onkels Èoin.“

Er nickte. „Sie hätten dich auch wie eine rechtmäßige Tochter behandeln sollen. Es ist nicht deine Schuld, dass deine Eltern nicht da waren.“

„Und du bist auch nicht schuld“, sagte sie.

Er sah sie lange an und grinste dann. „Ich hatte nicht gerade die schönste Kindheit mit ihnen. Ich weiß nicht, warum ich es so eilig habe, zu ihnen zurückzukommen. Es ist ja nicht so, dass sie mich vermissen würden. Ein Maul weniger zu stopfen. Und mein Mund hat eine Menge gegessen. Ich habe beim Footballspielen eine Menge Kalorien verbrannt.“

„Football?“ Sie runzelte die Stirn.

Er fluchte wieder und schüttelte den Kopf. „Was ist heute nur mit mir los? Ich bombardiere dich mit allen möglichen neuen

Wörtern, die ich nicht benutzen sollte. Ähm. Da, wo ich herkomme, spielen die Leute gerne Football. Ich war gut darin, aber es hat mich immer noch hungriger gemacht, also waren meine Tante und mein Onkel nicht begeistert davon."

„Nun, Onkel Aulay und Tante Leitis liebten mich", sagte sie. „Aber sie wollten trotzdem eigene Kinder haben. Und ich wollte meine eigene Mutter und meinen eigenen Vater. Wenn Tante Leitis schwanger wurde, vergaßen sie mich oft. Ich kann es ihnen nicht verdenken. Jeder will sein eigen Fleisch und Blut. Ein Kind, das ein Teil von einem selbst und ein Teil der Person ist, die man liebt. Aber es war nicht leicht für mich, in einem Moment gewollt und geliebt zu werden und im nächsten wurde ich vergessen."

Er nickte und schenkte ihr ein trauriges Lächeln. „Ich weiß, Prinzessin. Ich weiß."

Wärme breitete sich in ihrer Brust aus, als er sie mitfühlend ansah, und sie wusste, dass er ihren Schmerz nachvollziehen konnte. Der Rest des Tages verging schnell, während sie weiter über ihre Cousins sprachen. David erzählte ihr Geschichten darüber, wie seine Cousins Witze gemacht und sogar ihn und seine Schwester gedemütigt hatten. Sie erzählte ihm, wie Laoghaire sich über ihre einfachen Klamotten lustig gemacht hatte, dass sie mit den Kindern von Hirten und Bauern befreundet war und wie sie mit Dreck unter den Nägeln ins Bett gegangen war.

Er war anders, benutzte seltsame Wörter, die sie noch nie gehört hatte, und seine Geschichten enthielten Gegenstände und Begriffe, die sie nicht verstand.

Sie aßen die Forelle und den Rest seines Brotes. Nachts baute er einen Unterschlupf aus einer seiner Decken. Als sie sich zum Schlafen niederließen und er seine Bettrolle ausrollte, legten sie sich beide darauf, und er zog sie näher an sich heran. Sein Körper war groß, hart und warm. Er war alles, was beruhigend und gut war auf der Welt, während sie in seinen Armen einschlief.

Sie hatte es warm, sie war in Sicherheit und zum ersten Mal seit Tagen wurde sie nicht von der Dunkelheit verfolgt.

Es gab nur den Geruch eines Mannes, von Holzrauch und gegrillter Forelle.

~

DAVID SPÄHTE HINTER EINER DÜNE HERVOR AUF DIE KÜSTE BEI Ayr. Anna, die sich an seiner Seite befand, schüttelte ungläubig den Kopf.

„Sie sind nicht hier", murmelte sie und hielt den Blick auf das Meer gerichtet. „Warum ist das Schiff nicht hier?"

David schaute auf das Meer, das im Abendlicht bleiern schimmerte. Keine Schiffe. Nicht einmal zu ihrer Rechten, wo in einiger Entfernung die Umrisse der Stadt Ayr zu erkennen waren.

„Und du bist dir sicher, dass sie hierbleiben sollten?"

„Aye." Sie deutete auf einige große Felsen am Strand. Neben den Felsen standen etwa zwanzig Zelte. „Onkel Aulay hat mir geholfen, mein Pferd bei diesen Felsen zu packen."

„Wer sind dann die dort drüben?"

Etwa vierzig Pferde grasten am Rand des Strandes, wo das spärliche Gras begann. Vier Dutzend Männer saßen um das Lagerfeuer, kochten, spielten Würfelspiele, übten mit Schwertern und schossen Pfeile auf Zielscheiben.

Annas finsterer Blick war auf das Lager gerichtet. „Was meinst du, wer sie sind?"

Er strengte seine Augen an und hielt nach Anzeichen Ausschau, die auf den Feind hindeuteten. Aus etwa fünfzig Metern Entfernung konnte er nur Krieger in *Léintean Cròich* erkennen, einige von ihnen sogar mit Leinen- und Kettenhauben auf den Köpfen. „MacDowells?"

„Aye. Und sie haben dein Pferd." Sie reckte ihr Kinn in Richtung der Pferde.

„Du hast recht", sagte er und betrachtete sein hellbraunes Highland-Pony. „Das ist Daisy."

Sie war in den letzten zwei Jahren seine Begleiterin gewesen und hatte ihn nach Norden und Süden begleitet. Sie war etwas kleiner und kräftiger als die anderen Pferde und hatte in der Mitte ihrer Mähne einen sandfarbenen Streifen.

In den letzten zwei Tagen, als er ohne Daisy unterwegs gewesen war, hatte er sie wie eine Freundin vermisst. Obwohl es eine willkommene Ablenkung gewesen war, Anna an seiner Seite zu haben. Das Gefühl, das er in ihrer Nähe spürte, erinnerte ihn an die wenigen Male, die er mit seinen Freunden in Chicago high gewesen war.

Er sah Anna an. Die zwei Tage, die sie in Richtung Nordosten gelaufen waren, hatten ihr gutgetan. Unter normalen Umständen hätte sie sich ausruhen, viel trinken, sich gesund ernähren und viel schlafen müssen. Aber stattdessen war sie zu Fuß unterwegs gewesen, hatte Feuer gemacht, Beeren und Pilze gesammelt und sogar ein Rebhuhn erlegt.

Trotzdem hatten ihre Wangen eine gesundere Farbe angenommen, ihre schokoladenfarbenen Augen leuchteten heller und sie lächelte immer öfter, während sie ihren Weg fortsetzten und sich dabei miteinander unterhielten. Das zitternde, verängstigte Mädchen, das er aus den Tiefen der Oubliette gerettet hatte, war verschwunden. In den letzten beiden Nächten, die sie draußen in der Dunkelheit verbracht hatten, hatte sie sich weiterhin fest an ihn geklammert. Aber tagsüber, so dachte er, hatte ihr die Freiheit der offenen Straße, die Luft und die Natur gutgetan.

Sie starrte zum Lager und keuchte.

David folgte ihrem Blick. „Was?"

„Siehst du den älteren Mann im Kettenhemd? Er schreit jemanden an."

„Ja", sagte David.

Er war um die vierzig, obwohl seine grauen Haare und sein Bart ihn älter aussehen ließen. Er war eindeutig ein kräftiger Mann. Seine Schultern waren breit und sein Hals dick. Der Mann hielt sich gebückt und gestikulierte wild. Sein Gesicht war rot angelaufen und er schrie einen jüngeren Krieger an, der seinen Kopf zwischen die Schultern gezogen hatte.

„Wer ist das?“, fragte David.

„Der Bastard, der mich in die Oubliette gesperrt hat. Dugald MacDowell.“

Wut schoss durch Davids Adern, als befände er sich in einem Rausch. Er wollte den Mann dafür zusammenschlagen, dass er Anna das angetan hatte.

„Wir sollten gehen“, sagte er. „Offensichtlich meinen sie es ernst damit, dass sie dich finden wollen, wenn sogar das Oberhaupt des Clans und der Constable des Schlosses selbst hinter dir her ist.“

Anna schaute zu den Pferden. „Ja. Es sind nur noch dreizehn Tage bis zu Johannes dem Täufer und nur noch sechs bis zu dem Tag, an dem ich meinen Verlobten kennenlernen soll.“

David sah Daisy sehnsüchtig an. Er vermisste sie nicht nur. Seine Karte von Schottland und seine Schreibutensilien befanden sich in der Reisetasche, die an ihrem Sattel befestigt war. „Wir brauchen das Pferd.“

Anna schaute zum Kirchturm, der in der Ferne aus dem Umriss von Ayr hervorlugte. „Wir können in die Stadt gehen und um Hilfe bitten.“

„Wir wissen nicht, ob wir dort jemanden antreffen werden, der uns helfen kann.“

„Mein Clan könnte in Ayr sein. Sie werden mich beschützen. Sie werden mich nach Stirling bringen.“

David knirschte mit den Zähnen. Wie sollte er ihr erklären, dass der Schlüssel, um aus dieser Zeit zu entfliehen, bei seinem Pferd war?

Und nach Ayr zu gehen ... sie hatte wahrscheinlich recht. Aber der Gedanke, sie so schnell gehen zu lassen, bereitete ihm Schmerzen in der Brust. Irgendwie klammerte er sich an jede Möglichkeit, bei ihr zu bleiben.

„Sie passen nicht auf“, sagte er. „Was auch immer Dugald da

brüllt, alle schauen hin." Fast alle Krieger waren um Dugald und den jungen Krieger versammelt.

Anna schaute zwischen dem Lager und den Pferden hin und her. Sie waren weit genug voneinander entfernt, dass, wenn die MacDowells sich weiter stritten, sie vielleicht eine Chance hatten, an Daisy heranzukommen. Der Wind trug jetzt Bruchstücke der wütenden Stimmen zu David und ihr.

„In Ordnung", sagte sie. „Du hast recht. Sie streiten sich immer noch."

„Okay", sagte David. „Bleib hier. Ich werde Daisy holen."

„Nae ..."

„Bleib hier!" Er holte tief Luft. „Bitte, Anna. Hör mir zu. Sie dürfen dich unter keinen Umständen sehen. Ich werde vorsichtig sein, aber wenn sie mich erwischen, läufst du weg, okay?"

Sie seufzte laut. „Dieses seltsame ‚Okay', das du so oft sagst ... Ich habe noch nie jemanden dieses Wort verwenden hören."

„Versprich es mir."

Sie verdrehte die Augen. „Okay", imitierte sie ihn. Sie grinsten beide und ihr Lächeln schickte einen Sonnenstrahl mitten in seine Brust.

Er drückte ihre Schulter, als er sich gebückt an ihr vorbeibewegte. David hielt sich bedeckt, während er sich zu den Pferden hinter den Dünen schlich. Nach etwa zehn Metern endeten die Dünen in einem Stück sandigen Grasland. Der Boden dahinter war eben, wenn auch etwas steinig, und mit kurzem Gras und Gestrüpp bewachsen.

Als ihn keine Dünen mehr vor den MacDowells versteckten, richtete er sich auf, als ob er alles Recht der Welt hätte, dort zu sein, und ging ruhig zu den Pferden. Noch immer trennten ihn etwa dreißig Meter vom Lager, und mit jedem Schritt kam er Daisy näher.

Sie hob ihren Kopf, schnaubte und sah ihn an.

Ganz ruhig, Mädchen.

Seine Füße fühlten sich schwer an. Es war, als würde er durch einen Sumpf waten. Immer wieder warf er verstohlene Blicke zu den MacDowells, die sich weiterhin stritten. Mittlerweile hatte irgendjemand eine Schlägerei angefangen.

Gut so. Nun schrien sie sich gegenseitig an.

Das war sogar noch besser.

Er stellte sich vor, wie einer von ihnen aufschaute und ihn entdeckte, wie er mit dem Finger auf ihn zeigte und wie sie dann alle, die sie ohnehin schon wütend und blutrünstig waren, auf ihn zustürmten. Vierzig Männer gegen einen. Ein einziger, kalter Hieb mit scharfem Stahl gegen seinen Hals würde sein Leben beenden.

Und er würde nicht mehr in der Lage sein, Anna zu beschützen.

Aber niemand zeigte auf ihn. Keiner schrie alarmiert auf.

Wie durch ein Wunder erreichte er Daisy. Der Geruch von Pferdemist stieg ihm in die Nase, als er seine alte Freundin streichelte und in ihre schwarzen, glänzenden Augen blickte. Sie schnaubte leise, als er über das raue, warme Fell an ihrer Nase strich. Er war erleichtert, als er sah, dass seine Reisetasche noch an ihr befestigt war, auch wenn er keine Ahnung hatte, ob seine Karte noch da war.

„Hey, Daisy", sagte er leise, während er die Zügel von dem Busch löste, an dem sie gegrast hatte. „Sie haben dir doch nichts getan, oder? Lass uns von hier verschwinden."

„Rühr dich nicht von der Stelle", sagte jemand hinter ihm.

Sein Atem stockte ihm in der Brust. Langsam drehte er seinen Kopf. Ein Mann zeigte mit seinem Schwert auf ihn. Wo zum Teufel kam er her? Bewachte er die Pferde? Verdammt noch mal! Der Mann drückte die Schwertspitze gegen Davids Rücken.

„Du wirst nirgendwo hingehen."

KAPITEL 11

„DU WOLLTEST EIN PFERD STEHLEN?“, sagte Dugald MacDowell und grölte vor Lachen, wobei sich seine Augen zu Schlitzen verengten. „Das hast du ja gut hinbekommen, Bursche.“

Unter dem Auge des jüngeren Mannes, den Dugald zuvor angeschrien hatte, war ein frischer Bluterguss erkennbar. Vierzig Augenpaare richteten sich wie Speere auf David, und alles, woran er denken konnte, war Anna. Bitte, Gott, oder wer auch immer sein Gebet hören konnte, sorg dafür, dass sie verschwindet. Lass sie nicht versuchen, ihm zu helfen oder zu bleiben und zu warten ... lass sie einfach gehen. David könnte sie hinhalten, etwas tun, damit die MacDowells hierblieben und sie Zeit hatte zu fliehen. Sie könnte nach Ayr gehen und herausfinden, ob ihr Clan dort war, oder ob jemand, der mit Bruce verbündet war, ihr helfen würde.

David blieb teilnahmslos. MacDowell war ein Tyrann und ein Gewalttäter. Er hätte Anna nicht in eine Oubliette stecken müssen. Er hätte sie auch in einem normalen Zimmer unterbringen können. David hatte keinerlei Verständnis für Gräueltaten.

Er verschränkte seine Arme vor der Brust. Die Wache, die ihn erwischt hatte, hatte ihm sein Schwert abgenommen. Er hatte keine andere Möglichkeit, als sich mit seinen Fäusten den Weg freizukämpfen. Doch er war nur ein Mann gegen vierzig bewaffnete Krieger.

Als Dugald sich beruhigt hatte, blickte David ihn erwartungsvoll an. „Ich habe nicht versucht, ein Pferd zu stehlen“, sagte er. „Ich habe versucht, mein Pferd zurückzuholen, das ihr gestohlen habt. Wenn ihr mir zurückgebt, was mir gehört, werde ich mich auf den Weg machen.“

Dugald hatte hohe Wangenknochen und unter seinem Bart war ein kräftiges, kantiges Kinn zu erkennen. Das orangefarbene Licht der untergehenden Sonne betonte seine markanten Gesichtszüge noch mehr. Der Wind zerzauste sein langes graues Haar und er musterte David mit zusammengekniffenen Augen.

„Du weißt, dass ich dir mein Pferd nicht geben werde.“

„Es ist nicht dein Pferd.“

Dugalds Gesicht verfinsterte sich, während er David von oben bis unten musterte. „Meine Männer haben es nahe Carlisle gefunden. Wer bist du und was hattest du dort zu tun?“

„Ich bin David vom Clan der Mackenzies. Was ich in der Nähe von Carlisle zu tun hatte, geht dich nichts an.“

Dugalds Gesicht verlor jegliches Anzeichen von Heiterkeit. „Ein Mackenzie. Ein wohlbekannter Verbündeter von Robert the Bruce, nicht wahr? Bruce ist ein Thronräuber, der mir meine rechtmäßigen Ländereien in Galloway genommen hat. Verstehst du, warum ich dem Verbündeten meines Feindes das Pferd nicht zurückgeben will?“ Er leckte sich die Zähne bei geschlossenem Mund und sein Gesicht verzog sich zu einer bedrohlichen Grimasse. „Wie hast du meinen Clan hier gefunden?“

„Ich bin euch gefolgt.“

„Warum hast du mich nicht angesprochen, wie es ein ehrlicher Mann tun würde? Wenn du nichts zu verbergen hast, hätten wir doch sicher das Missverständnis aufklären können. Stattdessen hast du zugegeben, dass du uns gefolgt bist und versucht hast, dein eigenes Pferd zu stehlen. Du verstehst sicherlich, warum ich deiner Geschichte misstraue?“

„Misstrauen oder nicht, das ändert nichts an den Tatsachen. Ich wollte mein Pferd, aber ich dachte nicht, dass ihr es mir freiwillig geben würdet. Außerdem wollte ich keinen Kampf riskieren."

„Du wolltest keinen Kampf und doch wirst du einen bekommen."

Er schaute seine Männer an. Es wurde allmählich dunkler. Die Sonne war schon halb vom Meer verschluckt worden und warf ein feuriges Licht auf die grimmigen Gesichter.

„Du sagst das eine, ich sage das andere. Es ist unmöglich, die Wahrheit zu ergründen. Weißt du was? Es gibt eine alte Tradition, um Streitigkeiten zu schlichten: ein Kampfprozess. Hast du davon gehört?"

„Klar." Aber es gefiel ihm nicht, wie sich das anhörte.

Das war ein Teil der mittelalterlichen Welt, die David verabscheute. Er hatte gesehen, wie diese Methode zur Lösung von Problemen unter Kriegern eingesetzt wurde. Zwei betrunkene Männer hatten sich nicht einigen können, wer mit einer willigen Witwe schlafen durfte, also hatten sie gekämpft, und der Gewinner hatte die Frau bekommen.

„Wenn Gott mit dir ist, wirst du gewinnen und kannst mit deinem Pferd, deinem Schwert und deinem Leben von dannen ziehen. Wenn ich recht habe und du lügst, wird Gott mit meinem Sieger sein und ihn gewinnen lassen. Was sagst du dazu?"

David schaute sich unter den Männern um. Er hatte nicht wie die Krieger in dieser Zeit seit seinem siebten Lebensjahr tägliches Kampftraining gehabt. Er hatte erst angefangen, sich im Schwertkampf zu üben, als er vor drei Jahren mit Rogene hierhergekommen war. Er war sein ganzes Leben lang ein Athlet gewesen, was ihm geholfen hatte, schneller zu lernen, aber er hatte nur drei echte Schlachten miterlebt, nicht so viele wie diese Kerle. Sie hatten ständig Kämpfe, Überfälle und Clanfehden ausgestanden. Welche Chance hatte er schon? Und was für eine Wahl?

Wenn er heute starb, dann wenigstens für die richtige Sache. Um jemanden zu beschützen.

Nicht nur irgendjemanden. Anna.

Anna, die auf dem Felsen von Sìneag gelegen hatte. Wenn ihm das nichts über das Schicksal verriet, was sonst tat es?

„Sicher“, sagte er. „Lasst uns mit Schwertern und Blutvergießen entscheiden, ob ich die Wahrheit sage. Das klingt vernünftig.“

Alle runzelten die Stirn. Dugalds Augen weiteten sich. „Willst du dich über mich lustig machen, Bursche?“

„Ich stimme lediglich deinen Bedingungen zu, auch wenn ich es nicht will. Komm schon. Gib mir mein Claymore und lass uns kämpfen.“

Die Sonne war inzwischen untergegangen und der Himmel sah aus wie brennendes Blut, das sich über eine indigofarbene Decke ergoss.

Dugald lachte. „O nein. Ich werde nicht kämpfen. Ich werde einen Vertreter ernennen, der für mich kämpfen wird.“

Die Männer entfernten sich und bildeten einen Kreis um sie. Im Schein des Lagerfeuers betrat eine riesige Gestalt den Kreis. Das Gesicht des Mannes war von Schatten verhüllt.

Er war mindestens einen Kopf größer als David, der ein Meter neunzig groß war. Seine Schultern waren kräftig und breit, seine Arme glichen Baumstämmen, und er bewegte sich mit einem klirrenden Kettenhemd auf David zu.

„Das ist Goiridh“, sagte Dugald. „Mein bester Krieger.“

Mit seinem langsamen, schwankenden Gang und den leicht angewinkelten Armen erinnerte der Mann David an Verbrecher und Gangster aus dem Fernsehen.

David stellte sich vor, wie Goiridh ihn mit Leichtigkeit hochheben und seine Wirbelsäule wie einen Zweig über sein Knie brechen würde.

Als das Hauptfeuer eine Gesichtshälfte des Riesen erleuchtete, erstarrte Davids ganzer Körper, und um ihn herum herrschte absolute Stille. Es war, als ob sogar die Meereswellen vor Goiridh zurückschreckten, weil sie genauso viel Angst vor ihm hatten wie David selbst.

Der Mann sah erstaunlich gut aus. David war sich bewusst, dass es seltsam war, dass er das bemerkte. Aber er hatte wahrscheinlich erwartet, dass der Riese, der ihn sicher töten würde, so hässlich sein würde wie ein Troll oder ein Ork aus einem Fantasy-Buch. Doch die Frauen im einundzwanzigsten Jahrhundert hätten sich auf diesen Kerl gestürzt, als wäre er The Rock. Irgendwie machte ihn das noch furchteinflößender.

Jemand reichte David sein Schwert und das Gewicht fühlte sich an wie ein Stein, der ihn in den Tod zog. Der Kreis der Männer johlte und reckte die Fäuste in die Luft. Goiridh erweiterte den Stand seiner Füße und seine prallen Oberschenkelmuskeln dehnten seine Hose. Er ergriff sein Schwert mit beiden Händen, sodass die Flammen sich auf der Klinge spiegelten.

Ohne seine Arme tatsächlich zu spüren, hob David sein Claymore auf Schulterhöhe an und dachte nur: *Bitte, lass Anna das nicht sehen.*

„Bis zum Tod", sagte Dugald und verschränkte seine Arme vor der Brust. „Ich hoffe, dein Pferd ist es wert."

„Keine Angst, Junge", sagte Goiridh grinsend. „Ich werde es schnell zu Ende bringen. Du wirst nicht lange leiden."

Der Hirschgeweihgriff von Davids Claymore war rutschig vom Schweiß und fühlte sich unter seinen Handflächen kalt an. Er stellte seine Füße weit auseinander, aber er spürte den harten Boden nicht. Dies war nicht sein erster Kampf. Er hatte bereits gekämpft, Männer verwundet und getötet, um seine schwangere Schwester und den Clan zu schützen, den er für seinen hielt. Er hatte seinen zukünftigen Neffen beschützt. Er war kein Feigling. Er lief nicht vor einem Kampf davon und er ließ sich von niemandem einschüchtern.

Aber jetzt, als er in Goiridhs Gesicht blickte, das zur Hälfte vom Feuer erleuchtet war und zur Hälfte in der Dunkelheit lag, machte er sich in die Hose. Er war in jeder Hinsicht stärker und ein besserer Krieger als David. Er war älter, größer und trug ein Kettenhemd.

David trug nicht einmal sein *Léine Cròich*. Es lag zusammengerollt in seinem Reiserucksack bei Anna.

Mit einem Knurren griff Goiridh an und schwang sein Claymore quer nach unten. David wich zurück und das Rauschen des Schwertes klang wie ein Windmühlenflügel. Goiridh schwang das Schwert von der anderen Seite her und zielte auf Davids Hals. David blockte den Schlag ab und ihre Schwerter trafen mit einem metallischen Klirren aufeinander. Der Aufprall hallte in Davids Mark wider und schob ihn zurück wie ein Bulldozer, sodass sich seine Fersen in den Sand gruben.

Goiridh stach erneut zu, diesmal von der Seite, und David konnte ihn gerade noch abwehren. Sie schlugen, holten aus und parierten. Goiridh griff unablässig an. Er war ein unaufhaltsamer Riese, der sich seinen Weg bahnte. David war immer in der Defensive und wich den Schlägen aus.

Ein Schnitt an seiner Schulter, ein Beinahe-Treffer an seinem Oberschenkel. Prellungen und Schläge auf seinem Gesicht und seiner Brust. Er keuchte, denn sein Schwert war so schwer wie ein Felsbrocken. Er wusste selbst nicht, warum er noch am Leben war.

Die MacDowells jubelten jedes Mal, wenn Goiridh zuschlug und David einen Schritt zurücktrat.

Doch dann schien Goiridh genug davon zu haben, dass David nicht starb. Mit einem Brüllen stürmte der Riese vorwärts und schlug mit seinem Schwert wie mit einem Hammer auf David ein.

David suchte Zuflucht unter seinem Schwert, dem einzigen Schild, den er hatte. Die Wucht der Schläge hätte seine Knochen brechen können, wenn sein Gegner es geschafft hätte, auch nur einen Teil von Davids Arm zu erwischen.

David machte ein paar schnelle Schritte zurück und keuchte. Goiridh schnaufte jetzt ebenfalls. Schweiß bedeckte seine Stirn und er fletschte die Zähne, während er nach Luft rang.

David und Goiridh umkreisten einander und David deutete ein paar Mal Schläge an. Aber sie waren beide müde und brauchten Zeit, um zu Atem zu kommen. Davids Brust brannte von den Schmerzen der Prellungen, Hiebe und dem langen, anstrengenden Kampf. Seine Bizepse und seine Schultern schmerzten.

Nach ein paar Minuten ging Goiridh, der sich scheinbar erholt hatte, auf David los. David wich zurück. Sein Fuß blieb an etwas hängen, er verlor das Gleichgewicht und fiel in den Sand, direkt am Rand des Kreises, den die Krieger gebildet hatten.

Seine Hand landete auf etwas Hartem und Kaltem, das fast wie ein Football geformt war.

Ein Stein.

Goiridh stürmte auf ihn zu und hob mit beiden Armen sein Schwert über seinen Kopf, aber David wich aus und rappelte sich auf. Dabei hielt er den Stein immer noch in der Hand. Unter dem Gejohle der Schaulustigen rannte er auf die andere Seite des Kreises.

Er würde Goiridh nicht besiegen. Nicht mit einem Schwert.

Aber er war immer noch ein Athlet. Der Star-Quarterback.

Er blieb stehen und drehte sich zu Goiridh, dem keuchenden, vom Feuer erleuchteten Riesen, der mit großen Schritten auf ihn zukam. Er war entschlossen, die Sache zu beenden.

Er nahm das Schwert in die linke Hand, den Stein in die rechte und stellte sich vor, dass er mit seiner Mannschaft auf einem Footballfeld stand. Er musste den entscheidenden Pass werfen. „Los CATS!"

Mit aller Kraft, die noch in seinem Körper steckte, schwang er den Stein zurück und warf ihn gezielt auf den Kopf des Mannes.

Er flog durch die nächtliche Luft. Orange und rote Farbtöne spiegelten sich auf der nassen Oberfläche. Er bewegte sich wie ein Komet, dachte David verwundert.

Dann ertönten ein dumpfer Schlag und ein Knacken von Knochen. Goiridh machte zwei betrunkene Schritte und fiel mit einem Stöhnen und einem Aufprall in den Sand. Wie ein Baumstamm lag er am Strand und sein Kettenhemd schimmerte in feurigem Gold.

Die Wellen rauschten, plätscherten und prallten gegen den Strand. Blut strömte langsam aus Goiridhs Schläfe und ergoss sich in einem schwarzen Fleck in den Sand.

David starrte den Mann an, den er gerade getötet hatte.

Verdammt noch mal.

Obwohl er erleichtert war, tötete er nicht gerne. Er hasste es, dass Menschen wie er und Goiridh auf kleinliche Kriegsherren hören mussten, die nicht an Vernunft interessiert und nur auf Blutvergießen aus waren.

„Tut mir leid, Goiridh", murmelte er. „Es tut mir so leid."

In der darauffolgenden Stille spürte er, dass alle Augen auf ihn gerichtet waren. Erstaunte, wütende, feindselige Blicke.

„Es tut dir leid?", rief Dugald. „Es tut dir *leid*? Er war mein bester Kämpfer! Mein Champion!"

David straffte seine Schultern und sah Dugald an, der ihn mit großen Augen und einem Knurren beobachtete.

„Ich wollte diesen Kampfprozess nicht. Ich wollte nicht, dass es um Leben und Tod geht. Alles, was ich wollte, war, mein Pferd zurückzubekommen. Ich habe gewonnen. Gemäß deinen eigenen Worten hat Gott dir gezeigt, dass ich die Wahrheit gesagt habe."

Dugalds Knurren wurde noch wütender.

Einige der Krieger legten ihre Hände auf die Griffe ihrer Schwerter.

„Gute Nacht." David schritt durch den leeren Kreis, der als Kampfarena gedient hatte. Er bahnte sich einen Weg durch die Reihe der schweigenden MacDowells und spürte, dass ihre Augen wie Messer auf ihn gerichtet waren.

Doch bevor er die Freiheit erreichen konnte, ertönte Dugalds Stimme in der Luft. „Tötet ihn!"

Hände packten ihn, aber er riss seinen Ärmel aus ihrem Griff und rannte in die Dunkelheit. Von vorne näherten sich schnell zwei große Silhouetten, deren Hufe auf den Boden schlugen. Hinter ihm brüllten wütende MacDowells und rannten hinter ihm her.

„Schnappt ihn!", hörte er. „Tötet ihn!"

Er rannte. Dann wurden die Silhouetten zu Pferden. Daisy, deren hellbraunes Fell in der Dunkelheit fast schwarz aussah, und ein anderes Pferd, auf dem Anna saß.

„Beeil dich!", rief sie.

Er zögerte nicht. Er steckte sein Schwert in die Scheide und schwang sich in Daisys Sattel, dann blickte er zurück. Vierzig Schotten stürmten mit gezogenen Schwertern auf sie zu wie eine Welle im Sturm.

Während Anna und er ihre Pferde anspornten und an der Weide vorbeigaloppierten, schlugen um sie herum Pfeile in den Boden ein. Anna musste die anderen Pferde losgebunden haben, denn sie rannten nun in alle Richtungen.

Während der Wind ihm ins Gesicht blies und sich die kaum sichtbaren Umrisse des Waldes schwarz vom Himmel abzeichneten, war er versucht, Anna dafür zu schelten, dass sie nicht gegangen war. Aber wenn er ehrlich war, hätte er nicht glücklicher sein können, dass sie ihre Abmachung gebrochen hatte.

KAPITEL 12

Es war ein wilder Galopp durch die Dunkelheit. Ab und zu kam der Mond heraus und sein Licht sickerte durch die Äste des Waldes wie Spinnweben im Wind.

David wusste nicht, wohin sie ritten, nur dass sie weggaloppierten. Weit weg von den scharfen Klingen, den gefletschten Zähnen und den grausamen Blicken. Weit weg von dem Mann, den er getötet hatte, und der Blutlache. Weg vom Tod.

Die Hufschläge der Pferde dröhnten in seinen Ohren und die schwarzen Umrisse von Baumstämmen zogen zu beiden Seiten vorbei. Sie waren so breit wie Goiridh und so dunkel wie sein Schatten. Der Wald roch stark nach zertrampeltem Unterholz, Moos und feuchter Erde. Daisys süßer Duft und die Bewegungen ihres starken Körpers wirkten beruhigend. Aber die Dunkelheit, die sich in Indigo-, Kohle- und Zinntönen vor ihm ausbreitete, vermittelte ihm das Gefühl, in einen Albtraum hineinzureiten.

Und mit jedem Aufprall von Daisys Hufen auf dem Boden hallten seine Gedanken wie eine krankmachende Musik in seinem Kopf wider.

Du hast ihn getötet.

Du hast ihn getötet.

Du hast ihn getötet.

Obwohl er es immer gehasst hatte, hatte er gelernt, damit zu leben, während einer Schlacht zu töten. Er wusste, dass er keine andere Wahl hatte, wenn er wollte, dass Rogene und die anderen Mackenzies überlebten. Seit über zwei Jahren hatte er niemanden mehr getötet, aber dass er es heute wieder hatte tun müssen, lastetet schwer auf ihm.

Nach einer Weile glaubte er, irgendwo weit hinter ihm ein entferntes Rumpeln von Pferden zu hören. Aber als er zurückblickte, war da nichts als Dunkelheit.

Er hoffte, dass er sich das nur einbildete.

Nach einem langen, harten Galopp spürte David, dass Daisy müde wurde. Sie wurde langsamer und begann ein wenig zu stolpern. Der gleichmäßige Rhythmus ihres Galopps wurde unregelmäßig.

Er schaute wieder zurück und lauschte. Aber er hörte nichts und sah niemanden, der sie verfolgte.

„Wir müssen anhalten“, rief er Annas dunklem Schatten vor ihm über das Trommeln der Hufe zu.

„Aye“, antwortete sie. „Mein Pferd ist müde. Ich glaube, wir haben sie abgehängt.“

Er brachte Daisy zum Stehen. Das arme Ding schüttelte den Kopf und schnaubte. Sie brauchte etwas Wasser, Futter und Ruhe.

Sie stiegen ab und der Boden schwankte einen Moment lang unter Davids Füßen. Dann nahm er Daisys Zügel und ging mit ihr in die Dunkelheit des Waldes, weg vom Pfad. Die Nachtluft kühlte seinen verschwitzten Körper durch seine schweißnasse Tunika.

„Du hast es versprochen“, sagte er zu Anna, die ihr eigenes Pferd neben ihm herführte. „Du hättest gehen sollen.“

Anna lachte spöttisch. „Wie wäre es mit einem Dankeschön, David? Habe ich dir nicht gerade dein Leben gerettet?“

„Aber du hättest gehen sollen. Wir haben vereinbart, dass du abhaust, wenn sie mich erwischen.“

Sie antwortete nicht sofort. „Ich weiß, aye. Du hast recht. Ich habe eingewilligt. Aber als sie dich erwischt hatten, konnte ich es einfach nicht. Als ich den Mann sah, der dich festhielt, und als er nach Verstärkung rief ... Ich denke, ich wollte einfach nicht, dass du in Gefangenschaft gerätst, so wie ich es war. Ich würde das niemandem wünschen."

Er schüttelte den Kopf und seufzte. Irgendwo tief in den Wäldern heulte eine Eule. „Du bist eine ganz schön sture Highlanderin, nicht wahr?", fragte er und lachte.

Sie lachte ebenfalls. „Ich bin die Tochter meines Clans. Die Tochter meines Vaters."

„Eine schottische Prinzessin." David spürte, wie sein Grinsen zurückkehrte, dasselbe Grinsen, das er die letzten drei Tage im Gesicht gehabt hatte. „Keine Ahnung, warum ich überrascht bin."

Aus der Ferne vernahm er das leise Plätschern von Wasser, woraufhin Daisy den Kopf hob, die Ohren spitzte und schnupperte.

„Ich höre Wasser", sagte Anna.

„Ja, ich auch."

„Ich muss sagen, David, ich hätte nicht gedacht, dass du diesen Kampf lebend überstehst. Dieser Mann ... Verzeih mir, aber du hattest keine Chance gegen sein Schwert. Ich dachte schon, ich würde dich verlieren ..." Sie verstummte. „Und ich wollte dich nicht verlieren."

In ihrer Stimme schwang eine Sanftheit mit, die David beruhigte und ihm das Atmen erleichterte.

„Ich konnte nicht zusehen. Ich habe die Pferde befreit und Daisy und ein weiteres Pferd mitgenommen. Ich war schon bereit, in die Menge zu stürmen, den Bastard zu schlagen, dich zu schnappen und dann zu verschwinden. Aber als du ihn mit dem Stein getroffen und *getötet* hast ..." Ihre Stimme klang ehrfürchtig. „Du hast ihn mit einem Stein getötet! Ich ... Wo hast du gelernt, so zu werfen?"

„Ähm ... beim Football. Ich war der Mannschaftskapitän und der Trainer sagte immer, ich hätte einen unglaublichen Wurfarm."

Sie hatten den Bach erreicht, an dem es stark nach Wasser und Schlamm roch. Anna und David banden die Pferde an den Büschen an, die am Ufer des Baches wuchsen. Die Tiere senkten ihre Schnauzen und tranken. Das Mondlicht drang durch das Blätterdach über dem Bach und ließ das Wasser wie poliertes Silber schimmern.

„Ich weiß nicht, was das bedeutet. Ist das so ähnlich wie bei den Highland Games?"

Der Mackenzie-Clan hatte die Highland-Spiele vor drei Jahren organisiert und verschiedene verbündete Clans eingeladen. Es wurde Tauziehen, Steinstoßen und Baumstammwerfen veranstaltet. David hatte sich dort amüsiert – es war das erste Mal, dass er vergessen hatte, dass er aus dem Mittelalter wegwollte. Bis der Ross-Clan ihnen mitten bei den Spielen aufgelauert und die schwangere Rogene fast bei lebendigem Leib verbrannt hätten.

„Ja. Es ist ... ein bisschen wie bei den Highland Games", sagte er. „Nur ohne Clanfehden und Blutvergießen. Ich werde das Feuer entfachen. Dort drüben ist ein guter Platz für ein Lager." Er zeigte auf eine flache, von Bäumen umgebene Wiese fünf Schritte vom Bach entfernt.

Anna und er gingen umher und sammelten trockene Äste für das Feuer. „Ich hatte Angst um dich", sagte Anna. „Aber als wir erst einmal entkommen waren, habe ich mich so lebendig gefühlt, wie ich es nicht mehr getan habe seit ... seit der Zeit, bevor mein Vater vor sieben Jahren nach Islay kam."

Er hob einen weiteren Ast auf und fügte ihn dem Haufen hinzu, den er an seinen Körper gedrückt hielt. „Warum?"

„Bevor er König wurde und in mein Leben trat, war ich nur der Bastard eines Adligen. Der Clan kümmerte sich um mich und liebte mich, solange mein Vater nicht kam, um mich als seine Tochter zu beanspruchen, solange er mich nicht brauchte und nicht wollte. Niemand scherte sich um meine Erziehung, meine Manieren oder meine Fertigkeiten als Hausfrau. Meine Cousine Laoghaire wurde von Geburt an erzogen und ausgebildet. Wie jede adlige Dame wird ihre wertvolle Jungfräulichkeit an ihren zukünftigen Ehemann veräußert werden und sie wird ein wichtiges Bindeglied zwischen dem Clan der MacDonalds und dem Clan ihres Mannes sein. Aber ich ... ich war niemand. Als Bastard habe ich keinen Anspruch auf irgendetwas. Mein Wert hängt davon ab, wie wertvoll ich für meinen Vater bin. Als er König wurde, wurde ich für ihn wertvoller – eine weitere Tochter, mit der er durch eine Heirat Allianzen schmieden konnte. Es war nicht mehr angemessen, dass ich herumlief, schwamm und mich wie ein wildes Kind benahm. Plötzlich musste ich genau wie Laoghaire erzogen, ausgebildet und unterrichtet werden. Die Freiheit, die ich früher hatte, war verwirkt. Und heute, als ich mit dir in die Dunkelheit davongaloppiert bin, habe ich sie wieder gespürt. In den letzten drei Tagen habe ich sie immer stärker empfunden. Keiner weiß, wo ich bin. Niemand verlangt von mir, dass ich stundenlang am Webstuhl sitze und Stoffe webe, Kleider schneidere und mich mit der Köchin streite."

Selbst in der Dunkelheit sah er die blassen, runden Umrisse ihres Gesichts, das ihm zugewandt war.

„Ich mochte die wilde Jagd und das Abenteuer", sagte sie. „Auch wenn ich mich oft allein gefühlt habe und nicht gebraucht wurde, verlieh mir, ein Bastard zu sein, eine gewisse Freiheit. Ich habe nicht gemerkt, wie sehr ich das vermisse."

Er ging zur Mitte der Lichtung und warf den Haufen Feuerholz auf den Boden. Während er auf die Knie sank und die Äste für das Feuer arrangierte, sagte er: „Ich verstehe das besser, als du denkst. Seit ich hierhergekommen bin, habe ich erkannt, wie frei ich dort ..."

Sie stellte sich neben ihn und legte weitere Äste neben seine. „Was meinst du mit hierher?"

In diese Zeit, wollte er sagen.

„Nach Eilean Donan", sagte er und legte noch mehr Zweige dazu. „Zu meiner Schwester. Aber ich bin die letzten zwei Jahre herumgereist und habe versucht, einen Weg nach Hause zu finden."

„Wo ist dein Zuhause?", fragte sie. „Ich dachte, du kommst aus Eilean Donan. Aus Kintail."

„Nein." Das Feuerholz war jetzt bereit. Er nahm den Feuerstahl aus seiner Gürteltasche und schlug ihn über dem Holz mehrmals gegen den Feuerstein. Orangefarbene Funken flogen und ihr Anblick ließ seine Augen schmerzen, dann fraß sich die kleine Glut durch das trockene Gras und die Holzspäne. Er hielt seine Hand hinter das Anzündholz und blies darauf. Während er beobachtete, wie das Feuer immer größer wurde, schossen ihm die Gedanken durch den Kopf. Was sollte er ihr sagen? Welche Lüge würde sie zufrieden stellen und ihn nicht verraten?

Rogene hatte damals erzählt, sie wäre eine entfernte Cousine von James „Black" Douglas, dem wichtigsten Leutnant von Robert the Bruce. Aber da sie sich ein paar Mal beinahe getroffen hätten, war dies eine gefährliche Lüge, da James jedem problemlos die Wahrheit sagen könnte – dass er noch nie von Rogene und David gehört hatte und dass sie Hochstapler waren. Nur wenige Menschen wussten, dass sie Zeitreisende waren. Dem Rest der Welt erzählten Rogene und David, sie kämen von der irischen Dingle-Halbinsel. Das war die westlichste Region, die Rogene in den Sinn gekommen war, die die Highlander tatsächlich kennen würden. Für die mittelalterlichen Highlander war Dingle ein weit entfernter Ort, denn die meisten von ihnen bewegten sich nie weiter als fünfzehn Meilen von dem Dorf weg, in dem sie geboren worden waren.

Aber für den MacDonald-Clan, der aus Händlern und Seefahrern bestand, war es natürlich gar nicht so weit weg.

Trotzdem könnte David Anna jetzt von der Dingle-Halbinsel erzählen und sie würde ihm wahrscheinlich glauben. Aber es war nicht der Gedanke, dass sie ihn bei einer Lüge erwischen würde, der ihn davon abhielt. Es war vielmehr so, dass er sie nicht anlügen wollte. In ihrer Gegenwart fühlte er sich so frei, so viel mehr wie er selbst. Anna anzulügen, kam ihm vor wie Blasphemie.

Er legte größere Holzscheite auf das brennende Kleinholz und sah zu, wie kleinen Flammen die Äste beleuchteten. Der beruhigende Geruch von Rauch stieg ihm in die Nase. „Es ist weit weg. Zu Hause wurde mir etwas versprochen, ein wichtiger Aufstieg. Etwas, für das ich jahrelang gearbeitet habe. Aber jetzt sitze ich hier fest."

Er schaute sie über das Feuer hinweg an. Es war noch klein, aber er konnte bereits ihr Gesicht erkennen. Ihre Augen waren groß, glitzernd und wunderschön. Sie setzte sich auf den Boden und ihr Kleid leuchtete im Licht purpurrot vor der Dunkelheit hinter ihr.

„Was bedeutet Freiheit für dich?", fragte sie.

Er schluckte und schaute nachdenklich ins Feuer. „Tatsächlich weiß ich es nicht. Ich dachte, ich wüsste es, aber jetzt ... Vielleicht liegt es daran, dass ich mich nie frei gefühlt habe, nie irgendwo zu Hause war. Vielleicht habe ich immer gehofft, dass der Erfolg diese Leere in mir füllen würde. Damit ich vergesse, dass ich niemals gut genug bin. Ich habe gehofft, dass es da draußen noch mehr gibt – mehr zu erreichen, mehr zu erobern, mehr zu besitzen. Mehr Geld, ein besseres Auto, mehr Erfolg, mehr Bewunderung ... Ich dachte immer, diese Dinge würden mir das Gefühl geben, dass ich würdig bin."

Sie runzelte die Stirn und sah verwirrt aus. „Ein Auto?"

„Habe ich Auto gesagt?" Er kratzte sich am Hinterkopf. „Ich meinte Wagen."

Er hatte gedacht, dass sein College-Stipendium die Antwort sein würde, dass er erfolgreich sein und sich endlich zu Hause fühlen würde. Aber vielleicht würde er dieses Gefühl nicht einmal in seiner eigenen Zeit haben, nicht mal mit allem Geld und Erfolg auf der Welt.

Als er das schöne Mädchen über dem größer werdenden Feuer betrachtete, dachte er: *Wenn es Freiheit gibt, vielleicht gibt es sie dann mit diesem Mädchen, das keine Erwartungen an ihn hat? Dieses Mädchen, bei dem er sich wie er selbst fühlte?*

David grinste sie an und sie lächelte zurück. Er erinnerte sich an sein Leben zu Hause – das tägliche Footballtraining, die Übungen wegen seiner Legasthenie, die leicht erhältlichen Klamotten, die Tatsache, dass man sich nie darum sorgen musste, seine Mahlzeiten selbst fangen oder seinen eigenen Fisch oder sein Kaninchen ausnehmen zu müssen. Er erinnerte sich an seine Freunde und

Mannschaftskameraden, die von ihm erwartet hatten, dumm und wie sie zu sein.

Aber er war nicht wie sie.

Vielleicht wollte er auch gar nicht so sein wie alle anderen.

Vielleicht wollte er mit seinem Pferd an der Seite einer schönen Prinzessin um die Wette reiten, das silberne Mondlicht, den Wind auf seinem Gesicht und die Schritte des Pferdes spüren und einfach nur leben.

KAPITEL 13

NACH EINEM KURZEN SCHLAF, wachte Anna am nächsten Morgen eng umschlungen in Davids Armen auf. Sie bewegte sich zunächst nicht, sondern genoss das Gewicht seines Arms und seines Beins, das er über sie gelegt hatte, ebenso wie seine Wärme an ihrem Rücken. Sie atmete die frische Luft ein und blinzelte, als das Sonnenlicht durch die Blätter schien und ihre Augenlider kitzelte.

Wenn sie könnte, würde sie für immer auf diese Weise mit ihm zusammen sein. Sie atmete seinen männlichen Duft ein, der eine tiefe Sehnsucht in ihr auslöste, die dazu führte, dass sie sich an ihm reiben wollte, vor allem – und schändlicherweise – *dort*.

Ihre Albträume blieben fern, solange er in ihrer Nähe war. Bei ihm fühlte sie sich sicher. Er war in die Tiefen ihres steinernen Gefängnisses hinabgestiegen und hatte sie dem Tod entrissen.

Aber sie konnte nicht hierbleiben. Und das durfte sie auch nicht. Sie sollte in fünf Tagen Sir Philip treffen und sie wusste nicht einmal, wo sie genau waren.

Als David aufwachte, nahmen sie ihre Mahlzeit zu sich, reinigten die Pferde und zogen weiter nach Nordwesten. Zur Mittagszeit hielten sie an einem kleinen See, um die Pferde ausruhen und grasen zu lassen. Anna fing einen Fisch, während David ein paar Pilze und

Walderdbeeren sammelte. Während der Fisch über dem Lagerfeuer briet, aß sie genüsslich von den Beeren, und als sie sich mit dem roten Saft das Gesicht beschmierte, befeuchtete David ein Tuch und wischte ihr die Lippen ab.

Die Erdbeeren schmeckten süß und fruchtig auf ihrer Zunge. Sie fragte sich, wie seine Lippen wohl schmecken würden, wenn diese statt des Tuches den Saft von ihrem Mund fortwischen würden.

Sie ritten weiter und unterhielten sich, wobei sie sich gegenseitig kleine Späße und Geschichten aus der Vergangenheit erzählten. Sie erzählte ihm von Islay, von der Burg und von den Menschen ihres Clans. Von ihrer Tante Leitis, die wie eine Mutter für sie gewesen war.

Davon, dass ihr Onkel Aulay, als sie bei der fünften und letzten Totgeburt gestorben war, nie mehr derselbe gewesen war.

Genauso wenig wie Anna.

Er erzählte ihr von der Fehde zwischen dem Mackenzie-Clan und dem Ross-Clan, von den Schlachten, die Euphemia von Ross angezettelt hatte. Er erzählte von seinem Neffen Paul, der vor mehr als zwei Jahren geboren worden war, und davon, wie David kurz nach Pauls Geburt, nachdem er erfahren hatte, dass seine Schwester wohlauf war, zu seiner Reise aufgebrochen war.

Er sprach nicht darüber, woher er kam, sondern nur ganz allgemein über seine Familie, seine Schwester und Football ... Warum konnte er ihr nicht sagen, wo er geboren und aufgewachsen war?

Aber sie wollte ihn nicht bedrängen und ausfragen. Dieser friedliche und ungezwungene Umgang zwischen ihnen, das Vertrauen, das wie ein zartes Pflänzchen gewachsen war, war zu kostbar. Sie genoss seine Gesellschaft, auch wenn sie immer diese Frage im Hinterkopf hatte ...

Was hatte er zu verbergen? Wer war er wirklich? Abgesehen von dem Mann, der sie gerettet und beschützt hatte und ihr das Gefühl gab, sicher zu sein ...

Und lebendig zu sein.

In Davids Armen fühlte sie dieses Brennen in ihrem Inneren,

diese Leichtigkeit, als hätte man ihr eine Fischblase voll warmem Licht in den Bauch gesteckt, als würde sie vom Boden abheben und wie ein Schmetterling immer höher in die Luft schweben.

Ein Teil von ihr fürchtete sich davor, Philip Mowbray zu begegnen – der Teil, der sich nicht von David trennen wollte.

Am Abend erreichten sie ein sumpfiges Gelände. Kränklich wirkendes braunes und gelbes Gras erstreckte sich um sie herum wie die Mähne eines Pferdes, so weit sie sehen konnte. In der Ferne kräuselten sich einige Rauchfahnen in der Luft. Dort drüben musste sich ein Dorf befinden. Das war gut. Sie könnten später dort hingehen, um Proviant für den Weg zu kaufen.

Sie folgten einem ausgetretenen Pfad, der teilweise im grauen Wasser versunken war. Hier und da wuchsen Bäume und Sträucher, sie waren jedoch niedrig und erstreckten sich eher über den Boden, ähnlich wie die Vegetation auf den höchsten Bergen Islays. Eine Wolke hing über dem Sumpf und es nieselte, als sie und David sich hindurchkämpften.

Doch schließlich war der Sumpf zu Ende. Auch der Regen hörte auf, als ob eine unsichtbare Kraft ihn über dem Sumpf gehalten hätte.

Als es dämmerte, erreichten sie eine seltsame Ansammlung von Felsen auf einem Hügel, als hätte ein Riese Felsbrocken in der Größe von zweistöckigen Häusern aufgeschichtet, die durch Moos und Regen in den Boden gesunken waren. In der Nähe floss ein Fluss in einem stetig schmutzigen Grün dahin, und Trauerweiden ragten kaskadenartig hinein.

Als sie näherkamen, sah Anna, dass es sich nicht wirklich um irgendwelche Felsen handelte, die von Riesen in den Boden gerammt worden waren.

Es handelte sich um eine Ruine. Es war die Ruine einer alten Festung, die aus einem Turm und einer Burg bestanden haben musste. Die zerbrochenen Steine ragten wie Zähne aus der Erde. Efeu und Moos bedeckten sie wie eine Fäulnis. Es war still hier. Die Vögel sangen nicht in den Bäumen, nicht einmal der Fluss plätscherte. Als sie weiterritten, verfinsterte sich Davids Gesicht und er wirkte angespannt. Hatte sie einen Hauch von Lavendel gerochen?

„Das ist ein guter Platz, um Rast zu machen", sagte sie, als sie die Pferde anhielten. Der Platz war abgelegen und wurde von einem Halbkreis aus Felsen und Erde umschlossen. „Wenn uns jemand folgt, kann er uns vom Weg aus nicht so leicht sehen."

„Ja", sagte David und blickte auf die Ansammlung von Steinen am Fuße des Erdhügels, der zum Sockel der einstigen Festung hinaufführte. „Wir werden hierbleiben."

Wie verzaubert blieb sein Blick auf den Felsen haften. Er stieg ab und ging langsam dorthin. Dann blieb er vor den Felsen stehen und starrte sie an.

Anna gefiel das nicht. Nicht im Geringsten. Mit einem alarmierenden Dröhnen in der Brust, das wie ein Kriegshorn klang, stieg sie von ihrem Pferd ab. Irgendetwas an all dem kam ihr bekannt vor. Aber was?

Langsam schritt sie über den weichen, mit kurzem Gras bewachsenen Boden auf David zu. Dort waren einige Gravuren in die Oberfläche geritzt und auch ein Handabdruck war auf dem Felsen zu sehen. Es war dieselbe Art von Felsen wie auf Islay, oben bei den uralten Ruinen. Alle hielten sich davon fern. Kinder wurden gewarnt, sich nicht in die Nähe zu begeben, denn wenn sie die Feen verärgerten, würden die Feen sie entführen und sie würden nie wieder nach Hause kommen.

Feen waren natürlich nur ein Aberglaube, etwas, das es nur in Mythen und Legenden gab. Alle, die an Gott glaubten, wussten, dass es nur Geschichten waren.

Trotzdem ... Sie hatte diese Erscheinung dieser Frau namens Sìneag in der Oubliette gehabt ...

Dann erkannte sie, was ihr so vertraut vorkam. Die gleichen Symbole hatten auf der Oberfläche des Felsens in der Oubliette geleuchtet. Dieselben Symbole, die auch auf Islay zu sehen waren.

Ihre Erinnerungen an Sìneag, an die leuchtenden Symbole und daran, wie David sie gerettet hatte, waren vage. Aber sie glaubte, sich daran zu erinnern, dass er auf den Felsen geschlagen und nach Sìneag gerufen hatte.. Sie hatte angenommen, dass sie sich das nur einbildete, dass sie krank gewesen war, weil sie so lange allein in der kalten, feuchten Dunkelheit gewesen war.

Aber was, wenn es nicht so war?

„Was ist das für ein Stein?“, fragte sie. „Warum starrst du ihn an, als ob er dich verschlingen würde?“

Er antwortete nicht. Er griff nach dem Stein, hielt aber inne, als seine Hand nur noch wenige Zentimeter von ihm entfernt war.

Dann ließ er die Hand fallen, versteckte sie hinter seinem Rücken und ging davon.

Als er sich zu ihr umdrehte, ließ der gequälte Blick auf seinem hübschen Gesicht ihr Herz in die Hose rutschen. Warum hatte sie das Gefühl, dass sie ihn beinahe verloren hätte?

„Ja“, sagte er und wich zurück. „Lass uns heute Nacht hierbleiben. Essen. Ausruhen.“

Er sah aus wie ein Geist. Warum verdrehte ihr der Duft von Lavendel, der jetzt so stark war, den Magen? „Sag mir, was los ist!“

„Lass uns einfach das Feuer entzünden ...“ Er beugte sich hinunter und hob einen Zweig auf, dann starrte er ihn an, als ob er einen Pesthauch verströmen würde. „Vielleicht erzähle ich es dir sogar.“

KAPITEL 14

DER HIMMEL über ihnen war grau und färbte sich indigoblau, als das Tageslicht im Westen verschwand. David schnitt Späne von einem Stock, um daraus Anzündholz zu machen.

Seine Hände schmerzten, als er mit dem Messer immer wieder an der Rinde des Birkenzweigs entlangschnitt. Er beobachtete, wie sich die Späne lösten und auf den Haufen fielen. Sie waren alle falsch. Entweder zu dünn oder zu dick. Die Klinge des Messers kam seinem Daumen, der den Stock hielt, gefährlich nahe. Seine Finger zitterten, weil die Anspannung seine Muskeln und Sehnen versteifen ließ. Schweiß bedeckte sein Gesicht, Tröpfchen fielen auf die Späne.

Er kämpfte gegen die Anziehungskraft an, die der Stein auf ihn ausübte, der zehn Schritte entfernt lag. Die Anziehung besaß die Kraft eines Bulldozers, hartnäckig und unaufhaltsam. Der Geruch von Lavendel machte ihn krank. War Sìneag irgendwo in der Nähe? Beobachtete sie ihn hinter einem der Felsen oder Bäume hervor? Lauerte sie in den Büschen?

Wollte sie endlich den Tunnel für ihn öffnen?

Und wenn ja, was zum Teufel machte er dann noch hier und schnitzte an diesem verdammten Stock herum?

Der nächste Schnitt seines Messers verursachte einen weißglühenden Schmerz in seinem Daumen. Er stöhnte auf, als Blut aus dem Schnitt floss.

Er saugte an seinem Daumen, und das Blut schmeckte warm und salzig.

„Das ist genug Holzspäne, David“, sagte Anna besorgt und erhob sich, nachdem sie den Reisesack durchwühlt hatte, und kam zu ihm. „Tu dir nicht weh. Komm, zeig es mir.“

„Es ist nicht schlimm“, nuschelte er um den Daumen in seinem Mund herum.

Als sie sich vor ihm niederließ und den Stein hinter sich mit ihrem Körper verdeckte, fühlte er sich erleichtert. Er könnte in ihren großen, funkelnden Augen ertrinken. Sie war wunderschön mit den langen Wimpern und den geschwungenen Augenbrauen, ihren hohen Wangenknochen und ihrem zierlichen Knochenbau, der ihr dieses überirdische Aussehen verlieh. Warum suchte er weiter nach einer Fee, wenn er *sie* direkt an seiner Seite hatte?

„Lass mich sehen“, beharrte sie und wie verzaubert streckte er ihr seine Hand entgegen.

Sie nahm sie sanft in ihre Hände. Ihre Berührung fühlte sich an wie Seide auf seiner rauen Haut. Als sie auf seinen Daumen hinunterschaute, konnte er seinen Blick nicht von ihr abwenden. Sie war keineswegs so perfekt, wie die Schönheiten auf Instagram. Sie hatte zwar glatte Haut, aber an ihrem Kinn waren die winzigen, silbrigen Spuren von alten Hautunreinheiten zu sehen, vielleicht von Akne, als sie noch ein Teenager gewesen war.

Sie sahen aus wie Flecken auf dem Fell eines Panthers. Ehrfurcht einflößend.

Auf ihren Wangenknochen befanden sich ein paar Kratzer, vielleicht von der Oubliette oder von ihrer Entführung. Sie waren die Kampfmale einer Kriegerin und ein deutliches Zeichen dafür, dass sie einen unbeugsamen Geist besaß.

Ihre Fingernägel waren abgesplittert und teilweise abgerissen, sodass sich dunkle Krusten gebildet hatten. Sie musste versucht haben, sich aus ihrem Gefängnis herauszukämpfen.

Wie konnte er sie nicht bewundern und jedes Haar, jede Wimper, sogar den Schatten, den sie auf den Boden warf, anstarren? Er hatte keine Ahnung, warum ihr inneres Licht nicht durch die Poren ihrer Haut schimmerte. Was war dieser dumme Stein im Vergleich zu diesem Mädchen?

„Die Blutung hat aufgehört“, sagte sie und begegnete seinem Blick. Ihre Lippen waren nur noch wenige Zentimeter entfernt. Der Drang, sie zu kosten, war wie die Kraft eines Sturms, der gegen seinen Rücken drückte. „Lass mich einen Verband anlegen.“

„Nicht“, sagte er. *Nicht bewegen*, wollte er eigentlich sagen.

Er hätte schwören können, dass sie ein wenig in seine Richtung schwankte, als ob ein Wind sie vorwärtstrieb. Aber sie kam nicht näher.

Stattdessen richtete sie sich auf. „Ich werde das Feuer anmachen. Das Brennholz liegt bereit.“

Sie ging zur Reisetasche und holte den Feuerstahl heraus. Als sie den Karbonstahl gegen das Stück Feuerstein schlug, flogen Funken und landeten auf dem trockenen Moos und den Spänen.

„Dieser Stein ...“, sagte sie, als das Brennholz Feuer fing. „Hast du solche vorher schon mal gesehen?“

Er goss Wasser, das er zuvor abgekocht hatte, aus seiner Uisge-Hornflasche über seine Wunde. Er hatte seit Tagen kein Uisge mehr getrunken. Das Pferd, das Anna gestohlen hatte, hatte etwas Proviant im Reisesack, vielleicht war etwas Uisge darunter, den er übersehen hatte. Er brauchte dringend welchen.

Seltsamerweise hatte er sich nicht mehr nach Alkohol gesehnt, seit er Anna kennengelernt hatte. Bis jetzt. Bis der Felsen, nach dem er jahrelang gesucht hatte, sich direkt vor ihm befand und er nichts tat, um durch ihn hindurchzugehen.

Er öffnete den MacDowell-Reisesack und holte den Käse heraus, der zwar etwas schimmelig und verschwitzt, aber noch genießbar war. Einen kleinen Laib altbackenes Brot. Getrockneten Fisch. Eine kleine Hornflasche. Er öffnete sie ... Uisge ... Ein Teil von ihm wollte ihn trinken, aber er konnte nicht zulassen, dass sein Verstand getrübt wurde. Nicht heute Nacht. Er steckte den Korken wieder hinein.

Heute Nacht würden sie weder fischen noch jagen müssen. „Warum?“

„Du wolltest mir von dem Stein erzählen.“

„Hmm.“ Er war sich nicht sicher, ob er über den Stein reden wollte. Es war schon schlimm genug, dass er ihn anstarrte, als ob er Augen hätte. Er wollte definitiv nicht darüber nachdenken. Er wollte nicht denken, Punkt.

Er wollte vergessen.

„Ich habe schon mal einen gesehen“, sagte Anna, als sie ein paar größere Holzstücke über das brennende Holz stapelte.

Sie beugte sich vor und pustete darauf, sodass ihr Gesicht orange aufleuchtete.

„Wo?“, fragte er und hielt wie erstarrt die Brot- und Käsestücke in der Hand. „In der Oubliette?“

„Aye, dort.“ Sie richtete sich auf, als das Feuer richtig zu brennen begann. „Aber wir haben auf Islay auch so einen Felsen.“

Islay ... Das war nicht einmal auf seiner Karte verzeichnet. Davon hatte er nichts gewusst. Er musste ein Kreuz auf seiner Karte machen, die sich zu seiner Erleichterung immer noch in seiner Reisetasche an Daisys Sattel befand.

„Wirklich?“, fragte er. „Und was erzählen sich die Leute über diese Steine?“

Sie kam zu ihm und nahm ihm das Käsedreieck ab. „Die alten Menschen glauben, dass in der Nähe dieser Felsen Feen leben. Dass diese Feen Menschen verschwinden lassen. Aber die meisten Christen wissen, dass das Blödsinn ist. Das sind alte Märchen. Warum interessieren sie dich so sehr?“

Er schluckte. Sie nahm das Messer, mit dem er die Holzspäne vom Ast geschabt hatte, schnitt ein Stück Schimmel aus dem Käse und warf es ins Feuer. Es zischte und für eine Sekunde roch es nach Pizza.

Denk nicht an Pizza. Du müsstest den Stein nur einmal mit der Hand berühren, um an Pizza zu kommen.

Das könnte das letzte Mal sein, dass er sie sah. Es roch nach Lavendel. Er hatte eine Frau getroffen, in die er sich leicht verlieben konnte. Vielleicht war Anna, wie James gesagt hatte, die Frau, für die er „bestimmt" war. Das war es, was Sìneag gewollt hatte. Aber David hatte es sich nicht vorstellen können. Sìneag hatte Rogene und Angus über die Zeit hinweg zusammengebracht. Dann Catrìona und James. Dann Raghnall und Bryanna.

Für David ... könnte es Anna sein.

Und der Stein war genau dort.

Seine Freiheit war zum Greifen nah.

Und jetzt, wo sie das war, brauchte er sich vielleicht nicht mehr zu verstecken. Er war es leid, sich zu verstellen, zu lügen und Angst davor zu haben, dass jemand herausfand, dass er ein Zeitreisender war und man ihm etwas antun würde, was im Mittelalter an der Tagesordnung war, wie ihn zu foltern oder zu töten.

Vor allem aber wollte er Anna nicht mehr weiter anlügen.

Außer seiner Schwester hatte er noch nie für jemanden so empfunden wie für Anna. Was sie in nur vier Tagen gemeinsam durchlebt hatten, war sehr intensiv. Jetzt verband sie mehr als nur das Ziel, nach Stirling zu kommen.

Er kannte sie. Er fühlte sich mit ihr verbunden. Er hatte sich noch nie so lebendig gefühlt wie mit ihr.

Vielleicht würde er es später bereuen, aber er wollte ihr die ganze Wahrheit sagen.

Er hatte sie weder Dùghlas noch sonst jemandem erzählt, außer dem engen Kreis der Mackenzies und Cambels, die die Wahrheit bereits kannten.

Sie würde die Erste sein.

Er stand auf, ging zu Daisy und holte die Karte, seine Tinte und seinen Federkiel. Während sie ein Stück Käse kaute, ging er zu ihr, rollte das Pergament aus und zeigte ihr die Karte.

„Was ist das?", fragte sie.

„Schottland."

„Was bedeuten die Kreuze?", wollte sie wissen.

„Das sind Feensteine wie die, auf denen wir gestanden haben." Er öffnete das Tintenfass, tauchte seinen Federkiel ein und machte ein Kreuz auf Islay. „Und wir müssen und irgendwo hier befinden." Er machte ein Kreuz an der Stelle, bei der es sich um Ost-Nord-Ayrshire handeln musste, obwohl es nicht ganz eindeutig bestimmbar war.

„Gibt es so viele? Und warum suchst du nach ihnen?", fragte sie.

Er schluckte und setzte sich mit gekreuzten Beinen vor sie auf den Boden. Jetzt, wo die Sonne untergegangen war, war es kühl. Er wollte es ihr sagen, aber das Unbehagen lähmte ihn. Sie würde ihm nicht glauben. Sie würde denken, er sei verrückt. Er würde ihr Vertrauen für immer verlieren.

„Weil es wahr ist, was du gehört hast", sagte er. „Feen lassen Menschen in ihrer Nähe verschwinden. Na ja, keine Feen. Eine Fee. Ihr Name ist Sìneag. Mit den Steinen kann man durch die Zeit reisen. Es sind alte piktische Felsen, die den Fluss der Zeit öffnen."

Auf ihm lastete ein Gewicht, das seine Wirbelsäule kribbeln ließ. Wurden sie von jemandem beobachtet? Sìneag? Er schaute sich um, sah aber nichts außer den Schatten der Bäume und Büsche.

Keine Sìneag.

Er schaute wieder zu Anna, die ihn mit großen Augen anstarrte.

„Menschen verschwinden nicht einfach in der Nähe dieser Felsen", sagte er. „Sie reisen durch die Zeit. Ich bin ein solcher Zeitreisender, der aus der Zukunft kommt."

Sie blinzelte, runzelte die Stirn und sah aus, als fragte sie sich, ob sie ihn falsch verstanden hatte. Womöglich würde sie ihm gleich sagen, dass er verrückt geworden sei.

„Ich habe nach einem Weg gesucht, in meine Zeit zurückzukehren, denn ich gehöre nicht hierher. Ich sitze hier fest, bin gefangen und werde daran gehindert, mein Leben zu leben."

Sie widersprach ihm nicht, nannte ihn auch nicht verrückt oder einen Dämonenbeschwörer, wie Catrìona James genannt hatte. Sie schaute zum Felsen und sagte: „Sìneag?"

Und dann sprudelten die Worte nur so aus ihm heraus. Er erzählte ihr von seinen Eltern, von Rogene, von Legasthenie und davon, wie schwer es war, in einer Familie von Genies zu leben. Über Football und über das Stipendium an der Northwestern, das ihm endlich erlauben würde, ein Leben nach seinen Vorstellungen zu führen und jemand zu sein. Etwas aus sich zu machen.

Sie hörte zu.

„Ich kann mich nicht erinnern, dass Rogene irgendetwas darüber gesagt hat, dass du eine Rolle bei Bruce' Sieg spielst. Aber vielleicht irre ich mich auch."

Er seufzte. Die Dunkelheit hatte sich um sie herum ausgebreitet. Eine Hälfte ihres Gesichts lag im Schatten und die andere Hälfte im goldenen Feuerschein.

„Ich weiß nicht, ob ich dir glaube oder nicht", sagte sie. „Aber ich verstehe deinen Schmerz, David. Den Schmerz, nie gut genug zu sein."

Er schluckte. „Sìneag schickt Menschen durch die Zeit, um die Person zu finden, die für sie bestimmt ist. Wenn es tatsächlich eine solche Person in diesem Zeitalter für mich gibt, dann bist du es, Anna. Du bist es."

Sie begann zu zittern. „Sìneag ... es gibt sie wirklich, nicht wahr?"

„Ja. Es gibt sie."

Anna ballte ihre Hände zu Fäusten. „Sie kam zu mir in die Oubliette. Ich habe nicht geglaubt, dass sie echt ist. Ich dachte, ich hätte sie mir nur eingebildet. In dem Wahnsinn, der aus der Dunkelheit geboren wurde."

Es brach ihm das Herz. „Anna ..."

„Sie hat mir das Gleiche erzählt. Es gibt einen Mann für dich, hat sie gesagt, David, und er wird dich retten."

Sie verstummte. In Davids Körper loderte ein Feuer, doch sein Verstand sagte ihm, dass er den Mund halten und sich zurückziehen sollte, dass er zu dem Felsen gehen und seine Hand auf den Handabdruck legen sollte.

Aber sein Herz ... Anna hatte alles verändert. Sein Herz wusste es, auch wenn sein Verstand sich weigerte, es zu akzeptieren.

Verdammte Sìneag. Sie hatte recht. Sie hatte die ganze Zeit recht. Anna könnte die richtige Frau für ihn sein.

Wenn sie nicht einen anderen heiraten würde.

Wenn diese Heirat nicht dazu dienen würde, Schottland zu retten.

Wenn sie nicht aus dem Mittelalter stammen würde, einer Zeit, der er unbedingt entkommen wollte.

Ihre Brust hob und senkte sich schnell unter ihrem roten Kleid, und er bemühte sich verzweifelt, eine Erinnerung zu unterdrücken. Die Erinnerung an ihre nackten Brüste, auf denen das Wasser im Mondlicht glitzerte ...

Sie befand sich direkt vor ihm, so wunderschön und brillant, und sie nannte ihn nicht verrückt, nach allem, was er ihr erzählt hatte.

„Ich weiß nicht, ob ich dir glaube", wiederholte sie. „Aber ich weiß, dass ich mit niemandem außer dir zusammen sein will, David", sagte sie.

Wie von einer Flut von Gefühlen übermannt, schaltete sein Verstand ab. Und er tat, was er schon seit Tagen hatte tun wollen.

Er beugte sich vor und küsste sie.

KAPITEL 15

SEIN KUSS FÜHLTE SICH SAMTWEICH AN.

Zum ersten Mal in ihrem Leben berührte ein Mann sie mit seinen Lippen und küsste sie.

Es war ganz anders, als sie es erwartet hatte. David, mit seinen harten Kanten und Muskeln und seinem scharf geschnittenen Kiefer, war überhaupt nicht grob oder in Eile.

Im Gegenteil, seine Lippen berührten ihre, als wären sie eine Wolke. Leicht und sanft. Sein Geruch ging ihr durch und durch und sein Geschmack lag ihr auf der Zunge ... etwas Köstliches, Männliches. Etwas, das einen Feuersturm durch ihr Innerstes jagte. Und dort unten, zwischen ihren Beinen, breitete sich dieses wunderbare Gefühl aus und verbrannte sie von innen heraus.

Sie hatte keine Ahnung von Küssen. Sie wusste überhaupt nicht viel über Männer.

Aber eines wusste sie.

Sie wollte mehr.

Mehr von diesem geheimnisvollen Mann, der von Zeitreisen, der Zukunft und Football sprach. Von Erfolg und Universitäten und von Potenzial.

Er hätte sie nicht mehr verwirren können, und sie glaubte ihm nicht.

Doch alles, was er ihr über sich selbst erzählt hatte, könnte dem, was sie in Bezug auf sich selbst und diese Welt empfand, nicht ähnlicher sein.

Wie er fühlte sie sich gefangen. Wie er musste sie ständig beweisen, dass sie gut genug und würdig war. Wie er war sie allein und unerwünscht, solange sie denken konnte.

Als er seine Zunge in ihren Mund eintauchte und die ihre berührte, wich sie nicht zurück. Sie drückte sich gegen ihn, als würde eine unsichtbare Kraft sie verbinden.

Seine Zunge, seine köstliche, geschmeidige Zunge verwöhnte sie, streichelte sie und entfachte mit jeder verruchten Bewegung ein stürmisches Feuer.

Seine Arme legten sich um ihren Körper und zogen sie in eine eiserne Umarmung. Sie klammerte sich an ihn und schlang ihre Arme um seinen Hals wie eine Krabbe. Sie streichelte sein überraschend weiches Haar und ließ es zwischen ihren Fingern hindurchgleiten.

Sein unrasiertes Kinn schabte über ihre Haut, was seltsam erregend war.

Doch dann lösten sich seine Lippen von ihren und sie starrte ihn an, während er sich keuchend zurückzog. Seine Augen waren dunkel und fest auf sie gerichtet. „Das hätte ich nicht tun sollen. Du gehörst nicht mir."

Du gehörst nicht mir ...

Oh, wie sehr sie sich wünschte, ihm zu gehören.

Aber er hatte recht. Sie würde einen anderen Mann heiraten. Jemanden, den sie noch nie in ihrem Leben getroffen hatte. Jemanden, bei dessen bloßer Vorstellung sie das Gefühl hatte, zu ersticken und schwermütig zu sein, als wäre sie wieder in der Oubliette.

Sie klammerte sich an die Seiten seiner Tunika. „Ich dachte, ich würde in dieser Oubliette sterben. Ich dachte, mein Leben wäre vorbei, bevor es begonnen hatte. Ich habe in meinem Leben nie bekommen, was ich wollte. Weder mein Vater noch mein Clan gaben mir das Gefühl, erwünscht zu sein. Zu lieben und geliebt zu werden ..." Sie rückte näher an ihn heran. „Vielleicht sterbe ich morgen. Mein Ehemann könnte ein grausamer Mann sein, und wenn ich erst einmal seine Frau bin, kann ich nichts dagegen ausrichten. Aber ich weiß, dass du nichts von alledem bist. Und ich weiß, dass ich dich begehre. Und zum ersten Mal in meinem Leben werde ich bekommen, was ich will."

Sein Adamsapfel zuckte, als er schluckte. Ein gequälter Ausdruck zeichnete sich auf seinem Gesicht ab.

„Ja", sagte sie. „Für den Rest meines Lebens werde ich meinem Mann, Schottland und meinem Vater dienen. Lass diesen einen Moment eine Ausnahme sein. Eine Nacht, in der ich haben kann, was ich will."

Er musterte sie, ohne zu blinzeln, und sein dunkler Blick weckte ein herrliches Gefühl von Gefahr in ihrem Blut. In seinen Augen war Kummer zu erkennen, aber auch Leidenschaft. Als sein Blick auf ihren Mund fiel, hatte sie das seltsame Gefühl zu fallen.

„Anna ...", sagte er mit einer sanften, warmen und vertrauten Stimme.

Warum rührte er sich nicht? Warum küsste er sie nicht noch einmal, schlang seine Arme so eng um sie wie Kokon? Der Schmerz der Zurückweisung schnürte ihr die Kehle zu. Er hatte ihr das Gefühl gegeben, dass sie mutig war, dass sie etwas wagen wollte, dass sie leben wollte. Aber vielleicht hatte sie ihn völlig falsch verstanden.

„Willst du mich nicht?" Sie wich zurück und versuchte, sich aus seinem Griff zu befreien, aber er hielt sie fest.

„Ich will dich. Mein Gott, Anna, du hast ja keine Ahnung, wie sehr ich dich will", knurrte er und zog sie zu sich heran. „Es kostet mich den letzten Rest meiner Selbstbeherrschung, dir nicht das Kleid vom Leib zu reißen und dir zu zeigen, wie sehr du begehrt und wie viel du mit deinem Mann verpassen wirst. Das ist deine letzte

Chance, mich aufzuhalten. Sag nein und ich werde dich nie wieder anfassen. Deine letzte Chance, Anna."

Einen Moment lang bewegte er sich nicht, sondern warf ihr nur einen Blick zu, der ein seltsames Kribbeln in ihrem ganzen Körper auslöste und jedes einzelne Haar auf ihrer Haut zu Berge stehen ließ. Alles um sie herum wurde still und leise und wartete auf sie. In diesem Moment zwischen der alten Welt, in der Anna ein unglückliches Mädchen gewesen war, und der neuen, in der sie ein gefallenes, aber glückliches Mädchen sein würde, hörte der Wind auf, mit den Blättern und Ästen zu rascheln. Das Knistern des Feuers verstummte und das Einzige, was sie hören konnte, war ihr Puls, der in ihren Schläfen pochte.

Er ließ ihr eine Wahl. Er überließ ihr die Kontrolle. Das hatte noch niemand in ihrem Leben getan. Sie würde sie nie wieder haben, nicht als Philips Frau und nicht als Tochter des Königs von Schottland.

„Ich werde nicht nein zu dir sagen, David. Zeig mir, wie es ist, zu leben und frei zu sein. Ich sage ja."

Seine Lippen trafen auf ihre, bevor sie den nächsten Atemzug tun konnte. Sie lehnte sich an ihn, umklammerte die Tunika an seinen starken Schultern und packte dann seinen Nacken, weil sie mehr wollte. Seine Zunge war gierig und strich immer wieder über die ihre.

Du gehörst mir, sagte sein Kuss. *Du gehörst mir.*

Sie lehnte sich ihm entgegen, wollte seine Zunge überall spüren. Als sie ihr Becken gegen ihn drückte, spürte sie etwas Langes und Hartes zwischen seinen Schenkeln.

O Gott, er war schon so hart für sie.

Anna wusste, was das bedeutete. Auf Islay hatte sie Tiere bei der Paarung beobachtet, Hengste, die Stuten deckten. Obwohl sie noch nie ein menschliches männliches Organ gesehen hatte, wusste sie, was diese Härte bedeutete.

Und es gefiel ihr.

Mit jeder Bewegung, jeder Berührung und jedem bisschen

Druck stieg Hitze in ihr auf. Sie wand und rieb sich an seinem festen Körper, an seiner harten Länge. Jede Nacht hatte sie gespürt, wie sich sein Körper gegen ihren presste, aber erst jetzt bekam sie, was sie wollte.

Er bewegte seine großen, starken Hände ihren Rücken hinauf, entfachte ein Feuer in ihr und fummelte an ihrem Kleid. Das Vergnügen, das sein Kuss ihr geschenkt hatte, die Wärme seines Körpers, sein Geruch und seine Nähe ließen ihre Haut kribbeln. Das Kleid fühlte sich zu eng und störend an. Als hätte er ihre Gedanken gelesen, hing das Kleid wenige Augenblicke später nur noch locker um ihre Schultern und er zerrte es runter.

Sein Mund ließ von ihrem ab und wanderte ihren Hals hinunter, wobei er heiße Kussspuren hinterließ. Sie grub ihre Finger in sein seidenweiches Haar und hörte, wie ein Stöhnen aus ihrer Kehle kam. Anna erkannte ihre eigene Stimme nicht. Das war nicht sie. Sie war nicht das Mädchen, das sich verzweifelt wünschte, eine rechtmäßige Adlige am Hof ihres Vaters zu sein.

Ein wahrer Freigeist, das war sie – eine Hochländerin mit einem Herzen, das so hell strahlte wie die Sonne. Ihr Körper schmolz dahin und strömte in die Welt hinaus, als wäre sie eins mit ihr.

Eins mit ihm.

Er zog ihr Kleid und ihr Unterkleid ihren Körper hinab, umschloss mit einer Hand ihre nackte Brust und nahm sie zu ihrer Überraschung in den Mund. Ein lustvoller Schauer strömte durch sie hindurch, während sein Mund an ihrem Körper saugte und knabberte. Seine Zunge strich über ihre Brustwarze, die hart wie ein Kieselstein wurde und schmerzte. Sie wölbte ihren Rücken und es könnte sein, dass sie vielleicht seinen Namen geschrien hatte. Aber sicher war sie sich nicht, denn sie befand sich schon halb im Delirium.

Als er sich ihrer anderen Brust zuwandte und die erste Brust immer noch mit seiner Hand streichelte, wusste sie, dass ihr logischer Verstand ausgeschaltet war. Er hatte sich in der Hitze ihrer Lust verflüchtigt.

Und es gefiel ihr. Sie wollte mehr davon. Überall.

Mit ihren Händen fuhr sie über seine muskulöse Brust und seinen Bauch. Dann öffnete sie den Gürtel um seine Taille. Als er mit einem leisen Geräusch auf den Boden fiel, zog sie seine Tunika hoch und bewunderte die harten Konturen seines Körpers. Den Körper eines Kriegers. Sie zog ihm die Tunika über die Schultern und den Kopf, und sein nackter Oberkörper fühlte sich an ihren empfindlichen Brustwarzen an wie ein warmer Stein.

„Du bist so schön, dass es mir den Atem verschlägt", flüsterte er, während er schamlos und verführerisch auf ihren Körper hinunterblickte. Sie wollte, dass er jeden Zentimeter von ihr in sich aufnahm. „Gott, du bist das schönste Mädchen, das ich je gesehen habe."

Ihre Kehle fühlte sich an wie zugeschnürt vor lauter Emotionen. Sie konnte nicht glauben, dass ein Mann solche Dinge über sie sagen würde.

Oder dass er sie so sehr begehren würde ...

Er drückte sie zurück, damit sie sich auf die Schlafrolle legte. Der weiche Pelz des Hirschfells fühlte sich an ihrem nackten Rücken an wie eine Liebkosung. David schob sich über ihren Körper und stützte sich mit einem Arm ab. Die Haut seines kräftigen Bizepses schimmerte im Feuerschein, als er sich zu ihr herunterbeugte und sie erneut küsste.

Sein Kuss fühlte sich jetzt anders an – drängender und tiefer. Er beanspruchte sie für sich. Während sie ihre Hände über seinen Brustkorb gleiten ließ, schob er den Rest ihrer Kleidung bis zu ihren Hüften und dann ihre Beine hinunter. Die dunkle Abendluft streichelte ihren nackten Körper, genauso wie er es tat.

Seine Zunge liebkoste weiter die ihre, während seine Hand ihren Körper hinunterwanderte, eine Brust umfasste und mit dem Nippel spielte. Lust strömte wie ein guter Wein durch ihr Innerstes. Er knurrte an ihrem Mund, als sie ihm ihre Brust entgegenwölbte, weil sie mehr von seiner Berührung wollte, mehr von ihm auf ihr, einfach mehr ...

Gerade als sie glaubte, nicht mehr atmen zu können, wanderte seine Hand über ihren Bauch und ließ eine flüssige Hitze in ihr aufsteigen. Mit jedem Zentimeter kam er ihrem Zentrum näher, der Stelle zwischen ihren Beinen, die pochte, schmerzte und vor Verlangen brannte. Dann war er bei ihren Schamhaaren angelangt und seine Finger spreizten ihre Schamlippen. Als er sie berührte – genau dort –, durchzuckte sie wilde Lust wie ein Pfeil.

Sie keuchte und zuckte zusammen, und er intensivierte den Kuss und raunte etwas an ihrem Mund.

Als er innehielt, damit sie sich an das Gefühl gewöhnen konnte, presste sie sich an ihn, weil sie es nicht abwarten konnte, und er grinste sie an.

„Ich wusste, dass es dir gefallen würde, Schatz", flüsterte er. „Das ist erst der Anfang."

„Der Anfang?", murmelte sie. „Oh, David, ich platze gleich ..."

„Und ich werde jeden Teil von dir auffangen."

Er fing an, seinen Finger zu bewegen und mehr Druck auszuüben, als würde er ihre Lust bündeln und sie wie einen Faden auf einer Spindel aufwickeln. Und dabei konzentrierte er sich auf eine einzige Stelle. Es war unerträglich. Es war magisch. Wie Sternenlicht und Funken bewegte sich das süße Verlangen in einem wilden, urwüchsigen Tanz durch sie hindurch. Sie stöhnte auf, klammerte sich an ihn, bewegte ihre Hüften und krallte ihre Hände in das Hirschfell.

Anna öffnete sich und gab sich ihm völlig hin. Ihre Lust wurde immer größer und tiefer und verschlang sie ganz und gar.

Sie wusste, dass sie an der Schwelle zu etwas ... etwas Spektakulärem stand. Etwas Göttlichem. Und sie würde in die Tiefe stürzen und sich auflösen und ...

Nur tat sie das nicht. Er zog sich zurück, sodass sie enttäuscht und frustriert aufstöhnte.

„David ..." Sie schaute ihn an.

Er betrachtete sie mit seinen dunklen Augen, in denen eine Mischung aus animalischer Begierde und Ehrfurcht stand.

„Ich bin dabei, mich in dich zu verlieben, Anna“, flüsterte er mit rauer und heiserer Stimme.

Er verliebte sich in sie ... Ihre Seele jauchzte vor Freude. Ihr Körper war völlig entblößt, nackt und schwamm in einem Ozean der Lust. Und nun waren ihr Herz und ihre Seele noch dazu ganz aufgewühlt und schmerzten angesichts seiner Worte.

Denn auch sie verliebte sich in ihn. In ihrem Unterbewusstsein, das nicht mehr war als ein fernes Echo ihres logischen Verstandes, wusste sie, dass das nicht gut war. Es würde sie ruinieren. Es mochte sich im Moment angenehm und wunderbar anfühlen, aber sie würde für dieses Glück bezahlen.

Bevor sie etwas erwidern konnte, war er von ihrer Seite gewichen und schwebte nun wie ein riesiger Berg über ihr. Er küsste, knabberte und biss sanft in ihre Brüste, dann wanderte sein Mund ihren Bauch hinunter. Sie dachte, dass dies der Moment sein würde, in dem er sie nehmen würde, so wie ein Mann eine Frau nahm, und dass sie ihre Jungfräulichkeit verlieren würde ...

Er bewegte sich weiter, küsste ihren Bauch und sank tiefer ... und noch tiefer.

Sie keuchte und setzte sich auf, als seine Lippen die Innenseite ihres Oberschenkels berührten. Anna schämte sich und hatte Angst, dass er sie *dort* küssen würde. Tiere taten so etwas nicht. Sie wusste nicht, ob das etwas war, was Menschen überhaupt taten.

Aber genau das war es, was er machte.

Er spreizte ihre Schamlippen mit seinen Fingern, sodass sie entblößt war, und legte seine Lippen auf sie.

Sie schrie auf, außerstande, ihre Überraschung und ihr Vergnügen zu unterdrücken. Es fühlte sich so verlockend, sanft und ... o lieber Gott ... so gut an!

Seine Zunge streichelte sie immer wieder, genau dort, wo vorher seine Finger gewesen waren. Sie versuchte, sich zurückzuziehen, aber sie konnte nirgendwo hin. Er hob ihren Schenkel über seine Schulter, während sein anderer Arm sie festhielt. Vom Zentrum ihrer Lust strömte Hitze wie heißer Honig durch ihr Blut. Sie konnte nichts anderes tun, als es anzunehmen, sich darin aufzulösen, darin zu schwimmen.

Er knurrte wie ein hungriges Tier. David verwöhnte, massierte und streichelte ihre schmerzenden Falten, als wüsste er genau, was sie brauchte. Und er gab es ihr. Sie zitterte wie im Fieber, presste sich gegen ihn und spürte, wie sich ihr Inneres mit einer Kraft zusammenzog, von der sie nicht einmal gewusst hatte, dass sie sie besaß. Als wäre sie von der Sonne geblendet worden, merkte sie nicht einmal, dass sie am Abgrund stand, bis sie mit einem weiteren Schnippen seiner geschickten Zunge in die Tiefe stürzte.

Sie verkrampfte sich heftig.

Sie brannte vor Lust.

Sie zerfiel und ergoss sich wie Regen vom Himmel.

Und als sie eine Ewigkeit später in seinen Armen lag, zugedeckt mit einer Decke und tief atmend, glückselig und geborgen, umgeben von seinem Duft und seinem heißen Körper, schlief sie mit einem flüchtigen Gedanken ein.

Dieses Glücksgefühl konnte einen Menschen genauso süchtig machen wie Uisge. Aber je mehr sie davon zu sich nahm, desto mehr würde es wehtun, wenn sie aufhören musste.

KAPITEL 16

DAVID BEOBACHTETE, wie sich Anna in seinen Armen rührte. Er konnte nicht aufhören, sie anzustarren und jedes Detail ihres Gesichts zu bewundern. Wie die Morgensonne weiche Schatten unter ihren langen, dunklen Wimpern hinterließ, wie ihr lockiges Haar über ihre Schultern fiel. Ihre Porzellanhaut war so zart, ihre Schlüsselbeine so anmutig, dass er sich danach sehnte, mit seinen Lippen über sie zu streichen und dabei jede einzelne Kurve zu spüren.

Sie öffnete ihre Augen und strahlte ihn an, dann schmiegte sie sich an seine Brust. Er zog sie näher an sich heran, küsste ihren Kopf und sog den Duft ihres Haares ein – Sonnenschein, staubige Straßen und der Duft von Kräutern, der ganz und gar sie war.

„Guten Morgen", murmelte er. „Du siehst zum Anbeißen aus."

„Ich wünsche dir auch einen guten Morgen", sagte sie.

Er küsste ihre Lippen. Sie schmeckte so köstlich und vertraut, sodass er erneut Lust auf sie bekam. Nachdem er sie gestern Abend zum Kommen gebracht hatte, war sie eingeschlafen und er hatte sie nicht stören wollen. Sie brauchte Schlaf, und auch wenn er seine Erlösung nicht bekommen hatte, war es besser so. Er war sich nicht sicher gewesen, ob er sich noch lange hätte zurückhalten können und sie nicht doch genommen hätte …

Das würde gegen das Versprechen verstoßen, das er sich selbst gegeben hatte, im Mittelalter niemals eine ungewollte Schwangerschaft zu riskieren. Und wenn er sie entjungfert hätte, könnte sie das in Stirling in Schwierigkeiten bringen.

Nein. Die letzte Nacht war unglaublich gewesen, aber es würde nur bei dieser einen Nacht bleiben.

Er zog sich zurück und strich ihr eine Haarsträhne aus dem Gesicht. „Ich wollte noch nie jemandem so sehr gefallen wie dir. Aber das darf nicht wieder passieren, Anna." Ihr hübsches Lächeln verschwand und er wollte sich dafür in den Hintern treten. „Nicht, weil ich es nicht will. Glaube mir, ich will es. Ich glaube, ich wünsche mir nichts sehnlicher, als dir einen Orgasmus nach dem anderen zu bescheren."

„Orgasmus?", sagte sie. „Oh … ist das die Bezeichnung für diese süße Befriedigung …?"

Er lachte. Er war noch Jungfrau, genau wie sie. Unschuldig und süß und so verlockend, dass er nicht aufhören konnte, sie zu berühren. „Ja, genau diese Befriedigung. Die Sache ist die, ich glaube nicht, dass ich mich zurückhalten kann. Ich verliere meinen Verstand in deiner Nähe … Aber ich kann dich nicht entjungfern. Ich kann das nicht mit dir machen. Ich kann dich nicht richtig lieben … so wie ich es wirklich will."

Er zog sie fester in seine Arme. Ihr Kopf lastete schwer auf seinem Bizeps und er konnte ihren gesamten Körper an seinem spüren – ihre seidige Haut, ihre weiche warme Hüfte an seinem Bein. Das dunkle Dreieck Haare an seinem Innenschenkel.

Hitze schoss in sein Glied und er wurde hart.

Sie kicherte. „Bist du …"

Er schluckte schwer und starrte auf ihre runde Brust, die kaum von der Decke bedeckt war. „Prinzessin, ich werde nie aufhören, für dich bereit zu sein. Du bist ein wahrer Schatz, weißt du das?"

Sie kicherte und löste sich aus seinen Armen, um aufzustehen und ihre Brust mit ihrem Unterkleid zu bedecken. „Na, wenn das so ist ..." Sie drehte ihm ihren runden, perfekten Hintern zu, und er biss sich in den Handrücken, um das lustvolle Brennen, das er bei ihrem Anblick verspürte, zu unterdrücken. Danach zog sie ihr Unterkleid an und drehte sich zu ihm um. Ihr prächtiger Körper war nun verhüllt. „Ich werde mich im Fluss waschen. Dann müssen wir über die Zukunft sprechen, von der du mir erzählt hast." Sein Blick fiel auf den Zeitreisestein, der zwanzig Schritte hinter ihr lag, und jegliches Verlangen war wie weggewischt. „Ich glaube nicht, dass du bei klarem Verstand warst. Ich war auch nicht bei klarem Verstand, als ich Sìneag sah, also hattest du vielleicht auch eine Erscheinung. Vielleicht einen Fiebertraum. Ich muss mehr darüber herausfinden", fuhr sie fort. „Mehr verstehen."

Er setzte sich auf und schlang die Arme um seine Knie. Der frische Morgenwind roch nach feuchtem Gras und kitzelte seine nackte Haut. „Ja", sagte er, nicht in der Lage, den Blick von dem Felsen abzuwenden. „Geh ruhig. Bring ein bisschen Wasser mit, wir müssen es zum Trinken abkochen."

„Warum willst du immer Wasser abkochen? Das ist merkwürdig." Sie nahm ihren Reisekessel in die Hand und gab ihm einen sanften Kuss auf die Nase.

„Weil es das Wasser von Bakterien reinigt ... von Krankheiten."

Sie kicherte und schüttelte den Kopf. „Du hast seltsame Vorstellungen."

Nachdem sie hinter einem Felsen verschwunden war, strich er sich mit den Fingern durch die Haare und sah von dem Stein weg.

Der Sog, den er gestern gespürt hatte, war wieder da. Da war er, der Ausweg, den er schon so lange gesucht hatte. Da war sie, die Frau, in die er sich verlieben wollte, die Frau, die für ihn bestimmt war. Er konnte sich sein Leben mit ihr problemlos vorstellen. Es war erst ein paar Tage her, dass er sie kennengelernt hatte, aber er verliebte sich in sie, und er wusste, dass sie sich in ihn verliebte.

Sie passten zusammen. Sie waren gleich, obwohl mehrere Jahrhunderte zwischen ihrer beider Geburt lagen.

Aber er wollte sich nicht in sie verlieben. Sie hatten keine Zukunft. Und sich in sie zu verlieben und sie dann zu verlassen ... Gott, damit würde er sich zu lebenslangem Liebeskummer verdammen.

Er stand auf und begann, Äste zu sammeln, wobei er immer wieder Blick in Richtung des Felsens warf. Er hob einen langen trockenen Ast auf und brach ihn in der Mitte über seinem Knie. Hatte Sìneag es so gewollt? Dass sich Menschen aus verschiedenen Zeiten ineinander verliebten? Menschen, die auf lange Sicht nie zusammen sein konnten? Wie konnte Davids perfekte Partnerin mit einem anderen Mann verlobt sein?

Andererseits hatte sich Rogene in Angus verliebt und er hatte eine Verlobte gehabt, die er nicht geliebt hatte. Und Catrìona hatte vorgehabt, Nonne zu werden, doch James, ein Detective aus Oxford, hatte ihre Meinung geändert. Und Bryanna war Diabetikerin mit nur noch drei Insulinstiften gewesen – ein Todesurteil im Mittelalter –, aber sie und Raghnall hatten es geschafft.

Aber keiner von ihnen war in dieser Situation gewesen ... Der Ausgang des schottisch-englischen Krieges lag möglicherweise in Annas Händen. Und keiner von ihnen hatte es hier so sehr gehasst wie er.

Für ihn und Anna gab es keine Chance. Also würde er doch gehen ...

Oder?

Er war sich nicht mehr so sicher. Was er im Moment am meisten wollte, waren Antworten. Und Sìneag war die Einzige, die sie ihm geben konnte.

Ja, er hatte viele Fragen, die er ihr stellen wollte. Wie konnte sie so grausam sein? Wie konnte sie Menschen in so unmögliche Situationen bringen? Er schaute sich um und rief: „Sìneag! Sìneag! Zeig dich! Hast du Angst, aus dem Nichts zu erscheinen? Beweise deine Magie als Highland-Fee in der Praxis. Willst du etwas zu essen?"

Er nahm den Rest des Brotes aus seinem Beutel und legte es auf den Felsen, wobei er sehr darauf achtete, die Oberfläche des Steins nicht einmal mit der Spitze seines kleinen Fingers zu berühren. „Hier, hier ist meine Gabe."

Aber um ihn herum war alles still. Vögel zwitscherten in den Bäumen. Ein Tier ließ einen Zweig im Gebüsch knacken. Die Luft war voller Lavendel, aber jetzt im Sonnenlicht erkannte er, dass das daran lag, dass auf der anderen Seite des Hügels Lavendel wuchs.

Verzweiflung kroch durch seine Brust wie Würmer. „Sìneag!", rief er.

Er wollte Anna nicht verlassen. Es gefiel ihm nicht, von ihr getrennt zu sein, nicht einmal für die kurze Zeit, die sie brauchte, um zum Fluss zu gehen.

Aber er musste wissen, ob er eine Wahl hatte. Vielleicht würde er sowieso nie die Chance haben zu gehen, und er könnte aufhören, sich deswegen zu quälen. Oder vielleicht würde der Felsen funktionieren und er könnte diese Misere, diese Suche jetzt beenden.

Wenn Anna die Frau war, für die er bestimmt war, musste der Stein jetzt wirken. Oder vielleicht sollte er seine Suche aufgeben und bei ihr bleiben. Vielleicht hatte er tatsächlich ein Recht auf Glück. Aber war es ihr Glück wert, dafür den Lauf der Geschichte zu verändern?

Er führte seine Hand immer näher an den Handabdruck heran und wünschte sich, dass er leuchtete, obwohl er es gleichzeitig nicht wollte.

Etwas kribbelte in seinem Nacken und er spürte dort eine seltsame Wärme. Jemand beobachtete ihn.

War Anna zurückgekommen? Ein glückliches Gefühl machte sich in seinem Magen breit und er drehte sich um.

Aber es war nicht Anna, die ihn aus den Büschen heraus beobachtete.

Mit einer Grimasse absoluten Abscheus starrte ihn ein Priester an, der von etwa zwanzig Männern und Frauen umgeben war. Es waren Dorfbewohner oder Bauern. Die Männer trugen ärmliche, abgewetzte Hauben, die Frauen Kopftücher und Haarreifen. Der Priester trug ein braunes Gewand, das mit einem Gürtel zusammengehalten wurde. Er war um die fünfzig, hatte eine breite Nase und ein glatt rasiertes Gesicht, eine Glatze am Vorderkopf und buschige graue Augenbrauen.

David drehte sich zu ihnen um und stand auf. Der Priester und der Rest der Leute kamen hinter den Büschen hervor.

David schluckte. Er wusste, dass es nicht gut war, in der Nähe eines Felsens, der als magisch gelten könnte, nach Feen zu rufen. Schon gar nicht vor gläubigen Katholiken.

Wütendes Gemurmel ging durch die Menge.

„Warum hast du nach einer Fee gerufen?", fragte der Priester.

David konnte nur hoffen, dass Anna noch am Fluss war. „Es gibt keine Feen, das weiß doch jeder. Ich habe nur herumgealbert. Einen Scherz gemacht", korrigierte er sich.

„Er muss ein Highlander sein", sagte einer der Männer. „Sein Akzent ist sehr seltsam. Highlander sind wild. Sie glauben immer noch an Feen."

„Aye", sagte ein anderer Mann. „Er hat in der Nähe des alten Feensteins geschlafen, von dem jeder in Kennifar weiß, dass man ihm nicht nahe kommen darf. Wer es doch tut, wird verflucht. Und jetzt hat er einen Zauber ausgesprochen und nach Feen gerufen."

Mit blankem kaltem Entsetzen erinnerte sich David an Dùghalds Warnung. *Es gibt Menschen, die nicht gut auf Leute zu sprechen sind, die an solche Dinge glauben. Vor allem Priester.*

„Aye", sagte ein anderer Mann und hielt seine Mistgabel höher. „Wahrscheinlich macht er das schon seit einiger Zeit, denn vor ein paar Tagen kamen Leprakranke ins Dorf. Und jeder weiß, dass die Krankheit der Leprakranken ein Fluch der Feen und Dämonen ist. Der lebende Tod."

David lachte unbehaglich. Er warf einen Blick auf sein Schwert, das etwa zehn Schritte entfernt bei seiner Reisetasche lag. Würde er es rechtzeitig erreichen, um diesen abergläubischen Pöbel abzuwehren? „Es war nur ein Scherz", sagte er und ging zwei Schritte auf das tote Lagerfeuer zu. „Ein Scherz!"

Die Augen des Priesters durchbohrten ihn wie die Zinken einer

Mistgabel. Er ging langsam auf David zu. „Er ist eindeutig ein Dämonenbeschwörer und wird Gottes Zorn über uns bringen. Schnappt ihn!“

Sie stürzten sich auf ihn, während er versuchte, an sein Schwert zu gelangen. Hände packten ihn von allen Seiten, umklammerten seine Arme und schubsten ihn hin und her. Er schlug um sich und versuchte, sich zu befreien, während der Priester ein lautes Gebet anstimmte.

David schaffte es mehrmals, seine Arme zu befreien, aber es waren zu viele von ihnen.

Als sie ihn unter dem lauten Sprechgesang des Priesters durch den Sumpf trieben, schaute er immer wieder zurück, um sicherzugehen, dass Anna nicht da war.

Aber als er zwischen den Ästen der Büsche etwas roten Stoff aufblitzen sah, wusste er, dass sie ihn gesehen hatte.

Er hoffte nur, dass sie weiter nach Stirling gehen und ihn vergessen würde.

KAPITEL 17

ANNA SAH ZU, wie die Menge David wegzerrte. Das Schauspiel glich einem Albtraum, aus dem sie nicht erwachen konnte. Als hätte man ihr ein Stück ihres Herzens aus der Brust gerissen.

Sie wusste, dass die Albträume von der Oubliette wiederkommen würden, als David hinter der Baumgruppe verschwand. Der Gedanke traf sie wie ein Blitz und hielt sie mit seiner feurigen, blendenden Kraft fest.

Aber sie würde sowieso lernen müssen, ohne ihn zu leben. Sie würde lernen müssen, die Albträume ohne ihn zu bekämpfen. Auch wenn sie noch immer nicht ganz an Zeitreisen glauben konnte, hatte er ihr doch gesagt, dass er gehen wollte, dass er nicht bleiben konnte.

Und sie war dazu verpflichtet, einen anderen Mann zu heiraten.

Vier Tage, bis Philip sie in Bruce' Lager treffen wollte. Was dachten sie jetzt wohl alle? War Colum am Leben? Machte sich ihr Vater Sorgen? Hatte er versucht, einen Rettungstrupp zu schicken? Wie lange würde es dauern, bis sie alle annahmen, dass sie tot sein musste und die Hochzeit nie stattfinden würde?

Und selbst wenn sie die Reise nach Stirling antrat, waren die

MacDowells und die Engländer immer noch auf der Suche nach ihr …

Trotzdem musste sie losziehen und ihre Pflicht erfüllen. Obwohl sie letzte Nacht mit David gesündigt hatte, war sie immer noch Jungfrau. Sie konnte dieses Ereignis wie eine wunderbare Erinnerung bewahren, die sie für den Rest ihres Lebens wie eine heiße Kohle wärmen würde.

Aber sie wollte nicht gehen. Was sie tun wollte – was sie tun musste –, war, David zu retten, so wie er sie gerettet hatte. Selbst wenn das bedeutete, ihr Leben erneut zu riskieren.

Sie packte schnell ihre Sachen zusammen, lud sie auf ihr Pferd und stieg auf, während sie Daisy an ihren Zügeln führte. Sie folgte den Spuren des Mobs, und als sie die ersten Häuser des Dorfes erblickte, stieg sie ab und band die Pferde an einen Pfahl.

Das Dorf war nicht groß, es waren vielleicht zweihundert Häuser insgesamt. Die Häuser waren Fachwerkhäuser, die mit Strohdächern bedeckt waren. Die Straßen waren schmutzig und an manchen Stellen schlammig. Hühner und Gänse liefen umher, Hunde bellten, Kinder rannten und spielten, Männer hackten Feuerholz und trugen Säcke, Körbe und Fässer, und Frauen putzten und erledigten Hausarbeiten. Da sie ein prächtiges Kleid trug, aber so schmutzig und zerzaust aussah wie ein heimatloser Bettler, wurde sie von den Leuten seltsam angestarrt. Sie ignorierte sie, folgte dem Klang der aufgeregten Stimmen und betete, dass sie nicht zu spät kommen würde.

Als sie den Marktplatz erreichte, entdeckte sie dort eine Menschenmenge. Eine steinerne Kirche war das höchste Gebäude, ihr Turm ragte weit über die einfachen Häuser des Dorfes hinaus.

Einige Zelte und Stände umgaben den Platz, aber in der Mitte der freien Fläche befand sich eine Plattform mit drei Holzgestellen, und David befand sich in einem davon. Ihr rutschte das Herz in die Hose. Wie sehr sie es hasste, ihn so hilflos zu sehen. Sein dunkelblonder Kopf ragte durch die Öffnung zwischen seinen Händen.

Während er sich in der Menge umsah, wirkte sein hübsches Gesicht stoisch und unerschrocken.

Die Menge brüllte ihn an und sie schwangen ihre Fäuste. Sie bewarfen ihn mit Gemüseresten und Abfällen. Eine Art grauer Schleim rann langsam über sein Haar und sein Gesicht. Annas Fäuste ballten sich. Das hatte er nicht verdient. Vielleicht war er ein Zeitreisender, der mit Feen sprach, aber selbst dann hatte er ihnen keinen Schaden zugefügt. Was konnte sie nur tun, um ihn zu retten?

Der Priester in der braunen Robe, der neben ihm stand, trug ein teures goldenes Kreuz und hatte einen goldenen Ring an einem Finger. Er war um die fünfzig, hatte eine breite Nase, ein glatt rasiertes Gesicht, eine Glatze und buschige graue Augenbrauen.

Er hob seine Hand und die Menge verstummte. „Männer und Frauen von Kennifar, was wir gesehen haben, muss euch mitgeteilt werden. Dieser Highlander hat die Feen am Feenstein beschworen. Wir haben gesehen, wie er ein Opfer dargebracht hat."

Die Menge schnappte nach Luft.

„Hexer!", schrie jemand und warf einen Hühnerknochen nach David.

Anna hätte den Mann am liebsten geschlagen.

„Üblicherweise ...", sagte der Priester, „... bringt man den Übeltäter dazu, zu beichten und um Vergebung zu bitten. Aber zuerst wollen wir alle wissen, warum du nach einer Fee verlangt hast, Highlander."

„Ich weiß, warum!", schrie eine Frau in der Menge. „Er ist der, der die Aussätzigen ins Dorf gebracht hat!"

Die Menge teilte sich wie das Meer vor Moses und fünf Aussätzige wurden in die Mitte vor der Plattform gelassen. Alle bildeten einen Kreis um sie und blieben mindestens zehn Schritte entfernt.

„Ja, das ist der Beweis", sagte ein anderer Mann. „Zur gleichen Zeit, als er nach den Feen rief."

David wollte etwas sagen, aber seine Worte wurden von der tobenden Menge verschluckt.

„Warum wolltest du das Dorf mit einem Fluch belegen?“, rief der Priester und das Gebrüll der Menge verstummte.

David schüttelte den Kopf. „Ich habe euer Dorf nicht mit einem Fluch belegt. Lepra ist kein Fluch, es ist eine Krankheit, die von Bakterien verursacht wird.“

O nein, David, das war nicht der richtige Zeitpunkt für seltsame Worte und Theorien!

„Was sind Bakterien?“, fragte der Priester.

„Das sind Keime – winzig und unsichtbar – und sie sorgen dafür, dass Milch zu Käse wird oder Schimmel auf alten Lebensmitteln wächst.“

Ein paar Häuser weiter gackerte ein Huhn. Für einige Sekunden war es das lauteste Geräusch, während die Menge ungläubig dreinschaute.

„Du hast also unsichtbare Dämonen gerufen, die Fleisch verfaulen lassen und Lepra verursachen!“, rief der zitternde Priester mit hochrotem Gesicht.

Die Menge brüllte. Männer und Frauen strömten dichter an die Plattform heran, wichen dabei jedoch den Aussätzigen aus, als ob sie von einer unsichtbaren Glaskuppel umgeben wären. Die Leute drängten sich an ihr vorbei, schubsten sie. Der Geruch von geräuchertem Fleisch und Holzrauch vermischte sich mit dem Geruch von Schweiß und Angst, sodass sich ihr der Magen umdrehte.

„Tod dem Dämonenbeschwörer!“, riefen die Dorfbewohner.

„Er hat uns verflucht!“

„Tötet ihn!“

Steine wurden auf David geworfen, und Anna musste hilflos zusehen und ballte die Fäuste. Was konnte sie tun? Die meisten Steine trafen das Holzgestell, aber einer erwischte ihn am Kopf und ein Rinnsal Blut rann über sein Gesicht.

Der Priester hob die Arme. „Beruhigt euch! Beruhigt euch, gute Leute! Beruhigt euch!“

Die Menge verstummte erneut und der Priester wandte sich an

David. „Schwörst und gestehst du auf die Bibel, dass du eine Fee herbeigerufen hast, um Unheil über das Dorf zu bringen?"

Annas Hand schoss an ihre Kehle. Er befand sich in einer unmöglichen Situation. Er konnte nicht etwas zugeben, was er nicht getan hatte – es würde den sicheren Tod bedeuten. Außerdem würden sie ihm niemals glauben, wenn er ihnen die Wahrheit sagte. Sie musste sich etwas einfallen lassen! Aber alles, was sie zu tun vermochte, war, zu spüren, wie sich ihr Magen schmerzhaft zusammenzog, und zuzusehen, wie sich die Tragödie entfaltete.

„Ich werde nichts dergleichen tun", sagte David. „Ich habe die Fee aus persönlichen Gründen gerufen, die nichts mit dem Dorf zu tun haben."

Aus seinen persönlichen Gründen, die nichts mit dem Dorf zu tun hatten ... Sie kannte diese Gründe. Und sie glaubte jetzt auch, dass er aus einer anderen Zeit stammte. Das war die einzige Erklärung für Davids seltsame Worte, seinen seltsamen Akzent und sein seltsames Verhalten.

Er wollte in seine Zeit zurückkehren. Er wollte sie verlassen. Nach all den netten Dingen, die er gesagt hatte ... Er hatte sie seine Prinzessin genannt ... Er hatte ihr gesagt, wie sehr er sie begehrte ... dass sie die schönste Frau war, die er je gesehen hatte.

Doch in dem Moment, als sie Wasser holen gegangen war, wollte er sie verlassen, weil er endlich den Stein gefunden hatte. Wut und Schmerz breiteten sich wie ein Lauffeuer in ihr aus. Was hatte sie erwartet? Er hatte ihr nie etwas versprochen. Er hatte ihr gesagt, dass er sie irgendwann verlassen würde. Er hatte ihr gesagt, dass es das war, was er sich wünschte.

Trotzdem tat es weh. Denn sie wollte sich niemals von ihm trennen. Sie wollte Sir Philip nicht heiraten. Wenn sie jemanden heiraten musste, dann wollte sie David.

Die Menge stöhnte auf. „Ah. Du gestehst also, dass du doch eine Fee gerufen hast", sagte der Priester.

David seufzte und sagte nichts.

Der Priester blickte in die Menge. „Ich verurteile ihn zum Tod durch Ertränken beim ersten Licht im Morgengrauen."

Annas Herz schlug ihr bis zum Hals.

Der Mann, in den sie sich verliebt hatte, könnte wegen ihr sterben. Er wäre wahrscheinlich nicht einmal in der Nähe dieses Dorfes, wenn er sie nicht aus Carlisle gerettet und dann versprochen hätte, sie nach Stirling zu bringen.

Verzweiflung lastete schwer auf ihrem Herzen. Aber sie konnte nicht einfach dasitzen und es geschehen lassen. Sie musste ihn befreien.

KAPITEL 18

ANNA BETRACHTETE Davids Gefängnis mit einem unguten Gefühl. Damit der übliche Marktverkehr weitergehen konnte, hatten sie ihn von der Plattform mit den Holzgestellen in einen Schuppen neben dem Marktplatz gebracht.

Die Lücken zwischen den abgenutzten Brettern ließen ein wenig Licht herein. Aber es war trotzdem ein Gefängnis und sie wusste, wie es sich anfühlte, in einem Gefängnis zu sitzen.

Auch wenn sie niemals zusammen sein würden, musste sie ihn retten, musste wissen, dass er frei und am Leben war. Selbst wenn er in einer anderen Zeit leben würde.

Der Wind wurde stärker und trug den Geruch von Rauch in die Häuser. Die Schaulustigen hatten den Marktplatz verlassen, als David in den Schuppen geschleppt worden war, und die Händler und Bauern bauten ihre Stände rund um den Platz auf. Da waren Stände mit geräuchertem, getrocknetem oder frischem Fisch, mit lebenden Hühnern und Gänsen, mit Küchenutensilien, Ton- und Glastöpfen und -gefäßen, mit Messern und Hacken. Der Schmied stellte seine Schwerter, Scramasaxe, Scheren, Pinzetten und andere Metallarbeiten aus. Ein anderer Händler legte rote, blaue und ockerfarbene Seide und Leinen aus. Die Händler riefen den Kunden zu, dass sie sich ihre Sachen ansehen sollten.

„Stoff!“, rief einer.

„Gegerbtes Leder!“, rief ein anderer.

Langsam kamen die Leute, um sich die Auslagen anzusehen. Der Platz füllte sich mit Gelächter und Gesprächen. Ein Minnesänger begann auf einer Laute zu spielen und die Ballade von Tristan und Isolde zu singen. Annas Herz wurde schwer. Das war die Geschichte, die ihr in der ersten Nacht in Freiheit beim Einschlafen geholfen hatte. In ihrer ersten Nacht mit David.

Wie bei Tristan und Isolde war auch ihre wachsende Liebe dem Untergang geweiht.

Aber im Gegensatz zu Isolde war sie entschlossen, den Mann, den sie liebte, nicht sterben zu lassen.

Da immer mehr Menschen auf den Marktplatz kamen, wurde es langsam voll. Die fünf Leprakranken saßen in der Nähe der Kirche, und wie Wasser, das sich in einem Bach um einen Felsen teilte, blieben die Menschen mindestens zehn Schritte von ihnen entfernt. Um die fünf Aussätzigen herum befand sich ein fast perfekter, leerer Kreis. Die Menschen hatten Angst vor dem Miasma, das von den Leprakranken ausging. Dem „üblen Dunst“, den sie verströmten. Wenn sie ihn einatmeten, konnten sie selbst krank werden. Und es gab kein Heilmittel.

Anna beobachtete die fünf, die einen einzigen Holzbecher vor sich stehen hatten. Sie bettelten um Almosen und streckten ihre zu Schalen geformten Hände aus. Zwei von ihnen hatten dunkle, fast schwarze Finger, und einer hatte nur noch zwei Finger. Ihre Gesichter waren bläulich oder violett und sahen aus, als wären Steine unter ihre Haut gelegt worden, die sie uneben machten. Das war das Verderben der Krankheit, die Gott ihnen gesandt hatte. Sie begann in ihren Seelen und verwüstete dann ihre Körper.

In großen Städten wie Carlisle oder Edinburgh durften sie nur an einem bestimmten Wochentag und zu einer bestimmten Uhrzeit eintreten und um Almosen bitten. Aber dies war ein kleines Dorf und niemand hinderte sie daran.

Keiner gab ihnen Almosen oder Essen. Die Menschen hatten zu viel Angst vor dem Fluch, vor dem Verderben.

Aber nicht Anna. Sie wusste, dass nicht David das Miasma über sie gebracht hatte. Sie brauchten etwas zu essen. Sie ging zu dem neuen Pferd und holte etwas von dem Silber, das sie in der Tasche des MacDowells gefunden hatte, die am Sattel des Pferdes befestigt war. Dann kaufte sie bei den Händlern frische Bannocks, Käse und geräucherten Hering sowie ein wenig schwaches Ale. Mit diesen Sachen ging sie zu den Aussätzigen. Es handelte sich um drei Männer und zwei Frauen, wahrscheinlich alle unterschiedlichen Alters, aber sie sahen aus wie tote, ausgetrocknete Körper, die sich noch bewegten.

Als sie allein in dem leeren Kreis stand, in dem sich weder Dorfbewohner noch die Kranken befanden, bekam sie ein ungutes Gefühl, und sie wusste, dass die Leute sie anstarrten.

Auch die fünf Aussätzigen betrachteten sie mit großen Augen.

„Almosen?“, sagte einer der Männer hoffnungsvoll. Seine Nase hatte eine dunkle Spitze, die wie getrocknetes Holz aussah.

„Aye“, sagte sie und sank auf ihre Knie. „Almosen.“

Sie gab jedem von ihnen ein Bannock und Käse und schenkte ihnen das schwache Ale ein. Sie stürzten sich auf das Essen, als wären sie am Verhungern, was sie sicher auch waren. Sie rochen nach Krankheit und Tod. Anna wusste, dass sie wahrscheinlich dieses Miasma einatmete, das sie vielleicht sogar töten könnte. Aber wenn das Gottes Wille war, dann sollte es so sein. Sie konnte diese Menschen nicht verhungern lassen.

Sie teilte die fünf Tonbecher aus und fragte: „Woher kommt ihr, gute Leute?“

Eine der Frauen hörte auf zu kauen und sah sie an. „Mädchen, du solltest nicht mit uns reden.“

„Macht euch keine Sorgen um mich“, sagte Anna und lächelte. „Ich will nur etwas über euch wissen.“

„Ich komme aus Edinburgh“, antwortete die Frau. „Genau wie mein Vater.“ Sie zeigte auf den älteren Mann, der sein Bannock nur mit zwei Fingern hielt.

Anna schickte ein stilles Gebet zu Gott, damit er den Schmerz des Mannes linderte. Was auch immer Gott mit ihm vorhatte, sie hoffte, dass der Mann nicht noch mehr leiden würde.

„Ich komme aus Carlisle“, sagte der jüngere Mann mit einem englischen Akzent.

Die beiden anderen waren aus Galloway.

„Wie seid ihr zusammengekommen?“, fragte Anna, während sie den dritten Mann dabei beobachtete, wie er durstig das Ale trank.

„Es ist besser, wenn wir Aussätzigen zusammenbleiben, wenn alle vor uns zurückschrecken“, sagte die Frau. „Es spielt keine Rolle, ob man Engländer oder Schotte ist, wenn man ein Aussätziger ist. Keiner will dich haben. Und vor Gott sind alle gleich.“

Anna nickte. Sie hatte ja so recht. Vor Gott und seinem Plan waren alle gleich. David war im Moment genauso ein Außenseiter wie diese Aussätzigen, auch wenn er nicht krank war. Aber er hatte nach Feen gerufen, und das machte den Leuten Angst. Was für einen Plan hatte Gott für sie und David, dass er so ungleiche Seelen auf diese scheinbar verfluchte Weise zusammenbrachte?

Während sie die Leprakranken beim Essen beobachtete und die Leute sie immer noch mieden, kam ihr eine Idee. Sie warf einen Blick auf den Schuppen, in dem David untergebracht war.

Aye, das könnte funktionieren.

„Würdet ihr guten Leute mir helfen?“ Sie warf vier Schillinge in ihren Becher und die fünf hörten auf zu essen und zu trinken. Damit konnten sie sich für einen Monat frisches Brot kaufen. „Ich verspreche euch, es ist ganz einfach. Ihr müsst nur von hier ...“ Sie deutete auf den Schuppen, bei dem zwei Wachen neben der Tür standen und sich lässig unterhielten. „... nach dort gehen.“

Die Aussätzigen tauschten einen Blick aus. Die Frau zuckte mit den Schultern und sah Anna an. „Aye. Ich wüsste nicht, warum wir das nicht tun können. Es ist doch egal, wo wir sitzen.“

Anna grinste und Hoffnung keimte in ihrer Brust auf. „Ich danke euch. Und wenn einer von euch den Schlüsselbund stehlen kann ..." Sie legte zwei weitere Schillinge in den Becher. „... wäre ich euch sehr dankbar."

Die Frau nickte. „Davon können wir ein Jahr lang leben, wenn wir sparsam essen", flüsterte sie. „Und wenn einer von uns nicht vorher stirbt."

Anna hatte Mitleid mit ihnen. Sie versprach sich selbst, dass sie, sobald sie ihren Vater erreicht hatte, mit ihm über die Einrichtung weiterer Leprakrankenhäuser sprechen würde. In der Nähe von großen Städten gab es mehrere, in denen Leprakranke versorgt wurden und ihr Leid gelindert wurde, bis sie eines Tages starben. Aber es waren nicht genug. Schon gar nicht nach den Unabhängigkeitskriegen, die das Land verwüstet hatten.

Aber sie würde das ändern. Selbst wenn sie einen Teil ihrer eigenen Mitgift aufwenden müsste, die ihr Vater versprochen hatte, würde sie ihren Mann dazu bringen, ihr zu helfen.

Sie trat zur Seite, nickte ihnen zu und mischte sich unter die Menge.

Dann beobachtete sie sie dabei, wie sie zu Ende aßen, ihre Sachen zusammensuchten und sich langsam auf den Weg zu Davids Schuppen machten. Die Menge bewegte sich um sie herum und ließ immer einen großen Abstand zwischen sich und den Kranken. Zur Überraschung der Wächter setzten sich die Aussätzigen direkt neben den Schuppen und lehnten sich an die Wände.

Anna ging näher heran und beobachtete sie weiter. Einer der Wachmänner blinzelte hektisch, der andere kratzte sich mit der einen Hand an der anderen. Beide machten einige schnelle Schritte zurück.

Der Jüngere schaute zu den Straßen, die vom Marktplatz wegführten. Die Knie des Älteren hüpften auf und ab, weil er sich unruhig auf der Stelle bewegte. „Geht weg!", rief er und machte eine unbeholfene Geste mit seinem Arm. „Ihr könnt nicht hier sitzen."

„Zwingt uns doch“, sagte der alte Mann, der am schlimmsten aussah.

„Aye“, sagte der jüngere Wächter. Er machte einen zaghaften Schritt nach vorne und legte seine Hand auf das Schwert an seiner Hüfte. „Denkt ihr etwa, wir haben Angst vor euch? Wir haben keine Angst vor euch.“

„Aye, ihr habt Angst vor uns“, sagte die Frau. „Könnt ihr nicht das Miasma der Lepra riechen? Das Verderben in unseren Seelen, die Strafe, die Gott uns gesandt hat?“

„Ich werde eure Bestrafung beenden!“, schrie der ältere Wächter, machte fünf entschlossene Schritte nach vorne, zog sein Schwert und richtete es auf die Frau.

Der junge englische Leprakranke stand nun hinter dem Rücken des Mannes, und Anna hielt den Atem an, als er die Hand ausstreckte und den Schlüsselbund vom Gürtel des Mannes nahm.

Mit schweren Schritten und schweißnasser Haut machte sich Anna auf den Weg zu ihnen.

„Versucht es, dann werdet ihr ertränkt wie der Mann, den ihr bewacht“, sagte der alte Mann.

Anna stellte sich neben den jungen Aussätzigen, der ihr den Schlüssel reichte. Die beiden Wächter hatten ihr den Rücken zugedreht. Aber die Leute blieben stehen, um zu sehen, was vor sich ging. Während die Aussätzigen und die Wachen sich stritten, ging sie zur Tür. Ihre Hände zitterten, als sie den großen eisernen Schlüssel in das Loch steckte.

Immer mehr Menschen hielten inne, um den Streit zwischen den Wachmännern und den Aussätzigen zu beobachten, und sie hatte Mühe, den dicken schweren Schlüssel zu drehen. „David“, flüsterte sie.

„Anna?“, hörte sie ihn fragen und sah, wie sich ein Schatten zwischen den Schlitzen in den Planken bewegte.

„Ich bin hier, ich hole dich hier raus ...“

Der Schlüssel drehte sich schließlich mit einem Klirren und sie stieß die Tür auf. Er stand vor ihr und sah sie verwundert an. Seine Hände waren immer noch gefesselt, aber er konnte rennen.

„Komm schon." Anna machte eine weite, ausladende Geste, damit er näherkam.

Er eilte zu ihr, unversehrt, lebendig und so geliebt. Sein dunkelblondes Haar lag wie ein Krähennest auf seinem Kopf. Seine Augen waren feucht und schimmerten.

„Wachen!", rief jemand.

Die beiden Wachen sahen sich um und keuchten. Sie ergriff Davids Hand und sie rannten ... aber nur drei Schritte. Dann riss eine Kraft sie zurück und Davids Hand verschwand aus ihrer.

„Anna!", schrie David, als sie ihn zurück in den Schuppen stießen und die Tür wieder geschlossen wurde.

„Verschwinde, du dummes Weib!", schrie einer der Wächter. „Geh, bevor du mit deinem Mann im Fluss ertränkt wirst!"

„Verschwinde, Mädchen!", riefen die Aussätzigen. „Lauf!"

Die Menge bedrängte sie und wütende Gesichter tauchten vor ihr auf. Sie war wie betäubt und ihr Körper kribbelte vor Erschöpfung, als sie davonlief. Als sie beide Pferde losband, auf ihr Pferd stieg und es anspornte, während Daisy ihnen folgte, hatte sie das Gefühl, dass sich ein Abgrund unter den Hufen des Pferdes auftat.

Aber er war noch nicht tot. Und sie würde nicht einfach aufgeben.

KAPITEL 19

DAVID BRACH ein Stück Stroh entzwei und warf die Stücke auf den schmutzigen Boden. Die scharfen Kanten der Fesseln schnitten schmerzhaft in seine Handgelenke. Er war dankbar, dass sie ihm die Hände wenigsten nicht auf den Rücken gebunden hatten.

Draußen war das Dorf von Menschenstimmen erfüllt: Händler riefen nach Leuten, die ihre Waren begutachten sollten, Hunde bellten, Pferde wieherten, Kinder lachten und weinten. Er sackte auf den kalten Boden und lehnte sich an die Wand des Schuppens, das Holz fühlte sich hart an seinem Hinterkopf an.

Er war so kurz davor gewesen, zu entkommen. Wie um alles in der Welt hatte Anna es geschafft, die Gefängnistür zu öffnen? Was für eine wunderbare, schöne und einfallsreiche Frau. Sogar nach den Schrecken in der Oubliette war sie nicht einfach weggelaufen, als er in Schwierigkeiten geraten war. Sie hätte nach Stirling gehen können, vor allem, nachdem sie die Wahrheit über ihn erfahren hatte. Sie hätte das Gleiche wie der Rest in dieser mittelalterlichen Welt denken können.

Dass er ein Dämonenbeschwörer war. Ein Feenfreund. Ein Außenseiter.

Nun. Was hatte sich geändert? Er hatte die letzten drei Jahre in einem mittelalterlichen Gefängnis festgesessen.

Heute war es nur viel kleiner geworden. Es war auf die Größe eines Schuppens geschrumpft.

Das war's dann wohl, Freunde. Das war's dann wohl. Er könnte morgen schon tot sein. Dùghlas hatte ihn gewarnt, darauf zu achten, was er sagte, aber er hatte nicht genug aufgepasst, hatte seine Warnung nicht ernst genommen.

Das war seine Lebensgeschichte.

Er atmete die staubige, erdige Luft des Schuppens ein und füllte damit seine Lungen.

Wenn er morgen sterben würde, dann würde er das Leben, das er sich vorgestellt hatte, niemals gelebt haben. Auch wenn er zugeben musste, dass sein eigentliches Leben gar nicht so schlecht war. Er hatte es geliebt, Football zu spielen, hatte Spaß in seinem Highschool-Team in Chicago gehabt. Er hatte seine Schwester, seine Tante und seinen Onkel und seine Cousins geliebt, trotz der Probleme dort.

Er erinnerte sich sogar noch ein wenig an seine Eltern. Seine Mutter hatte ihm Bilderbücher mit Schlössern gezeigt und ihm das Märchen vom gestiefelten Kater vorgelesen. Sein Vater hatte mit ihm naturwissenschaftliche Experimente gemacht – er erinnerte sich daran, wie begeistert er zugesehen hatte, wie Trockeneis vor sich hin geblubbert und das Waschbecken mit Nebel gefüllt hatte.

Er nahm einen weiteren Strohhalm und zerkleinerte ihn in seinen Händen.

Anna ... Allein ihr Name, allein der Gedanke an sie brachte seine Haut zum Kribbeln und ließ sein Herz schneller schlagen. Vielleicht waren all die Strapazen und Kämpfe, die er durchlebt hatte, es wert, damit er sie treffen und kennenlernen konnte. Damit er eine Nacht mit ihr verbringen konnte, Haut an Haut in seinen Armen.

Bereute er irgendetwas? Ja. Er wünschte, er könnte Rogene, Angus und Paul ein letztes Mal sehen. Er wünschte, er könnte Anna noch einmal sehen. Ihr sagen, dass er sich in sie verliebte. Dass sie die Richtige war.

Zur Hölle damit, er würde sie richtig lieben, sein erstes Mal mit dem Mädchen haben, für das er Gefühle hatte. Er wollte spüren, wie er tief in sie eindrang. Er wollte spüren, wie sie zitterte, und sehen, wie sie vor Lust den Verstand verlor. Jeder einzelne ihrer Orgasmen würde ihm gehören. Er wollte sie alle, ein ganzes Leben lang.

War sein Leben in dieser mittelalterlichen Wirklichkeit tatsächlich so schlimm?

Ja, es war hart ... und gefährlich. Aber es war seine eigene Schuld, dass er hier gelandet war. Er hatte Rogene das mit den Zeitreisen nicht geglaubt. Er hatte sie am Arm gepackt, als sie durch die Zeit gereist war. Sìneag hatte ihn nicht hierher gesandt. Sie war genauso überrascht gewesen wie er.

Wäre er nicht durch die Zeit gereist, hätte er keine Zeit mit seiner Schwester verbringen können. Er hätte diese Welt, die ihr so wichtig war, nicht mit ihr teilen können. Er hätte seinen Neffen nicht zu Gesicht bekommen.

Und er hätte Anna nie kennengelernt.

Als er aufstand, legte sich eine gewisse Traurig über ihn. Er rollte seine Schultern und streckte den Nacken.

Er hatte Glück, zum Mackenzie-Clan zu gehören. Sie hatten ihn wie einen der ihren aufgenommen. Als er Eilean Donan Castle verlassen hatte, um zu seinem Abenteuer aufzubrechen, hatte Rogene ihn gebeten, ihr zu schreiben, aber das Schreiben fiel ihm schwer, besonders mit Feder und Tinte.

Trotzdem hätte er es versuchen sollen. Seine einzige Familie auf der Welt würde nie erfahren, was mit ihm geschehen war. Wenn er wie durch ein Wunder überlebte, würde er sich anstrengen und ihr schreiben.

Er ging umher und trat mit seinen Schuhspitzen gegen den schmutzigen Boden, sodass kleine Staubwolken aufstiegen und im Sonnenlicht spielten.

„Ich habe mich doch gar nicht so schlecht geschlagen, oder?", fragte er sich laut.

Das war ein ziemlich unglaubliches Abenteuer, das er da erlebte. Nur eine Handvoll Menschen hatte so etwas jemals mitgemacht.

Und jetzt, wo er eine Frau kennengelernt hatte, die ihm etwas bedeutete, wollte er mehr. Mehr Zeit mit ihr. Mehr Zeit mit seiner Familie. Mehr Zeit, um das Leben, das er führte, zu schätzen, anstatt sich etwas anderes zu wünschen.

Nein, er war noch nicht fertig. Er wollte leben. Er hatte noch so viel zu tun, zu sagen, zu erleben. Zu geben – seine Liebe, seine Treue und seinen Schutz. Er musste Anna immer noch nach Stirling begleiten, auch wenn das bedeutete, dass sie einen anderen Mann heiratete. Er würde alles für sie tun.

Er stand auf und schaute zur Tür. Verzweiflung und Wut zerrissen ihn förmlich. Er ballte die Fäuste, rannte mit einem Brüllen auf die Tür zu und schlug mit seiner Schulter dagegen.

Schmerz schoss durch seine Knochen, als die Tür klapperte und er durch den Schlag zurückgeworfen wurde. Die Wachen schrien ihn von der anderen Seite der Tür an. „Was machst du da, du Narr?"

Es klappte nicht, aber was hatte er erwartet? Er konnte nicht einfach dasitzen und auf seinen Tod warten. Er musste etwas unternehmen, also trat er zurück und warf sich erneut gegen die Tür. Noch mehr Schmerzen quälten ihn. Die Tür klapperte noch stärker und er glaubte, ein Knacken von Holz zu hören, das ihm ein klein wenig Hoffnung gab.

Wieder.

Und wieder.

Und wieder trat er zurück, rannte und rammte seinen Körper gegen die geschlossene Tür. Die Wachen schrien ihn an. Dann lachten sie.

Da wurde er wütender. Wütender und verzweifelter.

Genauso hatte er sich in den letzten drei Jahren gefühlt – als wäre er gefangen und würde sich sinnlos gegen eine geschlossene Tür werfen.

Dabei brach er sich nur seine eigenen Knochen.

Nicht die Tür.

Er hörte auf und rutschte langsam an der rauen Wand hinunter, bis er den Boden erreichte. Seine Schulter brannte und schmerzte, aber er spürte die Tränen nicht, nur dass etwas Nasses auf seine Hände fiel.

Sein Kampf würde morgen bei Sonnenaufgang enden.

KAPITEL 20

DER SCHLÜSSEL KLAPPERTE im Schloss und die Tür zu Davids Gefängnis öffnete sich. Eine Menschenmenge stand schweigend in der Dunkelheit des Morgengrauens. Ein Wärter kam mit einer Fackel herein, deren Licht David in den Augen schmerzte und die den Geruch von Rauch und Stahl verbreitete.

Der Mann packte David am Ellbogen und führte ihn aus seinem Gefängnis in die schweigende Menge. Sie beäugten ihn mit einem stillen, düsteren Argwohn. Für sie war er die Ursache für die Bedrohung, für die Krankheit, die Gott in ihre Mitte gebracht hatte. Er hatte die Feen gerufen und Gott bestrafte sie alle seinetwegen.

Es war so weit. In dieser gewalttätigen, frauenfeindlichen und extrem religiösen Epoche war es nur eine Frage der Zeit gewesen, bis ihn seine Fremdartigkeit, seine Ungewöhnlichkeit umbringen würde.

Wie hätte er jemals hierbleiben können?

Nur für Anna. Für Anna würde er es tun … vielleicht.

Er suchte in der Menge nach ihrem Gesicht, um sicherzugehen, dass sie nicht verletzt worden war, nachdem sie versucht hatte, ihn zu befreien. Er wollte sie ein letztes Mal sehen und wissen, dass sie in seinen verbleibenden Momenten bei ihm sein würde. Vielleicht könnte er ihr eine Botschaft zurufen, damit sie sie Rogene überbrachte. Dass er seine Schwester liebte und dass es ihm leidtat.

Vielleicht konnte er Anna sagen, dass er sie liebte.

Dass sie ein wahrer Schatz war und dass sie sich dessen jeden Tag ihres Lebens bewusst sein sollte. Dass ihr Wert nicht davon abhing, ob ihr Vater sie anerkannte oder ob sie für Schottland von politischem Nutzen war.

Dass er sie so liebte, wie sie war. Und dass sie sich selbst lieben sollte.

Aber er sah sie nicht zwischen den dunklen Gesichtern.

Dann kam der Priester. „Es ist Zeit", sagte er. „Lasst uns zum Fluss gehen."

Die Prozession war ruhig und feierlich. Während sie gingen, hellte sich der Himmel immer weiter auf und er suchte immer wieder nach Anna, indem er in die dunklen Straßen schaute, die sie passierten. Sobald sie das Dorf verlassen hatten, hoffte er, sie hinter einem Busch oder einem Baum versteckt zu sehen.

Aber es gab keine Spur von ihr. Schließlich kamen sie zu einer alten Holzbrücke, die den Fluss überquerte. Die Menge blieb am Flussufer stehen. Der Priester gab einem Mann einen Sack, in den er einen Stein legte. Dann reichte er ihn an die nächste Person weiter. Einer nach dem anderen füllten die Dorfbewohner den Sack mit Steinen, und mit jedem einzelnen wurde Davids Herz schwerer, bis er wegschauen musste.

Die Sonne musste inzwischen hinter einer grauen Wolkendecke aufgegangen sein. Der Fluss bildete einen breiten, stetigen Strom, der wie geschmolzenes Eisen dahinfloss. Das andere Ufer war voller Büsche, Bäume und Grasland. Es roch nach Flusswasser, Morgentau und Schlamm.

Als der Sack voll war, nahm der Wächter ihn und schubste David, damit er sich auf die alte Brücke stellte. Die verwitterten Holzplanken schwankten unter ihren Füßen und er konnte durch die Lücken erkennen, wie schnell sich das Wasser bewegte.

Als der Priester und einer seiner Wächter mit ihm mitten auf der Brücke zum Stehen kamen, blickte David zum Himmel. Der fröhliche Gesang der Vögel nagte an seinem Gemüt. Das Wasser gurgelte leise, stetig ... bedrohlich. Das könnten die letzten Dinge sein, die er hören würde.

Er wollte nicht sterben. Sein Leben wurde ihm so früh und auf so ungerechte Weise genommen. Die Wut in ihm loderte wie eine feurige Kraft.

Aber er wollte seine letzten Momente nicht voller Zorn verbringen. Er wollte sie damit verbringen, an Anna zu denken. Und an seine Schwester. Und was für ein außergewöhnliches Leben er gelebt hatte. Was für Abenteuer er erlebt hatte. Er wollte dankbar sein für die Zeit, die ihm geschenkt worden war.

Während der Priester etwas auf Lateinisch aus der Bibel vorlas und ihn bekreuzigte, blendete David ihn aus. Er wollte die Worte seines Kerkermeisters nicht hören. Er wollte sich an Annas Lachen erinnern und ihr lächelndes Gesicht ein letztes Mal vor seinem inneren Auge sehen.

„Dir wird die Gnade zuteil, deine Sünden vor dem Tod zu beichten", sagte der Priester schließlich.

Der Wächter beugte sich hinunter und als er versuchte, das Seil um Davids Knöchel zu legen, trat David ihn und das Seil flog wie eine Schlange in den Fluss. Der Wächter erhob sich mit angespannter Miene und zog seinen Arm zurück. David duckte sich, aber nicht schnell genug, und Schmerz explodierte in seinem Kopf, als ihn der heftige Schlag traf. Er schwankte orientierungslos und bemerkte nur verschwommen, dass der Wächter ein weiteres Seil um seine Knöchel band.

Eine schwere und dunkle Verzweiflung umfing David.

„Willst du beichten, mein Sohn?", fragte der Priester.

Die Galle stieg ihm die Kehle hoch, und als er blinzelte, um seine verschwommene Sicht zu klären, sagte David: „Das würde ich, wenn ich irgendetwas getan hätte, was diesen Tod verdient. Ich habe in meinem Leben immer versucht, das Richtige zu tun. Ja, ich habe gelogen, um am Leben zu bleiben, aber das hat niemandem geschadet. Ich habe Männer in Schlachten getötet, um meine Schwester und meinen Neffen zu beschützen. Um dem Clan zu helfen, der mich als seinen Sohn akzeptiert hat. Aber dir und diesem Dorf habe ich nichts angetan. Also wirst du es sein, der die Sünde zu beichten hat, mich falsch verurteilt und einen unschuldigen Mann getötet zu haben."

Der Priester seufzte schwer und schüttelte den Kopf, während der Wächter Davids Fesseln löste. „Die Fesseln sind aus Eisen und teuer", murmelte er. „Sie werden für den nächsten Gefangenen wiederverwendet werden."

Obwohl sein Kopf immer noch schwirrte, seine Arme schwer und seine Beine gefesselt waren, schubste David den Wächter, in der Hoffnung, ihn über das Geländer und in den Fluss zu stürzen. Aber der Wächter wich zwei Schritte zurück und schlug David in den Bauch. Der Schlag raubte David den Atem. Die Wucht warf ihn zurück, und da er seine Beine nicht bewegen konnte, fiel er hin, sodass das Holz unter ihm knarrte und Schmerz durch seinen Rücken schoss.

Die Wache setzte sich auf David, packte seine Handgelenke und hielt sie fest umklammert. „Du Hurensohn! Helft mir, Vater! Bindet das Seil fest!"

Mit der ganzen Kraft, die er noch in seinen Armen hatte, rang David darum, seine Handgelenke zu seinem Mund zu führen. Er hob den Kopf und versenkte seine Zähne in den Fingern des Wächters, sodass er salziges Blut schmeckte.

Der Wächter knurrte, aber er ließ nicht los. Der Priester, der nach Staub, altem Urin und ungewaschenem Körper roch, sank auf die Knie und band das Seil um Davids Handgelenke, um ihn vollständig zu fesseln. Eine hilflose Wut raste durch ihn hindurch, während der Wächter versuchte, Davids Arme an seinen Seiten nach unten zu drücken. David zappelte und wand sich, aber jetzt hielt ihn auch noch der Priester auf dem Boden fest.

„Wehr dich nicht, mein Sohn", rief der Priester wütend. „Das ist Gottes Wille. Du kannst nichts dagegen tun. Wenn du nicht beichten willst, werde ich dir die letzte Ölung erteilen. Möge der Herr in seiner Liebe und Barmherzigkeit dir mit der Gnade des Heiligen Geistes helfen. Möge der Herr, der dich von der Sünde befreit, dich retten und emporführen."

Der Wächter wickelte ein Seil um Davids Körper und band seine Arme an seinen Oberkörper, dann zog er ihn hoch, sodass er aufrecht stand, und brachte ihn zum Rand der Brücke.

„Ahhhhhh!" David brüllte und schrie, während der Priester auf Lateinisch aus der Bibel las und David bekreuzigte. „Lasst mich los! Ihr habt einen unschuldigen Mann! Argghhh!"

Die Menge murmelte vor sich hin. „Hexer ...", glaubte er zu hören. „Zur Hölle ..."

Der Wächter legte ihm eine Schlinge um den Hals und befestigte sie an dem Sack mit Steinen, den die Dorfbewohner zuvor gefüllt hatten. Sie lastete auf Davids Nacken und schmerzte an den Schultern.

David strampelte und zappelte noch immer, als der Wächter ihn näher zum Holzgeländer stieß. An der Stelle, an der das Holz zerbrochen war, klaffte eine Lücke, und der Fluss floss ohne schützende Barriere vorbei.

Das war's also.

Er war in einem tödlichen Kokon gefesselt. Die mittelalterliche Welt hatte ihn gefangen genommen, körperlich und seelisch.

Schließlich spürte er einen Stoß von hinten, und mit den Worten des Priesters in den Ohren stürzte er mit dem Kopf voran, als der Sack mit den Steinen ihn mitriss. Das eisengraue Wasser schoss auf ihn zu. Er holte tief Luft.

Ein nasser Schlag gegen seinen Kopf.

Ein kalter Schock.

Schwerelosigkeit.

Gedämpftes Gluckern in seinen Ohren.

Und dann zog ihn der Sack in den Tod.

~

ALS WÜRDE DIE ZEIT LANGSAMER LAUFEN, SAH ANNA ZU, WIE Davids Körper ins Wasser fiel. Sie befand sich stromabwärts auf der anderen Seite des Flusses und hielt sich in den Büschen am Ufer versteckt.

Es ging sehr schnell, dauerte nur einen Moment lang, vielleicht zwei rasche Wimpernschläge.

Ein lautes Platschen und er war verloren.

Und sie war ebenfalls verloren. Als Davids Körper auf die Oberfläche des Flusses aufschlug, zerbrach ihre Seele in unzählige Splitter.

Und sie sanken mit ihm.

Die Angst um ihn kämpfte mit der Wut auf den Priester, der so ruhig neben der Wache stand. Die ernst dreinschauende Menge auf der gegenüberliegenden Seite des Flusses schien mit einem Mal heiterer und die Menschen redeten miteinander. Als der Priester und die Wache zurückgingen, konnte man sogar erleichterte, lächelnde Gesichter erkennen. Sie dachten, dass mit Davids Tod die Bedrohung für ihr Dorf vorbei war. Die Feen würden nicht mehr aufgefordert werden, Krankheiten und Flüche zu verursachen. Dämonen würden nicht mehr in Versuchung kommen, zu stehlen und auf der Lauer zu liegen, um das Vieh zu töten, die Milch zu verderben, Krankheiten einzuschleppen und den Säuglingen das Leben zu nehmen.

Mit klopfendem Herzen schaute sie ins Wasser. Sie musste handeln. Ihr Messer hielt sie bereits in der Hand. Die Leute würden sie von hier aus nicht sehen ... höchstwahrscheinlich.

Und doch gab es da noch die starke Strömung, die nicht nur David, sondern auch ihr den Tod bringen konnte.

Als sie ins Wasser trat, waren ihre Füße eiskalt und ihre Brust schmerzte. Die Strömung zerrte an ihren Füßen wie die Hände von Kelpies. Die Erinnerung an das letzte Mal, als sie schwimmen war, nahm von ihr Besitz. Sie erinnerte sich an die unvorstellbare Kraft der Meeresströmung, die ihr die Lungen zugedrückt und sie erstickt hatte. Sie zitterte und konnte ihre Beine und Arme nicht mehr spüren.

Aber sie konnte nicht aufgeben. Sie musste handeln, sonst würde David sterben.

Anna ging vorsichtig, aber schnell in den Fluss und achtete dabei auf die Dorfbewohner. Trotz ihrer schmerzhaft angespannten Brust holte sie tief Luft und tauchte in das Wasser hinein. Es war kalt und dunkel, aber sie hielt die Augen offen und suchte nach David.

Das Wasser war schlammig und grün, und Blasen stiegen von ihrem Unterrock und ihren Haaren auf. Sie war schwerelos und ließ sich vom Wasser tragen, ließ es mit ihr spielen, ließ es ihr Freund sein. Nicht die böse Strömung, die sie in den Tod ziehen würde.

Dort, zwischen den Flusspflanzen und Steinen, die mit Moos und Bodenschlamm bedeckt waren, zeichnete sich eine helle Gestalt ab. Anna bewegte ihre Arme schneller. Ihre Lungen begannen zu brennen. Sie hatte in den letzten sieben Jahren keine Übung darin gehabt, unter Wasser die Luft anzuhalten. Nach drei weiteren Schwimmzügen bemerkte sie, wie David zappelte und seinen Körper wand, als wäre er ein riesiger Wurm. Der Sack mit den Steinen tat seine Arbeit und hielt ihn am Grund gefangen.

Mit brennenden Lungen begann sie, das Seil mit ihrem Messer zu durchtrennen. Es war nicht leicht. Unter Wasser rutschte das Seil immer wieder vom Messer weg. Sie hielt es mit einer Hand fest und bewegte das Messer mit der anderen hin und her. Davids Augen waren geweitet und voller Qualen. Er musste kurz vor seinem letzten Atemzug sein. Das Brennen in ihren eigenen Lungen deutete darauf hin, dass auch sie nicht mehr viel Zeit hatte.

Schließlich durchtrennte ihr Messer die letzten Fäden des Seils. Sie packte David und zog ihn mit sich in die Höhe. Gott, war er schwer, und er bewegte sich überhaupt nicht, aber sie musste seinen Kopf über die Wasseroberfläche befördern und ihn atmen lassen. Sie stieß und strampelte mit ihren Beinen, um sie beide nach oben zu treiben. Der Fluss über ihr wurde immer heller, je höher sie stieg. Als sie und David die Wasseroberfläche durchbrachen, sog Anna die Luft in ihre Lungen ein, keuchte, hustete und spuckte Wasser aus.

Aber er tat es nicht.

Der Fluss zog sie weiter flussabwärts und David sank wieder unter Wasser. Sie hielt ihn immer noch fest, sein Kopf befand sich knapp über der Wasseroberfläche, aber sein Nacken war schlaff.

O nein!

War sie zu spät gewesen?

Anna hatte nicht viel Zeit und sie hatte nicht die Kraft, einen schweren Krieger wie David festzuhalten und gleichzeitig stromaufwärts zu den Pferden zu schwimmen. Sie musste mit dem Fluss zusammenarbeiten. Anna ließ sich stromabwärts tragen, während sie zum Ufer schwamm. Selbst wenn sie ein Stück zurücklaufen musste, um die Pferde zu holen, würden sie wenigstens aus dem Wasser sein.

Eine quälend lange Zeit später spürte sie das felsige, schlammige Ufer unter ihren Füßen. Sie packte David an der Tunika und zerrte an ihm, bis er auf dem Boden lag. Ein kurzer Blick zum gegenüberliegenden Ufer zeigte ihr, dass die Dorfbewohner weg waren. Das war wenigstens eine kleine Gnade.

Aber das würde keine Rolle spielen, wenn David tot war.

Nasse Haarsträhnen klebten an seinem Gesicht. Seine Augen waren geschlossen. Er war blass.

Und er atmete nicht.

Sie legte ihr Ohr an seine Brust. Angst schoss durch ihren Magen, als sie keinen Herzschlag hörte.

„Verdammt!“, schrie sie und schlug ihm mit aller Kraft auf die Brust. Er musste das Wasser ausspucken, das sich in seinen Lungen befand. Nichts.

Sie drehte ihn auf die Seite und schlug ihm mit der Faust auf die Brust.

Nichts.

„David!" Sie schlug immer wieder auf seine Brust ein. „Lass mich nicht allein. Atme, verdammt noch mal! Atme!"

Sie schlug zu. Schlug zu. Schlug zu.

Nichts.

KAPITEL 21

Schmerz explodierte in Davids Brust, und er hustete einen Schwall Wasser aus ... oder vielleicht erbrach er es auch. Ein verzweifeltes, schmerzhaftes Bedürfnis nach Luft packte ihn, und er keuchte und saugte Sauerstoff in seine brennende Luftröhre.

Es tat weh zu atmen. Er hustete und keuchte immer wieder ... hustete und keuchte.

Und wieder würgte er.

Durch seine verschwommene Sicht erkannte er einen bleigrauen Himmel und Annas nasses, besorgtes Gesicht.

„David, es ist alles in Ordnung ... Ich bin hier ... Du lebst ..."

Er war am Leben?

Das Letzte, woran er sich erinnerte, war, wie er in den Fluss gestürzt war, wie das Gewicht ihn nach unten gezogen und unter dem rauschenden Wasser festgehalten hatte. Das Entsetzen, die Hilflosigkeit, die extreme Qual, gefesselt zu sein, ohne sich befreien zu können. Das schmutzige dunkelgrüne Flusswasser, die Blasen, die um ihn herum aufstiegen.

Die Panik, die alles verzehrte.

Die Wut. Auf den Priester und die Dorfbewohner. Auf die Welt. Auf sich selbst.

Der Schmerz, weil er die Luft anhalten musste, obwohl er atmen wollte und es nicht konnte.

Dann hatte er eine Vision von Anna gehabt, die wie eine Meerjungfrau auf ihn zugeschwommen war. Ihr Anblick hatte sein Herz erwärmt, auch wenn er sich bewusst gewesen war, dass es wahrscheinlich nur eine Halluzination seines sterbenden Geistes war, eine Manifestation seines Wunsches, sie ein letztes Mal zu sehen. Und schließlich hatte er es nicht länger aufhalten können. Das quälende, brennende Gefühl, Wasser in seine Lungen einzusaugen.

Er umarmte sie und wunderte sich darüber, dass seine Hände frei waren. Offenbar hatte sie seine Fesseln durchtrennt. Er zitterte heftig und seine Brust brannte noch immer vor Schmerz.

„Es ist alles gut", murmelte sie beruhigend in sein Ohr. „Du bist in Sicherheit. Sie sind weg."

„Ich dachte, das würde mein Tod sein", brachte er mit schmerzender Kehle und röchelnder Stimme hervor.

Sie zog sich zurück und streichelte sein Gesicht. Jetzt konnte er sie viel besser erkennen. Ihre langen, dunklen Wimpern waren vom Wasser verklebt und ihre Augen waren blutunterlaufen, weil sie unter Wasser nach ihm gesucht hatte, aber sie waren noch immer wunderschön, dunkel und strahlend.

„Meine Meerjungfrau", flüsterte er. „Du hast mich zurück ins Leben geholt. Du hast schon wieder dein Leben für mich riskiert."

Sie lächelte und ihre Zähne hoben sich weiß von ihren geröteten Lippen ab. „Du hättest dasselbe für mich getan."

Irgendwo in der Ferne grollte Donner und David blickte zum dunklen Himmel. Am Horizont zog eine schwarze Gewitterwolke auf. Er wartete, ließ seinen Körper atmen und sich regenerieren und begann, sich wieder lebendig zu fühlen. Der Geruch des Flusswassers stieg ihm in die Nase, und ihm war kalt. Kälte zu spüren war gut, denn jegliche Art von Schmerz bedeutete, dass er noch am Leben war.

„Gott, es tut so gut zu atmen", sagte er.

Sie nickte. „Aye, das tut es. Aber wir müssen aufbrechen. Es wird bald regnen, also suchen wir besser einen Unterschlupf, damit du dich aufwärmen kannst. Du bist zwar nicht durch Ertrinken gestorben, aber du könntest trotzdem am Fieber sterben. Kannst du aufstehen?“

Er nickte und sie half ihm aufzustehen. Ihm war schwindelig und er schwankte, aber sie hielt ihn eng an sich gedrückt und ließ ihn seinen Arm um sie legen. Zusammen liefen sie durch die Böschung am Bach hinauf, bis sie ihre Pferde fanden. Sie reichte ihm seinen Umhang, damit er sich darin einwickeln konnte, und ging hinter die Büsche, um dort ihr Unterkleid abzustreifen und ihr trockenes Kleid anzuziehen.

Dann half sie ihm, auf Daisy zu steigen, und sie galoppierten los.

Sie ritten weiter nach Nordwesten, in Richtung Stirling. Der Wind nahm zu und ließ die Bäume und Büsche heftig schwanken, dass es aussah, als würden sie von unsichtbarer Hand zu Boden gebogen werden. Erst nieselte es nur, ehe der Regen heftig zu prasseln begann. Er kam vom Meer im Westen und verfolgte sie wie eine Armee. Der Donner grollte lauter und kam näher, Blitze leuchteten auf.

Aber David fühlte sich immer besser, nachdem er ins Leben zurückgekommen war. Er erinnerte sich immer wieder daran, dass er nicht gestorben war. Gott sei Dank, war er nicht gestorben. Sein ganzer Körper fühlte sich müde, aber lebendig an. Jeden Windstoß, das Rascheln der Blätter und das Trommeln von Daisys Hufen nahm er überdeutlich wahr.

Nach kurzer Zeit entdeckte er durch den grauen Nebel des Regens hindurch ein Haus zu seiner Linken.

„Schau!“ Er drehte sich zu Anna um und zeigte auf das Haus. „Lass uns dort nachfragen, ob sie uns Unterschlupf gewähren.“

Eigentlich sollten sie Menschen meiden. Aber was hatten sie für eine Wahl, wenn der Sturm ihnen auf den Fersen war und sich nichts anderes als Felder, Wälder und Hügel um sie herum befanden? Wenigstens waren sie jetzt ein gutes Stück von dem Dorf entfernt.

Als sie näher kamen, erkannte er, dass es sich um einen Bauernhof handelte, die Felder waren jedoch mit Unkraut und Blumen überwuchert. Und aus dem Rauchloch im Dach stieg kein Rauch auf. Völlig durchnässt stiegen sie ab und führten die Pferde in die leeren Ställe. Das Dach war an einer Stelle undicht, aber es war ein anständiger Unterschlupf und den Pferden würde es hier gut gehen. Es gab ein wenig Heu und sogar Werkzeug, um die Hufe und das Fell zu reinigen.

„Ich werde mich später um sie kümmern", sagte Anna. „Wir müssen uns aufwärmen, essen und ausruhen."

Er klopfte Daisy auf den Rücken. „Danke, dass du mich wieder einmal gerettet hast, alte Freundin", flüsterte er ihr zu und gab beiden Pferden Heu und Wasser.

David nahm seine Schlafrolle, seine Reisetasche und sein Schwert. Als sie den Stall verließen, zog er die Waffe. Auch wenn es keine Anzeichen dafür gab, dass der Bauernhof bewohnt war, hieß das nicht, dass sich im Haus keine Banditen versteckten. Sie überquerten den kleinen Hof, dann öffnete David langsam die schwere Tür und spähte ins Innere des Hauses. Die Fensterläden waren geschlossen und es fiel nur wenig Licht herein. Es war still und roch staubig und ein wenig modrig.

„Ich glaube, es steht leer", sagte David. „Warte hier einen Moment."

Er trat ein und ging langsam, mit dem Rücken zur Wand durch das Haus. Der Regen trommelte auf das Strohdach über seinem Kopf. Die Umrisse eines Bettes waren an der Wand zu seiner Linken erkennbar. Es gab eine Feuerstelle, in der jemand gekocht haben mussten, und sogar einen Holzstapel. Er hörte das rhythmische Geräusch von Tropfen, die auf Holz trafen, und vermutete, dass das Dach des Hauses ebenfalls undicht sein musste.

Aber es war leer.

Er nickte Anna zu und sie hereinkam. David war dankbar, dass sie einen trockenen, warmen Unterschlupf gefunden hatten, und zündete das Feuer im Kamin an. Als das Innere des Hauses von den Flammen erleuchtet wurde, sah er sich nochmals um. In der Ecke hingen Kräuter und Pilze an Schnüren. Hoch über dem Feuer hing geräucherter Fisch.

Außerdem gab es einen Tisch, an dem die Familie gekocht und gegessen haben musste, sowie sechs Stühle drumherum. Drei leere Truhen standen offen. Dem Zustand der Felder nach zu urteilen, mussten sie den Hof schon vor Monaten verlassen haben.

Er fragte sich, warum. Vielleicht hatten sie die Pacht nicht mehr zahlen können und der Gutsherr hatte niemanden gefunden, der sie ersetzen konnte. Die Lebensbedingungen im Mittelalter waren hart.

David sehnte sich danach, seine nassen Kleider loszuwerden – sie klebten an ihm, waren schwer und kalt. Während er am Feuer stand, löste er den Umhang und zog seine Tunika aus. Er hängte sie und den Umhang über die Lehnen von zwei Stühlen und rückte sie näher an das Feuer. Da er auch seine Hosen trocknen wollte, wandte er sich zu Anna um, um zu sehen, was sie davon hielt. Er wollte nicht, dass sie sich damit unwohl fühlte.

Sie stand da und starrte ihn an. Ihr Blick wanderte langsam an seinem nackten Oberkörper auf und ab.

„Gefällt dir, was du siehst?“, fragte er.

Dass sie ihn so ausgiebig begutachtete, ließ Blut in sein Glied schießen. Vor nicht allzu langer Zeit war er derjenige gewesen, der sie beim Baden angestarrt hatte, als sie nackt war.

„Ähm ...“, sagte sie und schluckte schwer. „Ja, du bist ... du bist ...“ Ihr Atem schien zu stocken. „Du bist sehr ansehnlich, David.“

Er grinste. „Danke.“

Ihr rotes Kleid war nass vom Regen, aber es war nicht völlig durchweicht. Mit glühenden Wangen wandte sie sich von ihm ab. „Du musst essen“, sagte sie, während sie sich damit beschäftigte, den Rest des Brotes aus ihrer Reisetasche zu holen. „Die MacDowells hatten sogar eine kleine Hornflasche mit Uisge dabei.“

Er hatte den Uisge vollkommen vergessen ...

Zu seiner Überraschung stellte er fest, dass er noch immer

nichts davon wollte, selbst, nachdem er fast ertrunken war. Er wollte nicht mehr vergessen. Aber er wusste nicht, warum.

Vielleicht hatte es etwas mit der Highland-Prinzessin zu tun, die ihm schon zweimal das Leben gerettet hatte.

Sie legte den Laib Brot auf den Tisch und den Rest des Käses. Sie setzten sich und aßen, wobei sie einander anlächelten. Über ihnen tobte der Donner. Regen prasselte auf das Haus nieder, während der Wind durch die Ritzen der Tür und der Fensterläden heulte.

Aber alles, was er sehen konnte, war, wie sich das Feuer in Annas glänzendem, nassem Haar widerspiegelte und wie ihre Augen leuchteten, wenn sie ihn ansah. Und wie sich Grübchen auf ihren Wangen bildeten, wenn sie ihn schüchtern anlächelte.

Als sie gegessen hatten, streckte er ihr über den Tisch hinweg seine Hand entgegen und sie ergriff sie.

Er stand auf und zog sie sanft zu sich heran, bis sie direkt vor ihm stand.

Sie konnten nirgendwo hingehen. Die Welt da draußen war durch den Sturm stillgelegt worden. Die Hochzeit ... die würde später stattfinden. Für ihn lagen zehn Tage so weit in der Zukunft, dass sie nicht einmal existierten.

Es gab nur sie beide. Seine Seele war mit der ihren verbunden.

Er zog sie an ihrer Taille zu sich heran. Ihr Kleid fühlte sich feucht an seinem nackten Oberkörper an. „Weißt du, was einen Mann besser wärmt als Feuer?“, fragte er sie.

Ihre Augen erschienen wie tiefe, dunkle Gewässer. Endlos, lebendig und atemberaubend.

„Was denn?“, fragte sie.

„Das.“

Er küsste sie. Ihr Mund schmeckte nach Erdbeeren, etwas Blumigem und ihr ... himmlisch. Ihre weichen, vollen Lippen, ihre geschmeidige Zunge, die er immer wieder mit der seinen liebkoste, jagten ihm einen Schauer über den Rücken. Wer brauchte schon

Uisge, wenn es das hier gab? Wenn sie ihn küsste, als wollte sie ihre Münder, ihre Körper zu einer Einheit verschmelzen?

Ihr Körper, stark, feucht und biegsam, presste sich an ihn. Sie war sein Schatz, seine Erlösung, und sie lag in seinen Armen.

„Du bist nass", flüsterte er an ihren Lippen. „Lass uns dein Kleid trocknen."

„Aye ..."

Als er die Bänder an ihrem Rücken öffnete, löste sich ihr Kleid und er zog es herunter. Ihre Haut war blass und glitzerte im Schein des Feuers.

Als ihr Kleid auf den Boden fiel und sich um ihre Füße sammelte, schmiegten sich ihre runden, perfekten kleinen Brüste an ihn, Haut an Haut. Er konnte spüren, wie sich ihre harten Brustwarzen gegen seine Brust drückten. Gott, er war so erregt und begehrte sie so sehr, wie er noch nie jemanden begehrt hatte.

„Anna, ich will dich", sagte er. „Ich will dich verwöhnen, dich schmecken und dir einen Orgasmus nach dem anderen schenken ..."

Eigentlich wollte er noch mehr. Im Kerker hatte er sich nach mehr von ihr gesehnt.

Aber er hatte kein Recht darauf. Er würde aufhören müssen. Ihre ganze Zukunft hing von ihrer Jungfräulichkeit ab.

„Ich will das Gleiche mit dir tun", flüsterte Anna.

Er spürte, wie seine Erektion zuckte und er stöhnte. „O Gott ... Komm her ..."

David hob sie hoch und fluchte, als er spürte, wie ihre heißen, glatten Falten sich gegen seinen harten Bauch drückten, als er sie zum Bett trug. Er legte sie aufs Bett, hob ihre Hände über den Kopf und bewunderte sie. Er betrachtete ihren wunderbaren Körper, der so zart, zerbrechlich und doch so stark war. Er küsste sie erneut, schmeckte jede Nuance ihres Mundes, und seine Hand wanderte ihren Körper entlang. David streichelte ihre Brüste und liebkoste sie so, wie er es beim letzten Mal getan hatte. Sie fühlten sich weich, rund und warm an seiner Hand an. Sie wand sich und stöhnte in seinen Mund hinein und er wusste, dass sie erregt war.

Seine Eier schmerzten vor Verlangen nach ihr, als er seine Hand nach unten wandern ließ. Als er ihre weichen Locken erreichte, keuchte sie und öffnete ihre Beine für ihn. David wusste jetzt, dass sie für ihn geschaffen war und er für sie, denn seine Seele jauchzte vor Freude, wenn er an ihrer Seite war.

Er wollte ihr die Welt zu Füßen legen. Er wollte ihr jedes Vergnügen, jede Freude, jeden Wunsch erfüllen, den sie hatte.

Seine Finger spreizten ihre Falten und berührten ihr weiches, feuchtes Fleisch, dann suchten und fanden sie ihre Klitoris. Ihr lustvolles Stöhnen an seinem Mund schickte wildes Verlangen durch seinen Körper, dass es sich anfühlte, als wäre es in seinen Adern explodiert. Ihre Beine öffneten sich noch weiter und sie bewegte ihr Becken, suchte und brauchte mehr von seinen Berührungen.

Er liebte es. Gott, sie so entblößt und so scharf auf ihn zu sehen, war himmlisch.

Er zog sich zurück, zog seine Hose herunter und als er völlig nackt und erigiert vor ihr stand, richteten sich ihre Augen auf seinen Penis. „Oh ... David ...“, keuchte sie.

Aber es war keine Angst, es war ...

Lust.

Sie wollte ihn.

Aber er konnte sie nicht haben.

„Nein, mein Schatz. Wir werden nur ein bisschen Spaß haben. Ich kann dir deine Jungfräulichkeit nicht nehmen, und das wissen wir beide.“

Sie antwortete nicht, sondern setzte sich nur auf, legte ihre Hände an seine Seiten und zog ihn auf sich herunter. „Ich hätte dich fast verloren. Zweimal“, flüsterte sie und küsste ihn mit ihrem heißen, feuchten Mund. „Unsere gemeinsamen Tage gehen zu Ende. Du bist der richtige Mann für mich, David. Aber ich kann nicht für den Rest meines Lebens mit dir zusammen sein. Also gib mir wenigstens das. Sei mein Erster. Ich möchte mir vorstellen, du wärst mein einziger.“

Er stöhnte auf. „Ich möchte wirklich ... Du hast ja keine Ahnung. Aber ich kann nicht ...“

„Es gibt Wege, wie ich meine Jungfräulichkeit vortäuschen kann“, flüsterte sie. „Den Preis dafür zahle ich später. Nimm mich. Mach mich zu der deinen.“

Ihre Worte wurden ihm zum Verhängnis. Er hatte tagelang von ihr geträumt, sich genau das vorgestellt und sich danach gesehnt. Er bedauerte, dass er es nicht schon früher getan hatte. Er würde ihr zeigen, wie sehr er sie liebte.

„Du würdest auch meine Erste sein“, flüsterte er.

Daraufhin küsste sie ihn noch intensiver, noch verzweifelter. Ihre Haut war so weich, sie besaß wunderschöne Gliedmaßen, sie war alles, was er sich jemals gewünscht hatte. Er spreizte ihre Schenkel.

O Gott, wie sehr er sie begehrte. Er wollte mit ihr eins sein, so tief in ihr vergraben sein, dass er nicht mehr wusste, wo er aufhörte und sie begann. Er wollte sie spüren, so eng, feucht und geschmeidig. Er wollte fühlen, wie sie ihn umschloss.

In seiner Welt, im einundzwanzigsten Jahrhundert, wäre es kein Problem, wenn ein Mädchen, das er liebte, ihn anflehen würde, sie zu entjungfern. Er würde natürlich ein Kondom benutzen ...

Aber hier gab es keine Kondome. Also würde er nicht in ihr kommen. Er würde sich rechtzeitig zurückziehen. Dies war das vierzehnte Jahrhundert, und er musste sich an die Regeln halten.

„Anna ...“ Er küsste sie. „Bist du sicher?“

Sie ließ ihr Becken kreisen, um sein Glied zu stimulieren, und er atmete scharf ein, weil heiße Lust durch seinen Körper schoss.

„Das bin ich“, flüsterte sie. „So sicher war ich mir in meinem ganzen Leben noch nicht.“

Verdammt noch mal. Da konnte er nicht widerstehen.

„Es könnte weh tun, Schatz ...“, sagte er. „Ich bin natürlich kein Experte. Aber beim ersten Mal könnte es wehtun.“

„Ich weiß. Ich glaube nicht, dass mit dir irgendetwas weh tut ...“

Er stöhnte auf, als ihre Worte wie ein süßer Schmerz in ihm

widerhallten. Tief sah er ihr tief in die Augen. Ohne sie wäre er jetzt ein toter Mann. Er wäre im einundzwanzigsten Jahrhundert, wenn er nicht das Bein seiner Schwester ergriffen hätte und durch die Zeit gereist wäre. Aber dann wäre er auch nicht mit ihr zusammen. Dieser Prinzessin, dieser Verführerin, dieser Kriegerin. Dieser Frau aus den Highlands, für die er bereit war zu sterben.

Sie hatten vielleicht kein Morgen. Alles, was sie hatten, war das Jetzt.

Während der Sturm wütete und gegen das Haus schlug, so wie das Mittelalter in den letzten drei Jahren gegen ihn gewütet und getobt hatte, während der Donner dröhnte und der Regen auf das Dach über ihren Köpfen trommelte, sah er sie an und er wusste es.

Er liebte sie. Sein ganzes Leben lang würde er sie lieben.

Nichts würde ihn glücklicher machen, als mit der Frau zu schlafen, die er liebte.

Er sah ihr immer noch in die Augen und streichelte sie mit seiner Hand. Sie war feucht und geschmeidig, denn sie triefte nur so vor Erregung. Er wusste nicht, was er tun konnte, um es weniger schmerzhaft zu machen, er wusste nur, dass er ihr Freude bereiten wollte. Alle Freude der Welt.

Während er ihren Kitzler rieb und beobachtete, wie sie ihren Oberkörper in seine Richtung wölbte und keuchte, positionierte er sich an ihrem Eingang. Sie war so heiß und weich, dass die bloße Berührung mit ihr einen regelrechten Lustschock in ihm auslöste. Sein Herz raste. Gleich war es so weit. Er übte etwas Druck aus, aber sie war ganz eng. Da war eine Barriere, die er nicht überwinden konnte. Sanft begann er, in sie einzudringen, dehnte sie, beobachtete sie und rieb weiter ihren Kitzler. Sie keuchte und krallte ihre Nägel in seinen Rücken, während ihre Beine sich um seine Hüften schlangen und ihn enger an ihren Körper zogen.

Das Vergnügen, ihr heißes Fleisch an seinem zu spüren, war so intensiv, dass er sich kaum noch zurückhalten konnte, um nicht bis zum Anschlag in sie einzudringen. „Tut es weh?“, fragte er atemlos.

„Nae“, flüsterte sie atemlos und ihre dunklen Augen schimmerten. „Du füllst mich aus, ich will mehr davon ... mehr von dir ... in mir."

Er schluckte schwer, klammerte sich an den letzten Rest seiner Beherrschung und versuchte, nicht genau das zu tun, worum sie ihn gebeten hatte.

„Okay", sagte er, schluckte und zwängte sich sanft in sie hinein, während er gleichzeitig ihren feuchten Kitzler massierte.

„Ahhh ...", keuchte sie und krümmte sich ihm entgegen. „Oh, David ..."

Sie öffnete sich für ihn und ihre Schenkel fielen weiter auseinander. Er schob sich so sanft wie möglich in sie hinein, tiefer und tiefer, und dann war der Druck, die Barriere, die ihn zurückgehalten hatte, weg und er war in ihr.

Sie keuchte erneut, halb aus Schmerz, halb aus Ekstase. David erstarrte und konnte kaum glauben, dass er von einer solch unglaublichen Weichheit und Enge umgeben war. Von ihr.

Sie waren eins. Tief atmete er durch, um zu verhindern, dass er sich zurückzog und wieder in sie eindrang.

„Tut es weh?", fragte er.

„Ein kleines bisschen", sagte sie und zog ihn mit ihren Händen näher zu sich. „Nur ein kleines bisschen ... Es ist ein süßer Schmerz ..." Ihre Augen funkelten. „Wie das erste Mal, wenn du einen warmen Kieselstrand betrittst ... Deine Füße sind warm und manche Kiesel sind scharf, andere glatt ... Und am Ende befindet sich das Meer und dort gehörst du hin."

„Okay, mein Schatz", sagte er. „Der schwierige Teil ist vorbei. Du kannst mir jederzeit sagen, wenn du willst, dass ich aufhöre. Wann auch immer es dir zu viel wird. In Ordnung?"

Ihre Augen schmolzen und strahlten diese Wärme und Liebe aus, die ihn dazu bewogen, ein besserer Mann sein zu wollen. Er wollte die Zeit anhalten und sich von ihrer Wärme durchfluten lassen. Damit all sein Leid weggespült werden würde.

Er küsste sie und bewegte sich in ihr, während sein Finger sich von ihrer Klitoris löste, weil seine Hand zwischen seinem und ihrem

Körper eingeklemmt wurde. Er bewegte sich langsam, aber veränderte den Winkel so, dass er gleichzeitig ihre Klitoris stimulierte. Sie stieß ein langes Stöhnen an seinem Mundes aus und klang damit wie ein Pornostar. Ein berauschendes Lustgefühl, besser als jeglicher Alkohol, strömte durch seine Adern, als er sich bewegte.

Sie war so weich, heiß und eng und so feucht, dass er leicht in sie hinein und wieder herausgleiten konnte. Anna wand sich unter ihm, hob ihre Hüften seinem Rhythmus entgegen, auf der Suche nach Befriedigung. Am Anfang passierte alles sehr langsam, damit sie sich an ihn gewöhnen konnte. Und damit auch er sich daran gewöhnen konnte ... an sein erstes Mal ... und lernte, wie er sich bewegen musste, um ihr das größte Vergnügen zu bereiten.

Und wie er nicht in ihr kam, wovor er sich am meisten gefürchtet hatte ... weil er es nicht zulassen konnte.

Sie beschleunigten ihr Tempo, waren beide gierig und atemlos. Beide waren nicht in der Lage, aufzuhören, zu denken oder zu atmen.

Diese Spannung, dieses süße Vergnügen baute sich in ihm auf, und er wusste, dass es ihr genauso erging. Er erkannte die Zeichen. Er wusste, wie man eine Frau zum Kommen brachte, ohne in sie einzudringen, schließlich hatte er es jahrelang getan.

Jetzt war es sogar noch besser.

Sie war verschwitzt und ihre Wangen waren gerötet, ihre Augen waren halb geschlossen und fest auf ihn gerichtet. Ihre Lippen waren rot und voll. Anna biss sich auf die Unterlippe und leckte darüber. Sie keuchte, schrie und grub ihre Nägel in seinen Rücken.

Und er verpasste den Moment.

Sie kam. Ihre Muskeln zogen sich in einem perfekten, wunderschönen Rhythmus zusammen, saugten an ihm ... Und sie schrie seinen Namen ...

Er hätte rausziehen sollen.

Sein eigener Orgasmus brach wie ein feuriger Strom über ihn herein.

Dann kam er in ihr, sein ganzer Körper war zum Zerreißen angespannt und er seinen intensiven Gefühlen hilflos ausgeliefert. Als der Orgasmus abebbte, sackte er auf ihr zusammen, und sie atmeten im gleichen hektischen Rhythmus.

David streckte sich im Bett aus und schloss Anna in seine Arme. Er küsste ihre Stirn und hielt sie an seinen Körper gepresst – sie war so warm und gehörte jetzt wirklich ihm –, aber er war zu aufgewühlt und konnte nicht einschlafen. Draußen tobte der Sturm, und er fragte sich, was passieren würde, wenn er vorbei war.

Wie sollte er nach dem herrlichen, vollkommenen Leben, das er mit ihr geführt hatte, jemals wieder zu seinem armseligen Dasein zurückkehren?

Selbst wenn das im einundzwanzigsten Jahrhundert sein würde.

KAPITEL 22

ANNA REGTE sich und erwachte eng umschlungen von einem heißen, starken Männerkörper. Der Sturm tobte weiterhin, aber sie hörte keinen Donner mehr. Das Feuer war erloschen, aber ihnen war nicht kalt.

Im Haus war es immer noch dunkel, aber zwischen den Fensterläden und entlang der steinernen Fensterbänke waren einzelne schwache Lichtstreifen zu sehen. Es musste also Morgen sein. Noch neun Tage bis zum Tag von Johannes dem Täufer.

Neun Tage in Freiheit.

Sie küsste Davids stählerne Brust, woraufhin er sich regte und sie näher zu sich heranzog. Sie schloss ihre Augen und sog seinen Duft ein. Er roch immer noch nach dem Fluss, aber auch nach Pferd, Leder und Stahl. Wie ein echter Krieger.

Nach dem Krieger aus der Zukunft, der sie zur Frau gemacht hatte. Sie hatten sich in dieser Nacht noch drei weitere Male geliebt, und obwohl sie es zu dem Zeitpunkt noch nicht gespürt hatte, war sie nun ganz wund.

Gott möge ihr verzeihen, sie war keine Jungfrau mehr. Sie hatte gesündigt, und warum, oh, warum fühlte sich diese Sünde so gut an? Sie hatte ihr kostbarstes Gut, ihre Jungfräulichkeit, an einen Mann verschenkt, der niemals ihr Ehemann sein würde. Ihre Brust schmerzte und verkrampfte sich vor lauter Schuldgefühlen. Sie musste sich also etwas einfallen lassen, um es vorzutäuschen. Sie würde die Hilfe ihrer Magd brauchen, denn ihr konnte sie vertrauen. Anna hatte gehört, dass man Blut in der Küche, von einem Huhn oder einem anderen geschlachteten Tier, sammeln und dann in einer kleinen Phiole in einem Schmuckstück verstecken konnte. Sie könnte still daliegen und vor Schmerz weinen, während ihr zukünftiger Mann sie nahm ...

Gott, sie hasste sich dafür, dass sie über solche Lügen nachdachte ... Aber wenn das der Preis war, den sie zahlen musste, um ihrem Vater Stirling Castle zu bringen, dann würde sie es tun. Sie würde dafür in der Hölle schmoren, aber wenigstens hätte sie dann ein lebenswertes Leben.

Nur noch zwei Tage, bis sie Philip während des geheimen Treffens kennenlernen sollte. Gott, was dachten sie wohl alle? Glaubten sie noch daran, dass sie am Leben war und zurückkehren würde? Sie musste sich beeilen, selbst wenn sie es nicht wollte. Da das Gewitter vorbei war, würde der Sturm heute wahrscheinlich ebenfalls aufhören. Auch wenn ein Teil von ihr hoffte, dass das nicht der Fall sein würde.

„Worüber denkst du nach?", ertönte Davids heisere Stimme und sie sah zu ihm auf. Sein schläfriges Gesicht war schön und so liebenswert, dass ihr Herz schwer wurde.

Wenn er doch nur zu ihr gehören könnte, so wie ihr Herz ihm gehörte ...

„Darüber", sagte sie und streichelte sein Gesicht. „Über diesen Himmel hier. Ein Teil von mir wünscht sich, dass du für immer mit mir hierbleiben könntest. Wir könnten das Land auf dieser Farm bewirtschaften. Kinder großziehen. Jede Nacht hier liegen, als rechtmäßig verheiratete Eheleute, uns lieben und jeden Tag miteinander teilen, bis zu dem Tag, an dem wir sterben."

Ein Ausdruck von tiefer Trauer zeichnete sich auf seinem hübschen Gesicht ab und sie merkte, dass sie einen Fehler gemacht hatte. „Es tut mir leid", sagte sie und senkte den Blick. „Dein Zukunftstraum sieht nicht vor, dass du in diesem Zeitalter verweilst, oder?"

Seine Brust erstarrte unter ihrer Wange und sie sah zu ihm auf. Sein Adamsapfel hüpfte, während er zum dunklen Strohdach hinaufstarrte. „Nein, das tut er nicht."

Es tat weh, ihn das laut sagen zu hören, und sie hielt den Atem an, in der Hoffnung, dass er noch etwas anderes sagen würde. Er schwieg eine Zeit lang. Als er sie dann erneut anblickte, wurden sein Blick sanfter. David schlang seine Arme um sie. „Aber das heißt nicht, dass ich nicht will, dass du Teil meiner Zukunft bist. Ich weiß, dass du diejenige bist, die Sìneag für mich bestimmt hat. Die Frau, für die ich bestimmt bin."

Ihr ganzes Wesen fühlte sich leicht und warm an, als würde ein Sonnenstrahl vom Himmel direkt durch sie hindurchscheinen. „David ... ich ... glaube nicht, dass ich jemals jemanden so lieben werde wie dich. Obwohl wir Jahrhunderte voneinander getrennt geboren wurden, habe ich zum ersten Mal in meinem Leben das Gefühl, irgendwo hinzugehören. Mit dir fühle ich mich nicht mehr wie eine Außenseiterin."

Seine Augen strahlten. „Genauso fühle ich auch, mein Schatz", sagte er mit krächzender Stimme. „Dieser Hof, der Sturm draußen und dass die ganze Welt ausgeschlossen ist ... Es fühlt sich an wie ein Zuhause."

Er beugte sich herunter und küsste sie. Es war ein zärtlicher und langsamer Kuss, mit verführerischen Berührungen von Zunge und Lippen und so viel Zärtlichkeit, dass es sich anfühlte, als könnte sie sich darin auflösen wie Butter. Er zog sie nach oben und sie spürte, dass er bereits hart war. Sie kletterte auf ihn und spürte, wie sein seidiges, heißes Glied gegen ihren Innenschenkel drückte.

„Ich will, dass du mich reitest", flüsterte er und seine glühenden, dunklen Augen blickten sie an.

„Ich bin ein bisschen wund, David."

„Dann reite mein Gesicht ..."

Sie erstarrte, als Hitze in ihre Wangen stieg. „Was meinst du damit?"

Er drückte mit seinen Händen gegen ihren Hintern und gab ihr damit zu verstehen, dass sie näher an sein Gesicht heranrücken sollte. „Ich meine damit, dass du dich auf mein Gesicht setzen sollst", sagte er. „Du wirst es lieben. Ich verspreche es."

Allein, dass er das sagte, löste eine pulsierende Hitze zwischen ihren Schenkeln aus und ihre inneren Muskeln verkrampften sich. Sie biss sich auf die Lippe, ihr Atem beschleunigte sich und ihr Puls pochte in ihren Schläfen. Sie schob sich an ihm hoch und immer höher, bis sie auf seiner Brust saß. Er betrachtete ihre Scheide, die sich direkt vor seinem Gesicht befand, und blies Luft darauf, woraufhin sie sich erneut verkrampfte.

„Komm her", knurrte er, streichelte mit seinen Händen die Innenseiten ihrer Oberschenkel und zog sie sanft zu sich heran.

Ihre Wangen glühten, doch sie gehorchte und keuchte, als sein Mund auf ihr pochendes Geschlecht traf. Er küsste sie dort. Einmal. Zweimal.

„Tut es weh?", fragte er und sah zu ihr auf.

Sie hatte den dumpfen Schmerz bereits vergessen und sah zu ihm hinunter. „Nae ... Ich habe keine Schmerzen, David ... Nur dein Mund ... Ahhh ..." Sie krümmte ihre Wirbelsäule, als er sie wieder zu seinem Mund zog und sie mit seiner Zunge erforschte. „Ahhh."

Aye, er verwöhnte sie dort, genau an der Stelle, im Zentrum von all dem, was gut, angenehm und beglückend war. Sanft saugte er an ihr, ließ seine Zunge über sie gleiten und rieb sich an ihr. Und sie steuerte geradewegs auf einen Abgrund zu, als würde sie auf einem Pferd reiten, das den Verstand verloren hatte und nicht mehr zu stoppen war. Dann wurde sie über darüber hinweggeschleudert, hinein in schiere Glückseligkeit, während ihr Innerstes sich lustvoll zusammenzog, bebte und erschauerte.

Nachdem sie aufgehört hatte zu zittern, wich sie zurück und sank auf ihm zusammen – Brust an Brust, Bauch an Bauch, Beine an Beine. Er war immer noch steinhart, heiß und drückte gegen ihren

Bauch. Behutsam strich er ihr eine Haarsträhne aus dem Gesicht. „Du schmeckst köstlich. Ich kann nie genug von dir bekommen."

Sie stützte ihr Kinn auf seine Brust und sah ihn an. „Ich kann auch nicht genug von dir bekommen."

Dann kroch sie nach unten. Keiner ihrer Höhepunkte war gut genug, wenn sie sie nicht erlebte, während er in ihr war. Wenn er nicht auf die intimste Art und Weise mit ihr verbunden war.

Sie war feucht und er weiterhin hart, und sie wünschte sich nichts mehr, als ihn in sich zu haben. Anna hockte sich rittlings auf seinen Unterleib, und er runzelte die Stirn, als sie seine Erektion in die Hand nahm und sie zu ihrem Eingang führte.

„Anna, du bist wund ... O Gott ... Bist du sicher?" Sie setzte sich auf ihn und er glitt problemlos in sie hinein, denn sie war noch immer unglaublich erregt. Er dehnte ihre engen Muskeln auf so angenehme Weise, dass der leichte Schmerz, den sie verspürte, sich anfühlte wie Butter auf einem Honigkuchen. Sie keuchte und senkte ihren Körper weiter herunter, spürte, wie er sie bis ins Innerste dehnte, bis in ihre tiefsten Tiefen.

Er spannte sich an und versteifte sich, während sich seine Fäuste an ihren Hüften ballten. „O Gott, du bist so verdammt heiß, eng und wundervoll", stöhnte er. „Mein Gott ..."

Sie legte ihre Hände auf seine Brust. Davids hübsches Gesicht wirkte gleichermaßen weich und hart. Seine Augen waren halb geschlossen, aber sein dunkler Blick ruhte unverwandt auf ihr. Sein Kiefer und die Muskeln über seinen Wangenknochen waren angespannt. Zum ersten Mal spürte sie, dass sie Macht besaß. Ihr ganzes Leben lang war sie machtlos gewesen. Als Bastard und als Frau war sie immer der Gnade der Männer in ihrem Leben ausgeliefert gewesen: ihrem Onkel Aulay, ihrem Vater und ihrem zukünftigen Ehemann. Was ihre Zukunft anging, hatte sie nichts zu entscheiden, nicht so wie Männer über ihre eigene entscheiden durften.

Aber jetzt war es anders.

Jetzt hatte sie die ganze Macht.

Die ganze Kontrolle. Sie konnte ihn entweder hart reiten und ihm schnell seine Befriedigung verschaffen oder ihn mit langsamen, gleitenden und stimulierenden Bewegungen auf die Folter spannen. Sie begann, sich auf seinem Schwanz auf und ab zu bewegen und spürte die köstliche Reibung seiner harten Erektion an ihrem empfindlichen Gewebe. Er keuchte, ohne seinen Blick von ihr abzuwenden. Als sie den Rhythmus beschleunigte und diesem Vergnügen nachjagte, spürte sie, wie ihre Brüste anfingen zu wippen und ihre Oberschenkel brannten. Seine Augen waren auf ihre Brust gerichtet, er biss sich auf die Unterlippe und ein langes, raues, wolfsähnliches Grollen drang aus seiner Kehle.

Sie liebte es. Sie liebte es, dass er sie so sehr begehrte, dass sie diejenige war, die entschied, was passieren würde, auch wenn es nur für den Moment war. In ihr pulsierte es, sowohl vor Schmerz von ihrem ersten Mal als auch vor Vergnügen, weil er sie an den Stellen stimulierte, wo es ihr am besten gefiel. Und dann wollte sie es härter. Sie wollte ihre Grenzen austesten. Sie wollte alles.

Ihr Höhepunkt überrollte sie genauso wie seiner ihn. Mit einem Ruck zog er sich aus ihr heraus, sodass sie zitternd und keuchend zurückblieb.

Sofort schloss er sie in seine Arme und drückte sein Gesicht gegen ihre Schulter.

„Ich bin in dich verliebt, Anna“, flüsterte er.

„Und ich in dich, David“, antwortete sie.

Als sie in seinen Armen lag und durchatmete, wusste sie es ... Und er wusste es auch ...

Liebe war nicht genug.

Ihre Welt war nicht seine Welt. Und sie würde es auch nie sein.

Ihr wurde klar, dass sie noch immer nicht verstanden hatte, warum das so war. „Wenn du wieder in der Zukunft bist ...“, fragte sie, und er sah zu ihr auf, „... was wirst du dann tun? Warum willst du unbedingt dorthin zurück, wo dein Clan und deine Schwester doch hier sind?“

Und ich auch.

Aber das sprach sie nicht laut aus.

Er seufzte, legte sich auf den Rücken und rieb sich die Stirn. „Ich ... Wenn ich es schaffe, allen zu zeigen, dass ich trotz Legasthenie so gut sein kann wie meine Professoreneltern und meine Schwester, die einen Doktortitel hat, dann dachte ich, dass ich beweisen würde, dass ich auch etwas wert bin."

„Was ist ... Lega...sthenie?"

„Das bedeutet nur, dass mir das Lesen und Schreiben schwerer fällt als den meisten anderen."

Sie kicherte. „Du hast Glück, dass du überhaupt lesen und schreiben kannst. Und was ist ein Doktortitel?"

„Ein Doktortitel? Das ist der höchste Universitätsabschluss."

„Oh, deine Schwester ist schlau. Das bist du auch, David. Und deine Eltern sind tot, aye?"

„Ja."

„Und deine Schwester ... diese Doktorin ... das ist sie nicht mehr, oder? Sie ist die Frau eines Lairds ..."

Er seufzte. „Ja."

„Also ... Ich frage mich, ob du dem Traum eines Jungen nachjagst, der du gar nicht mehr bist?"

Er schwieg lange Zeit, blinzelte und starrte in die Dunkelheit. „Es ist, als ob du in meine verdammte Seele schauen würdest, Anna. Mein Gott ... das habe ich mich auch schon gefragt. Aber ich schätze, der Junge steckt noch in mir. Ich habe einfach nicht das Gefühl, dass ich hier etwas wert bin." Er sah sie mit streng wirkenden Gesichtszügen und angespannten Muskeln an. „In deiner Welt gibt es drei Arten von Menschen. Die, die kämpfen, die, die arbeiten, und die, die beten. Diejenigen, die kämpfen ..." Er sah auf sein Schwert neben dem Bett. „... haben die Macht. Deine Anführer, deine Ritter, deine Oberhäupter. Kriege regieren deine Welt. So bin ich nicht erzogen worden. Ich bin ehrgeizig und gewinne gern, aber ich wurde nicht in dem Glauben erzogen, dass ich Menschen töten muss, um meinen Platz im Leben zu behaupten. Ich wurde in dem Glauben erzogen, dass ich klug sein und eine gute Ausbildung erhalten muss, um etwas wert zu sein. Mit Legasthenie war es schwierig zu lernen. Es war schwierig, so zu sein wie alle anderen. Aber mein starker Körper und mein Talent im Football haben mir einen Platz am College verschafft ... eine Chance, etwas wert zu sein. Als ich meinen Zulassungsbescheid erhalten habe, war dieser Traum endlich in greifbarer Nähe. Ich konnte endlich stolz auf mich sein und wusste, dass mein Vater und meine Mutter auch stolz auf mich gewesen wären. Ich habe mich auf dieses Leben gefreut – darauf, meinen Abschluss zu machen, einen guten Job zu bekommen. Vielleicht mein eigenes Unternehmen zu gründen. Ein schönes Haus zu kaufen. Ein Auto. Eines Tages eine Familie haben. Ich würde für sie sorgen. Ihnen die Sicherheit, Liebe und Geborgenheit geben, die ich nicht hatte."

Anna runzelte die Stirn. Einiges von dem, was er gesagt hatte, verstand sie nicht. „Was ist ein Job?", fragte sie. „Und ein Auto? Und ein Unternehmen? Und warum sind sie wichtig?"

„Autos sind so etwas wie Kutschen, nur dass sie nicht von Pferden gezogen werden müssen. Sie benutzen Benzin, eine natürliche Ressource, so wie Öl. Die Menschen fahren sie mit einem Lenkrad statt mit Zügeln."

Sie versuchte, sich einen Wagen vorzustellen, der von selbst fuhr. „Das klingt nach Hexerei ..."

Er kicherte und erzählte ihr mehr über seine Zeit. In seiner Zeit liefen die Dinge anders als in ihrer. Es gab keine Feudalherren, und jeder konnte Land besitzen, wenn er die Mittel hatte, es zu kaufen. Während in der mittelalterlichen Welt Ländereien von Wert waren, waren in seiner Welt auch Können, Verstand und harte Arbeit von Wert.

In seiner Welt würde sie niemanden heiraten müssen, um sich ihrer Zukunft gewiss zu sein. Sie müsste ihre Jungfräulichkeit nicht wie eine Ware hüten, die ihr Vater gegen eine Burg eintauschen könnte. In seiner Welt konnten Frauen einen Job finden oder ihr eigenes Unternehmen führen. In ihrer Welt konnte man als Frau nur als Witwe frei und reich werden, aber sie wollte nicht warten, bis ihr Mann starb, um unabhängig zu werden.

Sie schaute sich um. „Ich verstehe, dass ein Haus wie dieses im Vergleich zu den Häusern in deiner Zukunft wahrscheinlich nicht sehr komfortabel ist. Aber sind das Auto, das Haus und der Job es wirklich wert, die Frau zurückzulassen, die dich liebt?"

David schloss die Augen und fuhr sich mit beiden Händen durch die Haare. Er seufzte und sah sie an. „Nicht, wenn du es so ausdrückst, Anna. Ein Teil von mir jauchzt vor Glück, weil ich mit dir zusammen bin. Ein anderer Teil von mir macht sich in die Hose vor Angst. Nicht wegen des Hauses und des Autos. Nein. Sondern wegen anderer Dinge. In meiner Zeit kann ein Mann nicht ertränkt werden, nur weil er versucht hat, mit Feen zu sprechen. Menschen müssen keine Schwerter tragen, um sich zu verteidigen. Frauen können ihr eigenes Geld verdienen, anstatt von ihrem Ehemann oder Vater abhängig zu sein, der für sie sorgt."

Bedauern stand in Davids Blick.

„Ich bin immer noch ein Außenseiter, Anna, und das werde ich immer sein. Hier werde ich mein Leben nie in vollen Zügen genießen können. Ich möchte mich beweisen, stolz auf mich sein. Und das kann ich hier nicht, auch wenn ich dich liebe." Sanft strich er über ihren nackten Arm und jagte ihr damit einen angenehmen Schauer über den Rücken. „Ich habe immer versucht, nach Hause zurückzukehren, aber ich kann den Felsen nur benutzen, wenn ich die Liebe meines Lebens gefunden habe. Jetzt habe ich dich gefunden. Ich glaube, das bedeutet, dass ich nach Hause gehen kann. Aber bei dem Gedanken, dich zu verlassen, möchte ich mir am liebsten die Brust zerreißen und mir das Herz herausschneiden."

Der Schmerz in seiner Stimme raubte ihr den Atem und fühlte sich an, als würden tausend Claymores sie in Stücke schneiden. „Aye, wir lieben uns", sagte sie. „Aber das hat nichts zu bedeuten. Ich bin noch immer die Tochter eines Königs. Und in dieser Welt muss ich Sir Philip heiraten."

Er atmete langsam aus und drückte sein Gesicht gegen ihren Bauch, dabei kitzelten seine Haare ihre Haut.

Anna schluckte und blinzelte, um ihre Tränen zu unterdrücken.

„Und ich möchte, dass du glücklich bist, also ...“ Es brachte sie um, es laut auszusprechen. „Ich will, dass du gehst. Ich will, dass du deine Freiheit hast.“

Er sah sie mit leuchtenden Augen und einem Grinsen im Gesicht an. „Dann komm mit mir! Ich habe gehört, dass schon eine andere Highlanderin mit dem Mann, in den sie sich verliebt hat, in die Zukunft gereist ist ... Und mein Freund Raghnall Mackenzie hat sich dafür entschieden, diese Zeit für Bryanna, eine Frau aus der Zukunft, zu verlassen. Es ist durchaus möglich. Lass uns zusammen gehen, sobald der Sturm vorbei ist. Komm mit mir in die Zukunft. Du musst niemanden heiraten, und ich helfe dir, dich zurechtzufinden. Wir werden zusammen sein! Du wirst frei sein!“

Sie erstarrte, außerstande, sich zu regen. Die Worte waren verführerisch – mit der Liebe ihres Lebens in die Zukunft zu gehen, nicht mehr an ihren Vater gebunden zu sein und niemals die Konsequenzen für ihre verlorene Jungfräulichkeit tragen zu müssen ...

Sie stellte sich diese Autos vor, die sich ohne Pferde bewegten. Die Häuser aus Glas und Stein, die jeder, nicht nur Adlige, besitzen konnte. Die Welt, in der Frauen über ihre eigene Zukunft entscheiden und frei sein konnten. Eine Welt, in der die Geburt eines Menschen nicht über seinen Wert entschied.

Das gefiel ihr. Sie wusste, dass es wahr war, denn David hatte ihr mehr Entscheidungsfreiheit gegeben als jeder andere in ihrem Leben. Er gab ihr das Gefühl, geliebt, geschätzt und respektiert zu werden.

Aber das war nur ein Traum. Ein Wunsch, der nie in Erfüllung gehen würde.

„Ich danke dir für dein Angebot, David“, flüsterte sie. „Aber ich habe eine Pflicht gegenüber meinem Vater. Ich muss dafür sorgen, dass Schottland sicher ist, und ich muss helfen, den Krieg mit England zu beenden, indem ich Philip Mowbray heirate.“

Sein Gesicht verzog sich vor Schmerz. „Die Pflicht gegenüber deinem Vater?“ Er lachte verbittert. „Dem Vater, mit dem du nur ein paar Tage deines Lebens verbracht hast? Dem Vater, der nur nach dir ruft, wenn er dich aus politischen Gründen braucht?“

Jedes Wort fühlte sich an wie ein Peitschenhieb auf ihrer Wunde. Sie trafen sie genau dort, wo es wehtat. David sprach genau die Worte und die Zweifel laut aus, die sie selbst hegte.

„Du musst dich selbst an die erste Stelle setzen, Anna“, sagte er. „Du musst verstehen, dass du alles wert bist, mit oder ohne seine Anerkennung. Oder die von jemand anderem.“

Sie setzte sich auf und rückte von ihm ab. Zum ersten Mal seit langer Zeit wollte sie ihn nicht berühren oder ihm zuhören. Tränen brannten in ihren Augen. „Du verstehst das nicht, David. Wie solltest du auch? Wie du schon sagtest, du bist ein Außenseiter. Die Wahrheit ist, egal wie sehr ich auch träume, Liebe ist für eine Frau wie mich nie eine Option. Es gibt keine Liebe für mich und keine Liebe für jemand anderen. Ein Bastard wie ich hat kein Recht darauf.“

KAPITEL 23

TROTZ IHRER HARSCHEN Worte glaubte Anna nicht, dass sie jemals so froh gewesen war, dass ein Sturm anhielt. Der Wind und der Regen wüteten weiter über das Land und das Getrommel der Regentropfen klang wie Musik. Der Donner und die Blitze kehrten zurück. Selbst der kurze Weg zu den Ställen, um die Pferde zu versorgen, war eine einzige Tortur.

Sie hatten sich in der Nacht wieder geliebt, leidenschaftlich und hart, als ob ihre Körper für sie sprachen – als ob ihre Körper sagten, dass ihnen ihre Worte leidtaten und dass sie jeden einzelnen Augenblick damit verbringen wollten, einander festzuhalten, ineinander verschlungen und für immer miteinander verwoben.

Sie teilten sich den MacDowell-Uisge und kochten. Die Reste des Hafers in den Säcken in der Ecke waren alle verschimmelt, aber die Pilze waren essbar und im Wurzelkeller gab es noch etwas trockene, aber brauchbare Pastinaken, wilde Möhren und Bärlauch. Gemeinsam kochten sie eine Suppe.

„Anna, geht es dir gut?“, fragte David, während sie wilde Möhren in kleine Stücke schnitt.

Sie räusperte sich und lächelte ihn an. „Ich mache mir nur Sorgen, was in Stirling passiert. Ich bin morgen mit Philip verabredet. Aber bei so einem Sturm können wir nicht aufbrechen. Das würde uns da draußen umbringen." Was, wenn Sir Philip wütend war, weil sie nicht gekommen war? Was, wenn sie sich wegen ihr stritten und sich gegenseitig umbrachten?

„Hör zu", sagte David und warf die geschnittenen Pastinaken in den kochenden Kessel. „Ich wünschte, unsere Situation wäre eine andere. Und ich weiß, dass du dir das auch wünschst. So etwas wie jetzt werden wir nie wieder haben. Morgen können wir und hoffentlich wieder auf den Weg machen. Aber jetzt lass uns einfach ..."

„Aye", sagte sie und grinste. „Lass uns so tun, als gäbe es nur dich und mich, aber keinen Philip, keinen Vater und keine Zeitreisen."

Tag für Tag tat Anna ihr Bestes, um die Dinge, die sie nicht ändern konnte, zu vergessen und die Zeit mit David zu genießen. Er erzählte ihr von seinem Leben im modernen Zeitalter – von dem Spiel, das er gespielt hatte, von fließendem Wasser und Glasfenstern und von Licht und Wärme, die in jedem Haus vorhanden waren. Man brauchte keine Schlösser zu bauen, denn niemand würde kommen und versuchen, einem das Haus wegzunehmen. Zumindest nicht in dem Land, in dem er lebte – den Vereinigten Staaten, wie er es nannte. Dort schienen Handel und Informationen die größten Machtfaktoren zu sein.

Man musste nicht heiraten, um Bündnisse zu schließen, man konnte aus Liebe heiraten. Für sie war das ein seltsames Konzept ... eines, das ihr gefiel.

Das gute Mädchen, die edle Dame in ihr fühlte sich schuldig, weil sie vor der Ehe gesündigt hatte, und sie wusste, dass Gott sie dafür irgendwie bestrafen würde. Sie würde die Strafe akzeptieren. Es war es ihr wert. Sie würde sich immer an diese glücklichen Tage erinnern und sie in Ehren halten wie die Perlen eines Rosenkranzes in ihren Händen.

Der Regen, der auf die Mauern prasselte, wirkte wie ein Schutzschild um sie herum, der die Außenwelt von ihnen fernhielt. Sie lagen im Bett, nachdem sie miteinander geschlafen hatten, waren befriedigt, träge, warm und erschöpft. Ihr Kopf lag auf seinem

Bizeps, als wäre er ein Kissen, während ihre und seine Hand ineinander verschlungen waren.

„Träum mit mir, David“, sagte sie, während sie seine Hand küsste. „Wie würde unser gemeinsames Leben aussehen, wenn du bleiben würdest? Was wäre, wenn du hier mit mir glücklich sein könntest? Was wäre, wenn du diese Zeit als deine eigene akzeptieren könntest? Nur für einen Moment, bitte?“

Er seufzte. „Es ist leicht, sich das auszumalen, mein Schatz. Ich wäre der glücklichste Mann in ganz Schottland. Wenn ich ein Mädchen wie dich hätte ... Wir würden irgendwo ein kleines Anwesen haben, schätze ich. Ein Haus wie dieses oder vielleicht ein kleines Schloss, um dich zu beschützen. Aber in besserem Zustand und in der Nähe eines Sees.“

„Aye.“ Sie kicherte.

„Ich würde jede Nacht mit dir schlafen, mit dir reiten ...“

„Schwimmen?“, fragte sie und überraschte sich selbst. „Schwimmen macht mir nicht mehr so viel Angst.“

„Ja.“ Er lachte. „Ich würde gerne mit dir schwimmen gehen. Ich würde dir Football beibringen, vielleicht würden wir zusammen spielen ... unseren Kids etwas beibringen ...“

Er hatte ihr erzählt, dass mit „Kids“ zu seiner Zeit nicht nur Babyziegen, also ein Kitz, sondern auch Kinder bezeichnet wurden.

„Du würdest Kinder haben wollen?“

Er lächelte und küsste ihre Hand. „Nicht sofort, vielleicht. Aber ja. Ich wollte schon immer irgendwann Kinder haben.“

„Was ist damit, dass du gesagt hast, du willst etwas erreichen, wie ein Haus, ein Auto, Erfolg ...?“

Er schwieg einen Moment lang. „Ich habe mich schon immer für alles Mögliche im Bereich Business interessiert. Das ist das, was ihr Handel nennt.“

„Aye“, sagte sie. „Mein Clan ist mächtig und reich, weil er Handel betreibt.“

„Ja“, sagte David. „Genau das will ich mit meinem Leben im einundzwanzigsten Jahrhundert machen. Mein eigenes Unternehmen gründen. Also würde ich wohl einen Weg finden wollen, das auch hier zu tun."

Er fragte sie nach den Einzelheiten des Handels – die Preise für Wolle, wie lange es dauerte, bis die Schiffe ankamen, die politischen Verhältnisse. Die flämische Stadt Brügge war ein wichtiger Hafen in Europa, der schottische Wolle zu einem guten Preis aufkaufte, und sie wurde sehr geschätzt.

„Aber das ist Rohmaterial", sagte er. „Wenn ihr bereits hergestellte Produkte aus Vlies anbieten würdet, wie Garn oder sogar Kleidung, wären sie teurer."

„Du klingst wie mein Onkel Aulay." Sie kicherte.

Sie redeten weiter und malten sich die Zukunft aus, die sie nie haben würden. Als er einschlief, weinte sie leise an seiner Schulter, weil er nach ihrer Hochzeit in seine Zeit zurückkehren würde.

Drei Tage vor dem Abend von Johannes dem Täufer wachten sie bei strahlendem Sonnenlicht auf, das durch die Schlitze an den Fenstern und der Tür schien, und hörten das Zwitschern der Vögel.

Kein Wind. Kein Regen.

Als Anna die Tür öffnete, spiegelten sich in den schlammigen Pfützen blendend weiße Lichtreflexe. Ein dünner Nebel hatte sich gebildet, weil die Sonne dicke Wasserschichten verdampft hatte. Die Luft war feucht und fühlte sich drückend an. Auch Anna fühlte sich bedrückt, als ob die ganze Welt auf ihr lastete und ihr das Atmen schwer machte.

Aber sie wusste, dass es nicht wirklich das Wetter war, das sie bedrückte, sondern das Wissen, dass ihre gemeinsame Zeit mit David bald vorbei sein würde.

KAPITEL 24

„Wir sind zu spät“, sagte Anna, die neben David auf ihrem Pferd saß.

David beobachtete, wie Pfeile von den Mauern von Stirling Castle auf Bruce’ Armee flogen, während aus der Ferne Schreie und das Gebrüll wütender Schotten zu hören waren. Die Armee konnte nicht in die Burg eindringen, aber sie versuchte es. Die Belagerungsleitern waren aufgerichtet worden. Krieger versuchten die Wände zu erklimmen und stürzten: Sie waren entweder tot oder verwundet. Bruce’ Krieger schossen brennende Pfeile gegen die Mauern und dünne Rauchfäden stiegen in die Luft. David wusste, dass sie in Bruce’ Lager reiten mussten, um das unnötige Blutvergießen zu beenden. Aber es wäre gefährlich, das offene Gelände zu überqueren, während eine Schlacht tobte.

„Wir kommen nicht zu spät, deine Hochzeit ist erst morgen“, sagte er, als er sich zu Anna umdrehte, und ihm stockte der Atem.

Mit geradem Rücken und stolzer Haltung saß sie auf dem Pferd, das sie Ayr genannt hatte. Ihr Gesicht war blass und wurde von ihrem dunklen, dichten Haar umspielt, das im Wind wehte. Die Göttin der Jagd und des Kampfes. Die Prinzessin, die geraubt und in die Tiefen der Finsternis gestoßen worden war.

Er hatte sie hierhergebracht, zu ihrer Hochzeit, zum Ende ihrer Freiheit.

Das Ende seiner Glückseligkeit.

Etwas raschelte und ein Zweig knackte hinter ihm, woraufhin er herumwirbelte und über seine Schulter in den Schatten zwischen den Kiefern spähte.

„Was ist los?" Sie drehte sich um und griff nach dem Dolch, der in ihrem Gürtel steckte. „Schon wieder die MacDowells?"

Seine Hand lag auf seinem Claymore. Er lauschte und beobachtete. Die Bäume rauschten und die Büsche schwankten. Vögel zwitscherten, als wären unbeeindruckt von dem Lärm der Schlacht bei der Burg. Der Wind trug den Geruch von Waldrauch und Tod von unten heran.

Ein Eichhörnchen huschte zwischen den Bäumen hindurch und kletterte auf einen Baumstamm, um ihn zu beobachten. Hatten die Eichhörnchen in dieser Zeit eine besondere Freude daran, ihn zu quälen? Oder war er einfach nur zu nervös, nach allem, was er durchgemacht hatte?

„Nein", sagte er. „Diesmal nicht."

Nach dem Sturm waren David und Anna nur langsam vorangekommen, da sie Trümmer, umgestürzte Bäume und überlaufende Flüsse und Bäche passieren mussten. Zweimal waren sie fast mit den MacDowells zusammengestoßen, und beide Male mussten sie ihre Route ändern, was ihre Ankunft noch weiter verzögert hatte.

„Wir sollten uns beeilen", sagte Anna, als sie wieder in Richtung Stirling blickte. „Sie schleudern gerade Steine von der Burg."

Ihre Stimme war leise und sie bewegte sich nicht. David starrte sie an und hoffte, ihren Blick zu erhaschen. In der Hoffnung, ein letztes Mal mit ihr zu sprechen. Er hoffte auf einen Abschied ... oder auf das komplette Gegenteil, darauf, dass sie es sich anders überlegen und mit ihm in die Zukunft fliehen würde.

Aber sie schaute ihn nicht an.

„Viele Menschen haben ihr Leben verloren, weil wir nicht schnell genug waren", sagte Anna und zeigte mit dem Finger auf die

Armee. „Siehst du die Fahne? Das ist mein Vater. Dort müssen wir hingehen."

David war kurz davor, sie für immer zu verlieren. Es würde sich anfühlen, als würde er sich einen Teil seiner Seele herausschneiden. Lieber würde er Dreck fressen, als Anna an Philip auszuliefern. Aber er musste es tun.

Sie hatte gesagt, dass sie nicht mit ihm in die Zukunft kommen konnte, weil sie sich Schottland und ihrem Vater verpflichtet fühlte. Aber wollte er überhaupt noch in das einundzwanzigste Jahrhundert zurückkehren? Ja, das wollte er. Das Stipendium, erinnerte er sich. Die Chance, sich zu beweisen ...

Aber wem gegenüber? Seiner Tante und seinem Onkel, die sich nie wirklich um ihn geschert hatten? Seiner toten Mutter und seinem toten Vater? Seiner Schwester, die ihn bereits liebte und akzeptierte?

Seinen alten Freunden, die seinen Namen wahrscheinlich schon vergessen hatten?

Er war in eine Highland-Prinzessin aus dem Mittelalter verliebt.

Aber, wie sie schon gesagt hatte, Liebe war nicht alles.

Hinter ihnen knackte und raschelte es erneut. David drehte sich um und duckte sich, als ein Pfeil an ihm vorbeischoss.

Hinter ihnen tauchten Dutzende von MacDowells und Engländern auf Pferden aus den Schatten auf. Dugald MacDowell sah erstaunt aus, als er David neben Anna erkannte. Sie waren etwa fünfundzwanzig Meter entfernt.

„Anna!", rief er und spornte Daisy an. „Los!"

Sie rammte ihre Fersen in Ayrs Flanken und gemeinsam flogen sie über das leere Feld.

~

Der Schock rollte wie eine kalte Flutwelle über Anna hinweg. Die Schatten in den Wäldern hinter ihnen erinnerten sie an den Tod, der aus der Dunkelheit in der Oubliette emporgestiegen war .

Genauso wie an dem Tag, an dem Dugald MacDowell ihren Clan überfallen, sie gefangen genommen und sie zu einer unbedeutenden Person degradiert hatte. Jemanden, den man einfach vergessen konnte.

Nae, nie wieder.

Sie spornte Ayr mit Tritten an, die dem armen Pferd weh getan haben mussten. Ayr wieherte und sprang vorwärts. Anna beugte sich tiefer über den Hals des Pferdes und klammerte sich mit ihren Schenkeln fest. Sie ritt um ihr Leben. „Hüa!", rief sie. „Hüa!"

Ihr Dolch steckte in ihrem Gürtel und sie würde nicht zögern, ihn zu benutzen, wenn es sein musste. Sie würde jeden töten, bevor sie sich noch einmal von ihnen entführen lassen würde.

„Hüa!", rief David, der an ihrer Seite ritt, nur ein kleines Stück hinter ihr. „Hüa!"

„Schnappt sie euch!", hörte sie Dugalds Stimme. „Schneller, ihr Bastarde!"

Pfeile flogen um sie herum und spickten den Boden. Wenn ihr Vater doch nur bemerken würde, wie sie über das Feld galoppierten. Wenn er doch nur Hilfe schicken könnte. Wie dumm wäre es, wenn Anna erwischt werden würde, ganz kurz, bevor sie bei ihm war? Und sie würde nicht zulassen, dass sie David bekamen. Niemals.

„Vater!", rief sie.

„König Robert!", brüllte David über das Donnern der Hufe hinweg.

Es lagen noch hundert Meter zwischen ihnen und Bruce' Lager, als sie plötzlich Kavallerie-Abwehrtruppen auf sie zu rennen sah, die ihre Speere in der Luft schwangen. Erst waren es Dutzende, dann Hunderte. Reiter bestiegen ihre Pferde und eilten ihnen zur Hilfe.

Dann sah sie die MacDonalds.

Onkel Aulay, der nicht zu übersehen war, hielt sein Claymore hoch in die Luft, während er im Galopp den Kriegsruf der MacDonalds brüllte: „Clann Domnhnaill! Clann Domnhnaill!"

An seiner Seite galoppierte Colum, der wie ein dunkler Krieger mit einem Bogen in der Hand auf seinem schwarzen Pferd saß und Pfeile auf den Feind schoss. Hinter ihnen stürzten sich erst Dutzende, dann Hunderte von Kriegern – schottische Ritter, MacDonalds und Angehörige anderer Highland-Clans – mit Kampfgebrüll auf den Feind. Bruce' Banner bewegte sich schnell auf sie zu.

Von ihrer Rechten und hinter ihr wurde das Getrampel der Hufe immer lauter und lauter. Ihre Hände und Füße wurden vor Angst taub, als sie sich umdrehte.

Dugald.

Wie an jenem ersten verdammten Tag fiel er über sie her. Sie holte ihren Dolch heraus. Diesmal würde sie ihm nicht nur einen Kratzer verpassen. „Es ist vorbei, Mädchen", knurrte er und griff nach den Zügeln. „Wehre dich nicht, sonst wirst du verletzt."

Sie schlug nach seinem Arm. Ihr Dolch durchtrennte den Ärmel seiner Tunika direkt über dem gepanzerten Handschuh und purpurrotes Blut spritzte ihr entgegen. Dugald schrie auf vor Schmerz, ließ aber nicht von ihr ab. Der Geschmack von feindlichem Blut bereitete ihr Übelkeit.

Aber er verlieh ihr auch mehr Entschlossenheit und mehr Kampfgeist.

„Du Bastard!", schrie sie, stach erneut zu und versenkte ihren Dolch tief in seinen Unterarm.

Er schrie auf, wurde langsamer und verschwand aus ihrem Blickfeld.

Bruce' Kavallerie-Abwehrtruppen formierten sich zu einer langen, schützenden Linie, aus der die Speere wie die Stacheln eines riesigen Igels herausragten. Zwischen den Kriegern klaffte eine Lücke, durch die sie und David flüchteten und mitten unter die Krieger ihres Vaters galoppierten. Anna konnte nicht glauben, dass sie es geschafft hatten. Sie drehte sich um, um zu sehen, was hinter ihr geschah, aber die Schlacht war schnell vorbei.

Es waren zu wenige MacDowells und Engländer auf dem Feld, um Bruce' Armee zu bekämpfen. Hundert Feinde gegen Hunderte, vielleicht sogar Tausende von Bruce' Kriegern. Aulay und Colum kämpften an vorderster Front, aber schon bald rannte der größte Teil der Feinde zurück in den Schutz des Waldes.

Sie sah David an, der schwer keuchend von seinem Pferd abstieg und ihr zu Hilfe kam. „Geht es dir gut?", fragte sie, während sie ihm die Hand reichte und ihn einer raschen Musterung unterzog.

„Mir geht es gut", sagte er. „Und dir?"

Eine Treppe wurde zu ihrem Pferd gebracht und sie hielt Davids Hand, als sie hinunterstieg, wie es sich für eine edle Dame gehört. Es war seltsam und es bedeutete ihr nichts. Sie war keine richtige Dame, das war sie noch nie gewesen. Sie hatte sich schon immer irgendwo zwischen Bastard und Adliger bewegt, stellte sie fest. Vor Ersterem war sie geflohen und hatte es nie ganz zu Letzterem geschafft.

Nachdem der Feind verschwunden war, wurde sie von Hunderten von Augenpaaren im Kreis angestarrt. Von bärtigen und zottelhaarigen Highlandern, glatt rasierten Rittern in polierten Rüstungen und Kriegern in *Léintean Cròich* und Kettenhemden.

Die Menge teilte sich. Bruce' Banner, ein roter Löwe auf goldenem Grund, flatterte in der Luft, als ein Mann auf sie zukam.

Das Gesicht, das sie in den letzten sieben Jahren in ihren Träumen gesehen hatte. Die hohen Wangenknochen, die kräftige Nase, die harten, dunklen Augen ... Gesichtszüge, die ihren eigenen ähnelten.

Er sah jetzt älter aus. Silberne Strähnen zierten sein Haar, das bis zu den Ohren reichte. Eine Narbe, die sie vorher nicht gesehen hatte, verlief diagonal über die linke Seite seines Gesichts. Falten zerklüfteten seine wettergegerbte Haut.

Dennoch war er stolzer und prächtiger, als sie ihn in Erinnerung hatte. Er hatte breite Schultern und einen geraden Rücken, sein kräftiger Körper wurde von einem Kettenhemd verhüllt. Er hielt ein Breitschwert in den Händen, das er zurück in die Scheide steckte.

Er blieb stehen und betrachtete sie kurz, als wäre sie ein Stück Eigentum, von dem er sich vergewissern musste, dass es heil war. Er bat jemanden, ein Kriegshorn zu blasen, und kurz darauf ertönte ein lauter, trauriger Ruf in der Luft, der in ihr nachhallte wie der Schmerz einer alten Wunde. Die Steine und Pfeile hörten auf zu fliegen.

„Du bist erwachsen geworden“, sagte er.

Er machte keine Anstalten, auf sie zuzugehen. Er kam nicht näher, um ihr einen väterlichen Kuss oder eine Umarmung zu geben. Sie knickste vor ihm, wie es die Etikette von einer Untertanin vor ihrem König verlangte.

„Aye, euer Gnaden“, sagte sie.

Sie sollte noch etwas sagen. *„Guten Tag“* vielleicht. Oder *„Gott segne Euch“.* Oder *„Geht es Euch gut?“* Doch die Worte blieben ihr wie Steine im Hals stecken. Das war es, wofür sie so viel geopfert hatte. Für ihn. Für seine Zuneigung. Um einen Vater zu haben und eine Familie zu sein. Um für ihn von Bedeutung zu sein. Für den funkelnden Hauch Anerkennung in seinen Augen.

Sie hatte ihre Zukunft geopfert. David hatte ihr angeboten, sie mit ins einundzwanzigste Jahrhundert zu nehmen. Sie hätte sich für David entscheiden können. Anna hätte diesen Mann verlassen können, der wie eine Statue dastand und sie anstarrte, ohne in irgendeiner Weise zu zeigen, dass sie mehr für ihn war als eine Jungfrau, die er gegen ein Schloss eintauschen konnte. Dabei war sie nicht einmal mehr eine Jungfrau.

Ihre Füße waren kalt, ihre Beine schwach. Sie hielt ihre Hände zusammen wie eine edle Dame. Sie waren noch feucht und rot von Dugalds Blut.

Bruce’ Augen richteten sich nun auf David. „Wer seid Ihr? Ihr kommt mir bekannt vor.“

David nickte ihm zu. „Ich bin David, der Bruder von Lady Rogene vom Mackenzie-Clan. Wir sind uns in Eilean Donan begegnet, als Ihr geholfen habt, den Ross-Clan zu bekämpfen.“

Bruce’ Stirnrunzeln entspannte sich und er sah ihn anerkennend an. „Oh, aye. Ich erinnere mich an Euch. Ihr habt tapfer gekämpft. Ihr und Lady Rogene habt diesen seltsamen Akzent ...“

„Er hat uns geholfen, Anna aus Carlisle zu retten“, sagte Colum, der aus der Menge trat und seine Hand auf Davids Schulter legte. „Ich bin dir dankbar, dass du sie heil und sicher hierhergebracht hast. Wir mussten die Angreifer in der Nacht weglocken. Am nächsten Tag haben wir in der Höhle nach euch gesucht, aber ihr wart verschwunden.“

„Sie musste mich retten“, sagte David und sah Anna mit seinen dunklen Augen an, als gäbe es sonst niemanden auf der Welt. „Sie hätte es sicher selbst hierhergeschafft. Ihr habt einen wahren Schatz von Tochter, Euer Gnaden“, sagte er. „Sie hat vor nichts Halt gemacht, um zu Euch zu kommen.“

Ein Schimmer von Dankbarkeit und Zuneigung blitzte in Bruce' Augen auf, als er sie betrachtete. „Das ist ein großes Lob“, sagte ihr Vater. „Ich bin froh, dass du hier bist. Das bedeutet, dass die Hochzeit morgen wie geplant stattfinden kann.“

Annas Herz rutschte in die Hose. Davids Gesicht verfinsterte sich und er zog eine Grimasse. Dass Bruce die Hochzeit bestätigte, war der finale Todesstoß für jegliche Hoffnung, dass sie zusammen sein könnten. Sie kämpfte gegen die Tränen an, die in ihren Augen brannten.

„Warum habt ihr so lange gebraucht, um hierher zu kommen?“, fragte Aulay.

Während David Aulays Frage beantwortete und ihm erzählte, wie die Engländer und die MacDowells sie gejagt hatten, wie er gegen Goiridh gekämpft und wie Anna ihn vor den Dorfbewohnern von Kennifar gerettet hatte. Und er berichtete von dem Sturm, der sie auf dem Hof festgehalten hatte. Währenddessen sah sie ihn weiter an. Sie versank in seinen Augen, ließ sich von seiner Stimme einlullen und genoss seine bloße Anwesenheit.

„Oh, aye, der Sturm“, sagte Aulay. „Er hat mehrere angedockte Schiffe zerstört und dafür gesorgt, dass wir uns alle tagelang in unseren Zelten zusammenpferchen mussten.“

Nachdem David Aulays Fragen beantwortet hatte, sah er sie still und ernst und genauso unglücklich an wie sie ihn.

Aulay kam zu ihr und zog sie in eine innige Umarmung, ohne sich um die Anstandsregeln zu kümmern. Sie erwiderte die Umarmung und an seiner Brust brachen die Tränen, mit denen sie gekämpft hatte, hervor. Er schaute auf sie herab. „Mädchen, was ist los? Du bist jetzt hier. Du bist in Sicherheit. Es tut mir leid, dass wir nicht kommen konnten, um dich zu holen. Ich kann mir nicht verzeihen, dass ich Dugald erlaubt habe, dich zu entführen. Wir dachten, du wärst tot. Deswegen haben wir Laoghaire hierhergebracht, um sie an deiner Stelle anzubieten, aber dein Bräutigam hat sie abgelehnt."

Sie wich zurück. „Glaubst du, er wird mich noch akzeptieren?"

Bruce stellte sich neben sie und legte ihr sanft eine Hand auf die Schulter. Sie wäre bei der Berührung fast gestorben.

„Das wird er", sagte der König. „Er will nur dich."

Ihr Blick begegnete Davids und ihre Brust zog sich angesichts des unglaublichen Schmerzes und der Trauer in seinen Augen zusammen. Denn so wie Philip nur sie wollte, wollte sie nur David und niemanden sonst.

KAPITEL 25

„Was machst du da?“, sagte eine weibliche Stimme hinter Annas Rücken. Ruckartig drehte sie sich um und lockerte die vier gekrümmten Finger ihrer Hand.

Im Halbdunkel flackerten und züngelten die Flammen von drei Talglichtern, genauso wie Laoghaires Schatten an der Zeltwand des Lagerpavillons. Laoghaire war atemberaubend. Sie war eine wahrhaftige Edeldame. Ihr Kleid war von einem satten ultramarinblauen Farbton und mit goldfarbenen Rosen bestickt. Die langen Engelsärmel waren mit goldenen Mustern aus Blättern und Röschen verziert. Auf dem Kopf trug sie einen juwelenbesetzten Reif über einem gehäkelten Wollnetz, das ihr Haar zusammenhielt. Ihre Wangen waren rosig und ihre Lippen voll. Ihre großen Augen, die von langen Wimpern umrahmt wurden, waren scharf und aufmerksam auf Anna gerichtet.

„Nichts“, sagte Anna. „Ich bin nur müde.“

Das heiße Bad, das sie genommen hatte, stand noch immer in der Mitte des Pavillons. Eigentlich war dies Robert the Bruce’ Zelt, aber er hatte es stattdessen den Frauen und ihren Mägden überlassen. Anna wusste die Geste zu schätzen, aber sie würde jederzeit lieber in Davids Armen auf dem Boden schlafen.

Laoghaire ging langsam zu Anna und sah sie an. „Du hast vor dich hin gemurmelt und deine Finger gekrümmt. Hast du etwas gezählt?“

Anna stand von dem Stuhl auf, auf dem sie saß, und nahm eine Decke von dem Einzelbett. Der Boden war mit Teppichen ausgelegt und fühlte sich unter ihren nackten Füßen weich an. Sie fühlte sich sauber, ihre Haut und ihr Haar atmeten und strahlten. Während sie gebadet hatte, hatte sie sich nach David gesehnt und sich gewünscht, dass er mit ihr in der Wanne saß. Hatte er die Chance bekommen, sich zu waschen? Unwahrscheinlich.

Wie schnell würde er sie verlassen? Sie hatten noch keine Gelegenheit zum Reden gehabt. Sicherlich würde er über Nacht bleiben ... Aber würde er bis zur Hochzeitszeremonie morgen bleiben?

Bevor sie gebadet hatte, hatte sie ihr Unterkleid und sich selbst daraufhin untersucht, ob sie ihre Zyklusblutung hatte. Aber da war kein Blut. Sie hatte sie das letzte Mal gehabt, bevor sie entführt worden war, und war jetzt fällig.

Als Laoghaire hereingekommen war, hatte sie die Tage gezählt.

Sie wusste nicht, ob sie sich Sorgen machen sollte. Ihr Zyklus war noch nie sehr pünktlich gewesen, und Anna hatte sich nie die Mühe gemacht, sich zu merken oder aufzuschreiben, wann ihre Blutungen fällig waren. Während des letzten Mondes hatte sie eine Tortur hinter sich – sie hatte tagelang Hunger und Durst gehabt, war entführt und gefangen gehalten worden. Diese schrecklichen Ereignisse könnten dazu geführt haben, dass sich ihre Blutung verschoben hatte.

Andererseits hatte sie in den letzten zehn Tagen mit einem Mann geschlafen ...

Wenn sie schwanger war ... Der Gedanke ließ sie vor Schreck erstarren. Aber gleichzeitig verspürte sie auch einen Anflug von Freude.

Davids Kind ... Ein Teil von ihm in ihr, es würde für immer zu ihr gehören. Ein Leben, das in ihr heranwuchs ...

„Ich habe nur gezählt, wie viele Tage ich weg war", sagte sie und wandte sich ab, wobei ihr das Blut in die Wangen schoss.

Laoghaire setzte sich auf den Stuhl, von dem Anna aufgestanden war, und wandte sich ihr zu. Sie griff über den Tisch, schenkte zwei Becher Wein ein und bot Anna einen an. Der Wein war aus Frankreich importiert worden und sehr teuer, aber nicht für ihren Onkel Aulay. „Es ist drei Tage her, dass ich von Islay hergekommen bin, um deinen Platz als Sir Philips Braut einzunehmen. Drei Tage, seit er mich abgewiesen hat."

Anna nahm den Becher mit Wein. Laoghaire funkelte sie an, dann trank sie den Wein, ohne mit der Wimper zu zucken.

„Es tut mir leid, dass er dich abgewiesen hat", sagte Anna.

„Nun, es scheint, dass ein Bastard akzeptabler ist als eine völlig legitime und wohlerzogene Frau. Eine Frau mit einer großen Mitgift. Mit Manieren. Mit dem Blut von Kriegern in ihren Adern."

Die Worte schmerzten, aber Anna war schon viel schlimmer verletzt worden. Sie setzte sich hin und trank zwei Schlucke Rotwein. Der reichhaltige Geschmack von schwarzen Johannisbeeren und Kräutern, die sie nicht kannte, umspielte ihre Zunge. Der Alkohol vermischte sich mit ihrem Blut, wärmte sie und ließ ihren Kopf schwirren.

„Glaub mir ...", sagte Anna, „... du willst nicht mit mir tauschen. Du kannst Sir Philip haben."

Sie liebte David. Sie war eine gefallene Frau, die möglicherweise mit seinem Kind schwanger war. Außerdem fragte sie sich, ob die Albträume der Oubliette zurückkehren würden, wenn sie ohne ihn schlafen musste.

Ein besorgter Ausdruck trübte Laoghaires schönes Gesicht. „Was ist mit dir passiert, Cousine?"

Anna lachte unbehaglich und trank weiter. „Du weißt, was mit mir passiert ist."

„Nicht alles. Du warst ganz aufgeregt, als du von Islay abgereist bist. Und jetzt siehst du aus, als würdest du zu einer Hinrichtung und nicht zu einer Hochzeit gehen. Ich hätte gedacht, dass eine

Braut, die entführt und gefangen gehalten wurde, eher erleichtert wäre, in Sicherheit zu sein. Dass sie sich freuen würde, ihren zukünftigen Ehemann kennenzulernen. Was ist also geschehen?"

Anna räusperte sich. „Nachdem ich eine gefühlte Ewigkeit in der Oubliette gefangen war, wurde ich von den MacDowells gejagt und steckte dann eine Sennacht lang in einem Sturm fest. Ich bin einfach nur schrecklich müde."

„Ja, der Sturm hat auch hier tagelang gewütet", sagte Laoghaire langsam. „Wie habt ihr das überstanden?"

„Auf einem verlassenen Bauernhof. Zum Glück gab es ein Haus, in dem David und ich Schutz gefunden haben."

Laoghaire lehnte sich zurück und biss sich auf die Lippe. „David, aye?"

Anna hatte das Gefühl, bereits zu viel gesagt zu haben, und zuckte nur mit einer Schulter. „Aye. Er hat mich die ganze Zeit beschützt."

„Er ist ein hübscher Mann", sagte Laoghaire und schenkte Anna noch mehr Wein ein. „Nicht wahr?"

Er war der bestaussehende und attraktivste Mann, den Anna je gesehen hatte. Aber sie wusste, worauf Laoghaire hinauswollte, also sagte sie: „Ich habe es nicht bemerkt."

Laoghaire stieß einen langen Seufzer aus, lehnte sich im Stuhl zurück und schaute an die dunkle Decke, wo die Schatten der Kerzen spielten und tanzten. „Du hast sehr viel Zeit mit einem Mann, der nicht dein Ehemann ist, allein in einem Haus verbracht ..."

Laoghaire verstand es immer, jemanden genau da zu treffen, wo es wehtat. Nichts konnte Annas Ruf so sehr schaden wie Laoghaires Verdächtigungen, auch wenn Laoghaire nichts wusste, was genau vorgefallen war. Der Hauch eines Zweifels an Anna würde ausreichen, damit Philip die Abmachung rückgängig machen würde.

„Laoghaire", sagte Anna. „Du solltest keine Vermutungen anstellen."

„Das tue ich nicht, Cousine. Sag mir einfach, dass ich mich irre, und ich werde dir glauben.“

Das Problem war, dass sie genau richtig lag. Mit allem.

„Du irrst dich, Laoghaire“, sagte Anna entschieden.

Laoghaire nahm einen Schluck Wein. „Wenn du das sagst, glaube ich dir. Dein Vater, der König, setzt viel auf deine Jungfräulichkeit. Und ich bin mir sicher, dass du nichts tun würdest, um sie zu gefährden. Wäre das nicht Verrat?“

Anna stand auf und marschierte durch den Pavillon. Sie sehnte sich nach einer anderen Welt. Eine Welt, in der, wie David gesagt hatte, die Jungfräulichkeit keine wichtige Bedingung war, in der sie keine Schachfigur in den Spielchen mächtiger Männer sein würde. Stattdessen lebte sie in einer Welt, in der ihr Ruf durch Klatsch und Tratsch ruiniert werden konnte. Und ihr Vater redete nicht einmal mit ihr. Er verbrachte keine Zeit mit ihr, wie sie gehofft hatte. Er hatte sie zur Brücke vor dem Tor von Stirling Castle gebracht und seine Hand auf ihren Rücken gelegt, während Sir Philip Mowbray sie von der Spitze der Mauer aus angestarrt hatte.

Sobald Sir Philip sie mit eigenen Augen gesehen hatte, hatte er genickt und gerufen, dass die Hochzeit morgen stattfinden würde, und war verschwunden.

Dann war ihr Vater gegangen, um wichtige Dinge zu erledigen.

Für ihn war sie nur ein Weg, das Schloss zu bekommen. Und dafür sollte sie ihr Leben und ihr Glück aufgeben? Und wenn sie schwanger war? Was war mit dem Leben ihres Kindes?

Morgen war die Hochzeit. Morgen würde sie David für immer verlieren. Morgen würde ihre einzige Chance auf ihr Glück verloren gehen.

Anna legte sich auf das Bett, zog die Decke über sich und drehte sich mit dem Rücken zu Laoghaire. „Mach dir keine Gedanken, Cousine. Morgen werde ich dafür sorgen, dass Stirling an meinen Vater übergeben wird.“

Die Matratze senkte sich, als Laoghaire sich auf das Bett setzte und ihre Hand auf Annas Schulter legte. „Ich mache mir keine

Gedanken. Ich bin froh, dass du lebst. Wir haben uns alle eine Weile lang große Sorgen gemacht."

Anna erstarrte, als ob sie sich in der Gegenwart eines Rehs befände, das sie nicht erschrecken wollte. Laoghaire war selten liebevoll, obwohl Anna wusste, dass ihre Cousine sich mehr um sie sorgte, als sie bisher gezeigt hatte.

Dann erhob sich Laoghaire und rief nach ihrer Magd. Das Rascheln von Kleidern und leises Murmeln der beiden Frauen war zu hören, und Anna hatte Mühe, einzuschlafen. Ihr Rücken fühlte sich kalt und das Bett hinter ihr leer an, denn dort hatte David sie stets warmgehalten. Die Dunkelheit kroch aus allen Ecken an sie heran und selbst die Anwesenheit von zwei anderen Frauen konnte sie nicht vertreiben.

Sie sollte sich daran gewöhnen. Selbst ihr neuer Mann würde nicht in der Lage sein, ihr die Sicherheit und Wärme zu geben, die sie brauchte ... denn er war nicht David.

KAPITEL 26

Das Lager war still und alles schlief, aber in Davids Kopf schrien und lachten Stimmen, obwohl er mit Colum zwei ganze Hörner mit Uisge getrunken hatte. Und das mit nur einem einzigen Ziel.

Um zu vergessen. Um zu vergessen, dass er die Liebe seines Lebens hergebracht hatte, damit sie einen anderen Mann heiratete. Dass sie in Schwierigkeiten geraten könnte, weil er sie entjungfert hatte.

Dass er immer noch alles ändern und sie überzeugen könnte, sich für ihn zu entscheiden. Dass er mit ihr durchbrennen könnte.

Aber irgendetwas musste mit dem Uisge nicht stimmen, denn er ließ ihn nichts von alledem vergessen.

Im Gegenteil, er erinnerte sich sogar noch intensiver an sie als je zuvor.

So bahnte er sich in der Dunkelheit, die nur von den schemenhaften Umrissen der Lagerfeuer durchbrochen wurde, einen Weg zwischen den Zelten und den Männern, die draußen auf dem Boden schliefen, und den dunklen Umrissen der Wächter an den Feuern hindurch.

Schließlich erreichte er den Pavillon der Frauen, dessen dunkelroter Stoff in der Nacht schwarz schimmerte. Gut möglich, dass er stolperte und ein paar Mal fast hinfiel ... Er war sich nicht sicher. Er war sich nicht einmal sicher, warum zum Pavillon gekommen war. Aber er war wie eine Flamme und David wie eine verdammte Motte, die kurz davor war, sich zu verbrennen. Der Uisge verstärkte nur noch seinen Wunsch, mit ihr zusammen zu sein. Er sorgte nicht dafür, dass irgendetwas schwächer wurde.

Als er den roten Stoff berührte, war es still im Pavillon. Er nahm den Geruch von etwas Weiblichem wahr, etwas Blumigem und Sauberem. Selbst in seinem betrunkenen Kopf wusste er, dass es eine dumme Idee war, nachts in einen Frauenpavillon zu stürmen.

Er sollte wirklich zurück zu seinem Schlafplatz neben Colum am Feuer gehen.

Aber er verweilte. Der Stoff des Pavillons fühlte sich unter seinen Fingern rau und staubig an ... Er hatte gar nicht bemerkt, dass er ihn berührt hatte.

„Anna!“ Ihr Name sprudelte aus ihm heraus, bevor er merkte, dass er ihn gesagt hatte. „Anna!“, flüsterte er noch lauter.

Es raschelte hinter der Stoffwand, woraufhin er mit angehaltenem Atem wartete. Er schaute sich um. Irgendwo in der absoluten Schwärze des Himmels flackerten ferne Feuer auf und er wusste, dass es die Wächter oben auf Stirling Castle waren. In einem kleinen Zelt in der Nähe erreichte das Schnarchen eines Mannes seinen donnernden Höhepunkt und hörte abrupt auf, um dann einige Augenblicke später wieder anzusteigen.

Der Eingang des Pavillons bewegte sich und eine dunkle Gestalt kam heraus. Er konnte ihr Gesicht nicht sehen, aber er wusste, dass sie es war. Er hätte sie unter einer Milliarde Menschen erkannt. Die Art, wie sie die Schultern neigte. Den stolzen, anmutigen Bogen ihres Halses.

„Ich bin’s“, flüsterte er laut.

„David?“ Sie eilte ein paar Schritte um die Ecke des Pavillons. Ein schwacher Schein fiel jetzt vom nächstgelegenen Lagerfeuer auf sie und er konnte ihr Gesicht erkennen. Plötzlich brauchte er kein Licht mehr, um zu sehen. Die Luft um ihn herum leuchtete und vibrierte. Sie zog ihre hübschen, gewölbten Augenbrauen zusammen und er hätte am liebsten die Hand nach ihr ausgestreckt, wollte die Zornesfalte auf ihrer Stirn wegküssen. Sie hatte sich eine Decke um ihre Schultern gelegt und hielt sie mit den Händen vor ihrem Körper zusammen.

„Ich wünschte, ich wäre diese Decke“, sagte er und merkte, dass er seinen Gedanken laut gesprochen hatte.

Ihre großen, dunklen Augen blinzelten und sie sah sich hastig um. „Ist alles in Ordnung?“

„Ja ... na ja ... nein. Habe ich dich geweckt?“

„Nae, ich konnte nicht schlafen. Was stimmt denn nicht?“

„Du wirst einen anderen Mann heiraten. Das stimmt nicht.“

Sie sagte ein paar Sekunden lang nichts, sondern sah ihn nur an und atmete. Falls er sich nicht irrte, bewegte sie sich ein Stückchen auf ihn zu.

„Das hast du die ganze Zeit über gewusst“, sagte sie langsam. „Wir wissen beide, dass wir als Paar keine Zukunft haben. Die hatten wir nie und werden wir auch nie haben.“

Sie hatte recht. Aber es traf ihn trotzdem wie eine Kugel ins Herz. Er wünschte sich so sehr, dass es nicht wahr wäre.

„Ich will dich immer noch.“

Um sie herum befand sich ein Lager voller Krieger. Männer, die ihn sofort töten würden, wenn er die Tochter des Königs auch nur falsch ansähe. Und doch streckte er die Hand aus und berührte ihr Gesicht. In dem Moment, in dem seine Haut die ihre berührte, spürte er, wie ein Kribbeln durch seinen Körper schoss.

Ihre Lider senkten sich über ihre dunkler werdenden Augen und ihre Lippen öffneten sich einen Spalt. Auch sie spürte es.

Mit einer einzigen Bewegung schloss er sie in seine Arme und küsste sie. Gott, ihr Mund ... Ihr Geschmack, ihr köstlicher Geschmack, so weich und süß, und doch fühlte sich ihr Körper in seinen Armen so stark an.

Sie klammerte sich an ihn, indem sie ihre Arme fest um seine Taille schlang und ihre Fingerspitzen in seinen Rücken grub. Er wollte mehr von ihr. Er wollte, dass sich ihre Beine um seine Hüften schmiegten, ihre Wärme um ihn, ihre glatte, enge Tiefe ...

Sie stöhnte auf, als er den Kuss vertiefte ...

Dann spürte er einen Ruck und sie löste sich aus seiner Umarmung.

„Was machst du da?“, flüsterte sie wütend und keuchte.

Ihre Decke war auf den Boden gefallen und lag zu ihren Füßen. Rasch beugte sie sich hinunter, hob sie auf und wickelte sich wieder darin ein.

Ihre Abwesenheit war wie ein schwarzes Loch. Er machte einen Schritt nach vorn, weil er die Entfernung zwischen ihnen nicht aushielt. „Anna ...“

Sie wich einen Schritt vor ihm zurück. „Du bist betrunken, nicht wahr?“

Er ließ den Kopf hängen und spürte, wie Strähnen seines Haares in sein Gesicht fielen. Er fuhr sich mit den Fingern durch die Haare und sah sie direkt an.

„Was hat das damit zu tun? Ich will dich immer noch und ich liebe dich. Es zerreißt mir das Herz, dass du einen anderen heiraten wirst.“

Sie schüttelte den Kopf und trat einen weiteren Schritt zurück. „Wenn du mich wirklich lieben würdest, hättest du mich nicht hierher herausgeschleppt und meinen Ruf vor dem ganzen Lager in Gefahr gebracht. Jeder kann uns sehen.“

„Sollen sie doch.“

„Du denkst nicht klar. Vielleicht können in deiner Welt ein Mann und eine Frau zusammen sein, ohne dass es Konsequenzen hat. In meiner Welt heiraten Frauen aus Pflichtgefühl und damit wir eine sichere Zukunft haben. Und wenn du das nicht verstehst ...“

Er machte einen Schritt auf sie zu und sie machte einen weiteren zurück. „Anna, bitte ...“

„Bitte was, David? Was?“

Ja ... bitte was? War er bereit, sie zu fragen, ob sie ihn heiraten wollte? War er bereit, zum König der Schotten zu gehen und um ihre Hand anzuhalten? Seine Träume aufzugeben, seine Suche nach einem Ausweg aus dieser Welt?

Obwohl sein Verstand benebelt war und er sich mit der Geschwindigkeit einer Schnecke bewegte, konnte er sich das nicht vorstellen.

„Nichts. Du hast recht. Ich habe dich in Gefahr gebracht. Ich konnte mir nicht vorstellen, von dir getrennt zu sein ... Es ist die erste Nacht, in der ich dich nicht in meinen Armen halte und ... ich weiß nicht, wie ich damit umgehen soll."

„Das wirst du aber müssen. Du hast dein ganzes Leben Zeit, ohne mich zu schlafen. In einem warmen, bequemen Bett, in einem Haus mit dem Wunder des Lichts, das ohne Feuer brennt, und mit warmen Wasserfällen, die fließen, wenn du es willst."

Sie drehte sich um, um hineinzugehen, aber er konnte es nicht dabei belassen.

Er griff nach ihrem Ellbogen und drehte sie sanft zu sich. „Ein Teil meines Herzens wird zerbrechen, wenn du die Frau eines anderen wirst."

Annas Kehle schnürte sich zu und ihre Augen tränten in der Dunkelheit. „Meinst du, meins wird das nicht?"

Als sie sich umdrehte und ihm den Rücken zuwandte, um wegzugehen, blickte er auf. Er glaubte, einen Schatten zu sehen, der sich schnell um die Ecke des Pavillons bewegte und sich dahinter versteckte. Aber es war so dunkel und er war so betrunken, dass er nicht sicher war, ob der Schatten nur von den Flammen des nächsten Lagerfeuers geworfen wurde.

Anna verschwand im Pavillon und er verharrte wie eine Statue, außerstande, einen weiteren Schritt von ihr wegzugehen. Er setzte sich neben den Eingang und wartete, um sicherzugehen, dass sie nicht in Gefahr war. Aber der Alkohol in seinem Körper tat schließlich seine Wirkung und sein Verstand gab dem Schlaf nach.

KAPITEL 27

DAVIDS HAND UMKLAMMERTE den Griff seines Claymores. Es war gut, dass er in der Menge neben Colum und Aulay MacDonald stand, die wussten, dass dies keine Angriffsgeste war. Er brauchte nicht über die Rücken und Schultern der Krieger und Adligen vor ihm zu schauen, denn er war größer als alle anderen – mit Ausnahme von Colum und Aulay.

Er beobachtete Annas Silhouette, die sich in ihrem prächtigen Hochzeitsgewand stolz aufrecht hielt. Sie stand ganz vorn auf der rechten Seite der Menge, die sich in der Gemeindekirche des Dorfes Stirling eingefunden hatte. Sir Philip Mowbray – ein großer, gut aussehender und durchaus respektabler Mann Anfang vierzig, mit intelligenten blauen Augen, vollem Haar und einem kurzen Bart – stand vor der zweiten Hälfte der Menge auf der linken Seite der Kirche. Hinter ihm hatten sich die Krieger, Ritter und Adligen von Stirling versammelt.

Vor ihnen allen las ein Priester einen Segen zu Ehren von Johannes dem Täufer vor. Der schwere Geruch von Weihrauch lag in der Luft und verursachte ihm Übelkeit. David war noch verkatert von gestern.

Die Kirche war ziemlich groß, viel größer als die in Dornie.

Lange, glaslose, gotische Fenster säumten die Wände. Ein großes Holzkreuz hing an der Wand hinter dem Altar, der unter einem hohen, spitzen Bogen stand. Es war halbdunkel, auch tagsüber, und die Kerzen taten ihr Bestes, um den Raum zu erhellen.

Früher hatte er getrunken, um zu vergessen, dass er sich im Mittelalter befand.

Gestern Abend hatte er getrunken, weil der Gedanke an Anna in den Armen eines anderen Mannes wie ein Pfahl war, der sein Herz mit jedem Atemzug durchbohrte.

Sie gehörte zu ihm.

Sie war sein.

Doch sowohl er als auch Anna wussten, dass sie nicht ihm gehörte und niemals gehören würde. Sieben von Sìneags bisherigen Verkupplungsversuchen hatten ein glückliches Ende gefunden.

Aber dieses Mal hatte sie sich geirrt. So sehr.

Während der Priester monoton auf Lateinisch vor sich hinmurmelte, sehnte sich David nach noch mehr Uisge. Er fragte sich, warum er Stirling gestern nicht verlassen hatte. Er hatte Anna hierhergebracht, um sie in Sicherheit zu bringen. Es stand ihm frei zu gehen. Trotzdem quälte er sich selbst, indem er bei der Hochzeit dabei war. Indem er zusah, wie sie einen anderen Mann heiratete.

Endlich war der Gottesdienst zu Ende und Bräutigam und Braut traten vor den Priester. David betrachtete die beiden. Philip – stattlich und edel – trug eine Brokat-Tunika mit einem juwelenbesetzten Hüftgürtel, ein Hemd mit gebauschten Ärmeln und eine Strickstrumpfhose, dazu einen bodenlangen Mantel mit blütenförmigen Muscheln über den Schultern. Und Anna – klein und dünn und wie eine wahre Prinzessin war sie in ein prächtiges Gewand aus Brokatseide gekleidet, das mit Gold- und Silberfäden durchzogen war. Die Vorderseite ihres Gewandes war mit metallischen Pailletten besetzt. Dadurch wirkte ihre Haut wie Porzellan und ihr Haar wie Ebenholz. David spürte, wie ihm übel wurde und seine Kehle sich zuschnürte. Sie war da, wo sie hingehörte. Dies war ihr Schicksal.

Und seins war es, ins einundzwanzigste Jahrhundert zurückzukehren.

Philip betrachtete Anna mit den Augen eines Mannes, der eine Frau zu schätzen wusste. Besitzergreifend und voller Bewunderung. Er wusste, dass er einen Volltreffer gelandet hatte. Wer würde das nicht? Aber der durchscheinende Teint und die zarte Figur waren eine Illusion. Sie wusste besser als er, wie man kämpfte und wie man ein Pferd ritt. Sie wusste auch, wie man schwamm, jagte und am Lagerfeuer kochte.

Sie war einfach alles.

Dieser Mann würde sie ersticken. Er würde sie in einer Burg einsperren und sie dazu zwingen, das zu tun, was ihr nie gefallen hatte: eine richtige Dame zu sein.

Philip beugte sich zu Anna hinunter und murmelte ihr etwas Süßes und Intimes zu, das konnte David erkennen. Sie lächelte ihm freundlich zu und nickte.

Wenn es eine Hölle auf Erden gab, dann befand sich David in ihr.

Der Priester begann zu sprechen und David widerstand dem Drang, zum Altar zu stürmen, Philip wegzuschieben und stattdessen dort stehenzubleiben, um gesegnet und verheiratet zu werden.

Er erinnerte sich an die Hochzeit seiner Schwester vor etwa drei Jahren. Sie hatte nicht in einer Kirche stattgefunden, sondern vor einer Kirche, wie die meisten Hochzeiten hier. Diese fand vermutlich drinnen statt, weil gerade die Messe für Johannes den Täufer abgehalten worden war, weswegen sie genauso gut hierbleiben und die Trauung vollziehen konnten.

Rogenes Hochzeit war äußerst angespannt gewesen, denn Angus war im Begriff gewesen, Euphemia von Ross zu heiraten, und Rogene hatte es verhindert. Trotzdem hielt der Mackenzie-Clan zu ihr und Angus, egal was passierte. Raghnall, Angus' jüngerer Bruder, der zu Davids Freund geworden war und den David vermisste. Catrìona, die einen Monat später in derselben Kirche James, einen Detective aus dem einundzwanzigsten Jahrhundert, geheiratet hatte.

Heimweh hüllte ihn ein wie eine schwere Decke. Aber er vermisste nicht das einundzwanzigste Jahrhundert. Er vermisste Eilean Donan. Seinen Clan. Die Menschen, die ihm immer den Rücken stärken würden.

War er ein Idiot gewesen, dass er all die Jahre immer wieder versucht hatte, einen Weg durch die Zeit zu finden? Sollte er akzeptieren, dass dies sein Leben war und dass er hierhergehörte?

Wenn er jetzt einen Stein fände, könnte er sich dann dazu zwingen, ihn zu durchschreiten und alle, die er liebte, zurückzulassen?

~

SIR PHILIP LEHNTE SICH ZU ANNA UND FLÜSTERTE IHR ZU: „ICH hoffe, Euch ein guter Ehemann zu sein. Ich werde nur freundlich zu Euch sein und Euch mit dem Respekt behandeln, den Ihr verdient, Lady Anna. Ihr müsst Euch keine Sorgen machen."

Sie ertappte sich dabei, wie sie zurücklächelte, denn das tat eine Braut, wenn ihr Bräutigam nette Dinge sagte.

„Ich danke Euch, mein Herr", sagte sie zu ihm.

Seine Worte waren genau das, was jedes Mädchen am Tag ihrer Hochzeit mit einem Mann, den sie noch nie zuvor gesehen hatte, hören wollte.

Aber während der Pfarrer die Segensworte murmelte und etwas über Gott und die Ehe sagte, fiel ihr Blick auf die Menge in der Kirche. Etwa hundert Menschen – fünfzig auf der Seite von Bruce und der MacDonalds und ungefähr ebenso viele auf der Seite von Sir Philip. Laoghaire stand mit einem harten, unversöhnlichen Blick neben Onkel Aulay. Colum wirkte bedrückt und nachdenklich. Er konzentrierte sich mehr auf Robert the Bruce, der vor ihm stand, als auf die Hochzeit.

Ihr Vater ... er war auf ihrer Hochzeit. Als zwölfjähriges Mädchen hatte sie sich das nicht einmal erhofft. Und nun siehe da, sie hatte alles erreicht, was sie sich jemals gewünscht hatte. Dass ihr Vater auf ihrer Hochzeit war. Dass er sie anerkannte. Ein guter und wichtiger Mann heiratete sie. Ihre Hochzeit bedeutete mehr als nur die Verbindung zwischen zwei Clans und Adelshäusern – diese Hochzeit würde Leben retten und ihr Land der Unabhängigkeit näherbringen, für die Tausende von Menschen gekämpft hatten.

Und doch wurde ihr Blick immer wieder von David angezogen. Das Gemurmel des Pfarrers verstummte und sie hörte nur noch das schnelle Schlagen ihres Herzens. David, der so gut aussah mit seinen markanten Gesichtszügen. Seine Augen waren so dunkel wie ein mitternächtlicher Wald und sie starrten sie an.

Seine Augen waren die einzigen, von denen sie sich wünschte, dass sie sie in ihren dunklen Tiefen festhalten würden. Sein Körper war der einzige, den sie nachts neben dem ihren haben wollte. Sein Duft war der einzige, mit dem sie einschlafen wollte.

Aber es würde nicht der von David sein.

Es würde der von diesem Mann sein. So edel, freundlich und gut aussehend er auch sein mochte, er war nicht der, den sie liebte.

Sie würde sich für den Rest ihres Lebens selbst einsperren, sich selbst und vielleicht auch ihr Kind in diese Oubliette stecken. Als Frau und als Bastard war sie eine Schachfigur im Spiel mächtiger Männer. Ihr Vater schätzte es, dass sie tat, was er von ihr erwartete, aber er würde ihr nicht die Liebe geben, die sie brauchte, weil es niemand konnte. Sie hatte ihr ganzes Leben damit verbracht, anderen zu gefallen, damit sie eine sichere Zukunft hatte. Sie hatte vor langer Zeit aufgehört, ihr wahres Ich zu sein, an dem Tag, als das Meer sie fast geholt und ihren Vater zu ihr zurückgebracht hatte.

Nun würde sie die Frau von jemandem werden, der von ihr erwartete, dass sie sich wie eine edle Dame verhielt. Wie es ihr Vater tat. Doch das einzige Mal, dass sie sich wirklich frei gefühlt hatte, war mit David gewesen. Er verstand sie. Er wusste, dass Frauen mehr waren als nur vornehme Edeldamen, die Kleidung herstellten, einen Haushalt führten und Kinder großzogen.

„Lady Anna?“, fragte eine Stimme.

Sie erschauderte und sah auf. Der Pfarrer sah sie mit einer hochgezogenen Augenbraue und geschürzten Lippen an, als hätte er einen Löffel Essig verschluckt. Sir Philip sah sie stirnrunzelnd an.

„Aye?“, fragte sie.

„Nehmt Ihr Philip Mowbray zu Eurem Ehemann?“, beharrte der Priester.

Sie sah Sir Philip an, dessen Stirnrunzeln sich mit jedem Augenblick, der verging, vertiefte. Sie sah zu ihrem Vater, dessen Kinn unter seinem kurzgeschnittenen Bart hervorlugte. Und sie sah zu David, der schnell atmete und bereit schien, auf ihr Kommando hin in Aktion zu treten.

Es war so weit. Genau wie damals, als sie unter Wasser in der Welle gefangen war, würde eine einfache Entscheidung ihr Leben bestimmen. Sich der Macht der anderen zu beugen oder ihr Schicksal in die eigenen Hände zu nehmen. War das nicht auch das, was ihr Vater tat, genauso wie William Wallace? Gegen eine viel stärkere Macht für das Recht auf ein selbstbestimmtes Leben zu kämpfen?

Genau das würde sie auch tun. Sie hatte es bisher nicht gewagt, aber jetzt würde sie es tun.

„Nae.“

Stille legte sich wie eine Decke über die Kirche. Keiner atmete oder bewegte sich. Das Fett in den Talgkerzen knisterte leise. Nur ein einziges Gesicht strahlte Erleichterung aus ... und Liebe.

Das von David.

Sir Philip starrte sie erstaunt an und blinzelte. „Lady Anna ...“, sagte er. „Wenn ich Euch den Eindruck vermittelt habe, dass ich kein würdiger Ehemann für Euch sein werde ...“

„Sir Philip, ich versichere Euch, es ist nichts, was Ihr getan habt.“

Eine Erscheinung bewegte sich in ihrem Augenwinkel. „Warum dann?“, fragte ihr Vater und kam mit großen Schritten auf sie und Philip zu.

„Wenn ich nicht zustimme, kann ich nicht verheiratet werden“, sagte sie. „Ihr könnt mich nicht zwingen.“

„Ist dir klar, welche Schande du mir und deinem Clan damit bringst? Welche Kränkung du Sir Philip zufügst? Welche Folgen das für diesen Krieg haben wird?"

„Es tut mir leid, wenn ich jemandem Unannehmlichkeiten bereite …", sagte Anna, „… aber ich bin mir sicher, dass man andere Vereinbarungen treffen kann. Und ich werde nichts tun, was ich nicht selbst wünsche. Ihr, Vater, habt den schottischen Thron bestiegen und euch geweigert, vor England zu kapitulieren. Ihr kämpft immer noch für Euer Recht, Eure eigenen Entscheidungen zu treffen. Nun, das will ich auch. Ihr habt meine Mutter im Stich gelassen. Hättet Ihr das nicht getan, wäre ich kein Bastard geworden. Ihr habt mich nie besucht und wolltet mich auch nicht kennenlernen, bis Ihr mich für eure politischen Ziele gebraucht habt. Ich kann mir nicht mehr vormachen, dass Ihr etwas anderes von mir wollt als die Früchte meiner Ehe. Ihr zwingt mich zu einem Leben, das ich gar nicht will. Was ist daran anders als das, was die Engländer tun?"

Er schwieg und Schuldgefühle zeichneten sich auf seinem rauen, gutaussehenden Gesicht ab. „Anna, ich versichere dir, wenn der Krieg nicht gewesen wäre, wäre ich an deiner Seite gewesen …"

„Aber das ist doch nicht der Grund, warum sie Sir Philip ablehnt", sagte Laoghaire und trat näher an den Altar heran.

Alle drehten ihre Köpfe zu ihr. Mit ihren stolzen, strengen Gesichtszügen sah sie wunderschön aus. Ihr Haar war zu seidigen Locken frisiert, die ihr über die Schultern fielen. Ihr Kleid war flieder- und goldfarben.

„Was ist der Grund, Kind?", fragte Bruce.

„Laoghaire!" Ihr Onkel Aulay trat aus der Menge hervor. „Sag nichts, was du bereuen könntest."

„Der Grund, warum Anna Sir Philip nicht heiraten kann, ist, dass sie keine Jungfrau mehr ist. Und sie könnte das Kind eines anderen Mannes in sich tragen."

Ein Keuchen und Knurren ging durch die Menge. Philips Gesicht wurde rot. Bruce' Nasenlöcher blähten sich. Scham und

Wut trafen Anna gleichzeitig. Kälte und Hitze. Starre und der Drang, sich zu bewegen. Laoghaire hatte gerade den König in Verlegenheit gebracht und Annas Wert für ihn und Sir Philip völlig zerstört.

Aber gleichzeitig hatte Anna in ihren eigenen Augen ihren Wert wiedererlangt.

„Wer?", dröhnte Sir Philip.

„Der Mann, der die letzten beiden Sennächte mit ihr verbracht hat", sagte Laoghaire und sah David an. „Das ist kein bösartiges Gerücht. Ich habe gesehen, wie sie sich gestern Abend in den Armen lagen."

Hundert Augenpaare richteten sich auf ihn. Aber David sah weder verlegen noch ängstlich aus. Sein fragender Blick hielt Annas fest.

War sie wirklich von ihm schwanger?

Und wenn ja, wie konnte er sie jetzt verlassen und in seine Zeit zurückkehren?

„Ich werde dich umbringen!", brüllte Bruce, zog sein Schwert und stürzte sich in die Menge. „Du hast meine Tochter entehrt!"

„Wenn ihn jemand töten wird, dann bin ich es!", brüllte Sir Philip und zog ebenfalls sein Schwert. „Die Abmachung ist hinfällig, Bruce! Männer! Alle! Auf in die Schlacht!"

Annas Beine wurden schwach, als hundert Männer hundert Schwerter zogen und der Kampf begann.

KAPITEL 28

Er würde vielleicht Vater werden.

Als David sein Claymore zog und den ersten feindlichen Hieb abwehrte, spürte er nicht das übliche Klirren seines Schwertes gegen ein anderes. Er hörte nicht die Schreie und das Gebrüll der Krieger um ihn herum, den Kriegsschrei „Clann Domnhnaill!"

Alles, was er hörte, war Laoghaires Stimme, die sagte: „Sie könnte schwanger sein." Alles, was er sah, war Annas Angst. Keine Überraschung. Keine Empörung wegen einer Lüge.

Angst davor, dass sie enttarnt worden war. Angst vor der Wahrheit, die enthüllt worden war.

Als er sein Schwert hob, um einen weiteren Schlag abzuwehren, fragte er sich, was er jetzt tun würde. Er war in Anna verliebt und sie könnte mit seinem Kind schwanger sein. Das waren in den letzten drei Jahren seine größten Befürchtungen gewesen, der Grund, warum er Jungfrau geblieben war. Und sie hatten sich beide bewahrheitet. Wie konnte er jetzt gehen?

Nein, er konnte nicht gehen. Er war kein Mann, der das tun würde.

Seine Arme und Beine waren so schwer wie Blei. Der Lehmboden der Kirche saugte ihn ein und wollte ihn nicht mehr loslassen.

Jetzt saß er wirklich hier fest. Gefesselt und gezwungen zu bleiben. Es sei denn ... es sei denn, Anna würde mit ihm gehen wollen, jetzt, wo sie Philip nicht mehr heiraten würde. Eine wilde Freude, ein Feuer breitete sich in seiner Brust aus und verursachte ein aufregendes Kribbeln in seinem Inneren. Sie hatte Nein zu Philip gesagt. Sie hatte *Nein* gesagt.

Sagte sie damit Ja zu ihm?

Der Gedanke jagte ihm einen wahren Energiestoß durch die Brust. Er stieß sein Schwert tief zwischen die Rippen des Mannes und er fiel mit einem schmerzhaften Stöhnen zu Boden.

David ignorierte das Schuldgefühl und schaute über die Köpfe der kämpfenden Männer hinweg, um Anna zu suchen. Sie stand hinter dem Altar, schirmte Laoghaire ab und bekämpfte einen Mann mit ihrem Dolch. Er sah, wie Robert the Bruce ihr zu Hilfe kam, den Mann von hinten am Kragen packte, ihn von ihr weg zur nächsten Mauer zerrte und sein Gesicht gegen die Steine schlug.

Mit der Gewissheit, dass Anna den Schutz ihres Vaters hatte, machte er sich auf den Weg zu ihr, indem er sich um die kämpfenden Männer herumbewegte und den Klingen auswich, die um ihn herum blitzten. Aber er schaffte es nicht.

Das Zischen eines Streitkolbens und das Aufblitzen von etwas Dunklem in seiner Nähe ließen ihn sich ducken. Als er sein Gleichgewicht wiederfand und sein Claymore mit beiden Händen festhielt, sah er, dass es einer von Mowbrays Rittern in einer glänzenden Metallrüstung war. Das Visier seines Helms war jedoch hochgeklappt, und scharfe Augen starrten David aus einem grimmigen Gesicht an.

Er hatte noch nie gegen jemanden mit einem Streitkolben gekämpft. Aber er hatte die Wunden gesehen, die ein Streitkolben hinterließ: zertrümmerte Köpfe und Gehirne, die sich über den Boden verteilten, zerquetschte Gliedmaßen, die trotz Schutzpanzerung aussahen wie Hackfleisch vermischt mit Knochen. Der Streitkolben war ein sogenannter Morgenstern – ein runder Kopf mit etwa zwei oder drei Dutzend Stacheln, die rundherum angebracht waren.

David schluckte.

Der Ritter brüllte, schwang den Streitkolben zurück und ließ ihn auf ihn niedersausen. David holte mit seinem Schwert aus und blockierte den Griff des Streitkolbens. Der Aufprall war so stark, als würde eine ganze Footballmannschaft in ihn hineinrammen.

Der Streitkolben war so viel kraftvoller als jedes Schwert und die Erschütterung drang durch ihn hindurch. Aber er blieb standhaft. Er musste jetzt an Anna und vielleicht an ein Baby denken. Er konnte sie immer noch in die Zukunft mitnehmen. Dafür musste er kämpfen, für sie und für ihn.

Für ihre Liebe.

Der Ritter holte mit dem Streitkolben aus und schlug damit immer wieder nach David, dem es mit jedem Mal schwerer fiel, die Schläge rechtzeitig abzuwehren.

Er wich zurück. Mit jedem Schritt zurück verlor er an Schwungbereich, den er brauchte, um sein Schwert richtig zu schwingen.

Der Ritter wurde wütend und ungeduldig, schwang den Streitkolben und zielte auf Davids Bauch, der nur durch ein *Léine Cròich* geschützt war. Er sprang zurück. Sein Fuß blieb an etwas hängen – einer Leiche, wie er feststellte – und er fiel auf den Rücken.

Der Ritter hob den Streitkolben hoch über seinen Kopf, bereit für den letzten tödlichen Schlag. Doch als er das tat, offenbarte er den Zwischenraum zwischen seinem Kettenhemd und der Cuisse, der oberen Rüstung an seinem Oberschenkel. Bevor der Mann den Streitkolben auf David niedersausen lassen konnte, rappelte er sich auf und stieß sein Claymore in den ungeschützten Schlitz.

Blut sprudelte in einer Fontäne aus ihm heraus; er hatte zweifellos die Oberschenkelarterie durchtrennt. Der Mann stöhnte und ließ den Streitkolben auf den Boden fallen. Dann taumelte er zurück und fiel zu Boden, auf dem sich die Blutlache wie Wasser ausbreitete.

Schwer atmend stand David auf und hielt nach dem nächsten Angreifer Ausschau. Etwas pochte heftig in seiner Brust ... sein Herz. Er war noch am Leben.

Der Kampf war noch in vollem Gange. Die Kräfte waren gleichmäßig verteilt, und er sah Colum, Aulay MacDonald und Iàcob kämpfen. Auch Bruce schwang sein Schwert, so heftig und brutal wie jeder andere Krieger.

Tote und Verwundete lagen auf dem Boden. Die Luft in der Kirche war erfüllt vom eisernen Geruch des Blutes, des Schweißes und der Exkremente, die die Männer im Sterben ausschieden.

Und dann sah er Philip. Und auf der anderen Seite des Schlachtfeldes sah Philip ihn.

Der Mann sah ihn mit zusammengezogenen Augenbrauen wütend an.

Und David wusste, das war's. Philip schritt mit gezogenem Schwert auf ihn zu. Die flackernden Flammen der Kerzen spiegelten sich auf der langen, breiten Klinge. Er trug keine Rüstung, sondern war ein Bräutigam, der für die Hochzeit mit der Tochter des schottischen Königs gekleidet war.

David hatte ihm seine schöne, zukünftige Frau geraubt. Er hatte ihm seine Verbindung zu Robert the Bruce geraubt.

„Aaaargh!", brüllte Philip, als er auf David losging. Das Brüllen schallte durch die Kirche, lauter als die Geräusche der Schlacht um sie herum.

Er rammte sein Schwert gegen Davids. David taumelte durch die Wucht des Aufpralls und drückte sein Schwert quer nach unten, um Philips Klinge Richtung Boden zu bringen. Nachdem Philip sein Schwert befreit hatte, stürzte er sich wieder und wieder auf David, von links und rechts und links und rechts. Die Wucht seiner Schläge war so stark wie der Sturm, der Anna und ihn aufgehalten hatte.

Davids Hände waren glitschig vom Blut des Ritters, und es war schwer, den Griff zu halten.

„Du Bastard!", brüllte Philip, als er sein Schwert für einen weiteren Schlag hob. „Du bist ein Mann ohne Ehre." Ein weiterer

Querschlag. Er kam ihm zu nahe und David spürte einen scharfen Schnitt über seinem Wangenknochen. „Du hast die Jungfräulichkeit eines unschuldigen Mädchens genommen, das für einen anderen Mann bestimmt war!" Philip schwang sein Schwert von der anderen Seite und zielte auf Davids Niere, aber David konnte es abwehren. „Du hast die Gesetze der Ritterlichkeit missachtet, du Hurensohn! Und du wirst dafür bezahlen, dass du ein Mädchen entehrt hast!"

Beim nächsten Schritt zurück spürte David eine harte, raue Wand, die gegen seinen Rücken drückte. Er saß in der Falle. Er konnte nicht richtig ausholen, um sich zu verteidigen.

Philip holte mit seinem Schwert aus, um David den letzten Stoß zu versetzen, der ihm den Garaus machen würde. „Verrotte in den Sümpfen von Bannockburn, du Bastard ..."

Als die Klinge in einem metallischen Bogen des Todes auf David zuflog, kam die Erinnerung.

Die Sümpfe von Bannockburn.

Bannockburn ...

Das war es, was Rogene ihm erzählt hatte und woran er sich nicht hatte erinnern können. Er hatte nicht daran gedacht, dass Bannockburn in der Nähe von Stirling lag.

Aber jetzt wusste er es. Bannockburn würde der Ort sein, an dem Bruce die wichtigste Schlacht des Krieges schlagen würde.

Und dieser Ort befand sich hier, bei Stirling.

Denn bei dem Abkommen musste es um die Schlacht gehen, nicht um das Mädchen.

Er hob sein Schwert, um Philips Schwert abzublocken, aber er hatte nicht genug Schlagkraft. Philip drückte David sein eigenes Schwert gegen den Hals und er hielt ihn allein mit der Kraft seiner Muskeln auf.

„Stopp!", stöhnte David. „Halt!"

Philips Gesicht war zu einer wütenden Maske verzerrt und seine Augen schimmerten schwarz unter seinen Brauen. Seine gefletschten Zähne hoben sich weiß von seinem blutverschmierten Gesicht und Bart ab.

Davids eigene Klinge schnitt allmählich in seinen Hals.

„Du hast recht, Mann", krächzte David. „Es war falsch von mir, mit deiner Verlobten zu schlafen, und ich kann dir nicht verdenken, dass du dich rächen willst. Aber ich liebe sie! Es geht nicht nur um Lust. Und ich weiß, dass du ein guter Mann bist, der nicht will, dass noch mehr Menschen sterben."

Die Wut in Philips Gesicht ließ nach und der Druck gegen Davids Hals wurde schwächer. „Ich werde damit aufhören, wenn du tot bist."

David stöhnte: „Ich habe einen Vorschlag."

Philip runzelte die Stirn. „Du hast kein Recht und bist auch nicht in der Position, irgendwelche Vorschläge zu machen."

„Hör mir einfach zu, bitte. Du bist ein Mann von Ehre. Lass uns eine neue Vereinbarung treffen."

Philip kniff die Augen zusammen und David fuhr fort. „Gib ihm ein Jahr. Wenn Stirling nicht von den Engländern befreit wird, gibst du es den Schotten freiwillig. Damit würdet ihr unnötiges Blutvergießen vermeiden. Das bedeutet auch, dass du, wenn England den Krieg gewinnt, immer noch in ihrer Gunst stehst. Dein Volk hat schon so viel gelitten. Ihr werdet ein Jahr lang in Frieden leben und Bruce wird sich zurückziehen. Ist es nicht das, was du mit der Hochzeit von Anfang an erreichen wolltest?"

Philip blinzelte einige Male und dachte angestrengt nach. Er kniff die Augen zusammen und sah David an. „Wie ...?"

„Das wird dir deine Macht zurückgeben."

Philip fluchte leise und ließ das Schwert los.

„Hört auf zu kämpfen!", schrie er, und als seine Stimme durch die Kirche drang, ließen die Männer ihre Waffen sinken. „Bruce! Wo seid ihr? Ich muss mit Euch reden."

Als Bruce sich auf den Weg zu Philip machte, bedachte er David mit einem Blick von der Seite. „Das heißt nicht, dass dir vergeben wird. Es ist niemals gut, den König von Schottland zum Feind zu haben, dessen Tochter du entehrt hast."

David schluckte schwer. Während er beobachtete, wie sich

Philip und Bruce unterhielten, bemerkte er, dass viele wütende Augen auf ihn gerichtet waren. Aulay gesellte sich zu Bruce' und Philips Gespräch dazu, und Colum stand an Annas Seite und funkelte ihn an.

Schließlich gaben sich Bruce und Mowbray die Hand. Mowbray schaute sich unter seinen Truppen und Bruce' Kriegern um.

„Seid Zeugen, Leute. Robert the Bruce und ich haben soeben ein ritterliches Abkommen geschlossen. Er wird sich von Stirling zurückziehen, aber wenn wir nicht innerhalb eines Jahres, im Jahr 1314, von König Edward II. befreit werden, übergebe ich Stirling kampflos dem Kommando von Robert the Bruce."

Als Philip und seine Männer die Verwundeten und Toten untersuchten und sich anschickten, die Kirche zu verlassen, wurde Davids Körper von Erleichterung überflutet. Anna war unversehrt. Sie hatte keinen anderen Mann geheiratet. Und weiteres Blutvergießen war verhindert worden.

Doch seine Erleichterung schwand, als er dem wütenden Blick des Königs von Schottland begegnete.

KAPITEL 29

ANNA ZITTERTE, als sie die Leichen anstarrte, die den Boden der Kirche bedeckten. Durch die schmalen Fenster hoch oben fiel schwaches Tageslicht auf das Blut, die Schnittwunden und die abgetrennten Gliedmaßen. Das Kerzenlicht warf ein gelbliches Licht auf die verbeulten Rüstungen und blutigen Schwerter. Die Luft im Raum war stickig, der Gestank übelerregend.

„Anna, es tut mir leid ...", flüsterte Laoghaire ihr ins Ohr.

Ihre Cousine klammerte sich fest an Annas Hand. Laoghaires Augen waren feucht und wirkten verzweifelt. Ihr Kinn bebte.

„Ich war so dumm ... All dieses Sterben ... all dieses Gemetzel ... und wofür? Ich hätte niemals etwas sagen sollen."

Anna drückte die Hand ihrer Cousine. „Es ist schon gut, Laoghaire. Es ist nicht deine Schuld. Das alles ist mein Werk. Du hast nichts gesagt, was nicht der Wahrheit entspricht."

Nun brauchte sie Philip nicht mehr zu heiraten.

Aber sie hatte das alles verursacht.

„Versteck dich da drüben", sagte sie zu Laoghaire und deutete auf eine kleine Nische hinter dem Altar.

Als ihre Cousine das tat, merkte Anna, dass sich die Schuldgefühle mit einem seltsamen Hochgefühl in ihrer Brust mischten, als wäre sie voll warmer Luft.

Sie war frei. Sie hatte sich befreit, aber zu einem hohen Preis. Der Preis war das Leben von Männern gewesen. Der Preis war die Strafe, die ihr Vater über sie verhängen würde.

Denn er war wütend. Er hatte sich vor David aufgebaut und schrie ihn an. Dennoch warf David ihr immer wieder Blicke zu, als könne er es kaum erwarten, mit ihr zu reden.

Aber warum war ihr Vater so wütend auf David, wenn dieser doch die perfekte Lösung für die Situation gefunden hatte? Sie sollte sich Sorgen über den Zorn ihres Vaters machen, der sich sicher bald gegen sie richten würde. Aber seltsamerweise war ihr das egal.

Bruce' Anerkennung war ihr nicht mehr wichtig. Egal, wofür er sie brauchte, sie würde immer eine uneheliche Tochter für ihn sein und er würde immer wichtigere Dinge zu tun haben, als eine Beziehung zu ihr aufzubauen. Was hatte sie eigentlich erwartet? Einladungen zu Festessen und Falkenjagden? Einen Besuch bei ihm und seiner Frau? Irgendeine Art Geste seiner Zuneigung?

Nein. Darüber war sie ohnehin hinausgewachsen.

Viel wichtiger war David und die Anerkennung, die sie für sich selbst empfand. Dass sie für sich selbst einstand und ihr eigenes Handeln respektierte.

Aber Bruce konnte David immer noch schaden.

„Ist das wahr, du Bastard?", brüllte er David an. „Du hast sie entehrt?" Er wandte sich an Anna. „Und bist du wirklich schwanger?"

Stille senkte sich über die Kirche und Anna stieg langsam die niedrige Treppe vom Altar hinunter und bahnte sich einen Weg durch das Gemetzel, wobei sie vorsichtig um die Leichen herum schritt. David beobachtete aufmerksam jede ihrer Bewegungen, sodass ihr auf dem Weg ganz warm und wohlig wurde.

Was sollte sie sagen? Wenn sie ja sagte, würde Bruce wollen, dass sie heirateten. Und David würde das Richtige tun und bei ihr bleiben. Dadurch würde sie zu seiner Gefängniswärterin werden. Sie wäre Dugald MacDowell, der David für immer in der Oubliette ihrer Ehe gefangen halten würde.

Aber sie war nicht diese Person. Sie hatte nie gewollt, dass er gefangen war. Sie liebte ihn und wollte, dass er glücklich und frei war.

Auch wenn es nicht mit ihr sein würde, in der Zeit, in die sie gehörte.

Sie kam vor Bruce zum Stehen und sah ihm in die Augen, wobei sie ihren Rücken so gerade wie möglich aufrichtete. Sie fühlte sich klamm an vom Schweiß und den Blutspritzern in ihrem Gesicht und am Hals.

Sie öffnete den Mund, um es zu leugnen, aber David unterbrach sie. „Ja, Euer Gnaden", sagte er. „Es ist alles wahr. Ich habe sie entehrt. Sie ist vielleicht mit meinem Kind schwanger."

Bruce' Lippen pressten sich zu einer dünnen Linie zusammen. Er knurrte und schüttelte den Kopf. „Du Hurensohn. Du hast die Tochter eines Königs entehrt. Und nicht nur das. Sieh dich um. Du hast es gewagt, all die Fortschritte zunichtezumachen, die ich durch jahrelanges Blutvergießen und den Tod von Hunderten von Männern erreicht habe. Durch so viele Opfer."

Annas Herz schlug wie wild. „Vater, bitte, es ist nicht seine Schuld ..."

Doch Bruce hob sein Schwert gegen David. Das Blut auf der Klinge glitzerte, als er die Schneide gegen Davids Brust drückte. David schluckte heftig und sein Adamsapfel wippte. „Dugald MacDowell hat meinen beiden Brüdern die Kehlen aufgeschlitzt", knurrte Bruce leise. „Die Engländer haben meinen Bruder Neil in Kildrummy Castle gevierteilt und getötet und meine Frau und meine Tochter gefangen genommen. Sie sind immer noch Gefangene der Engländer. Unzählige Clans haben ihre Männer verloren. Töchter, Schwestern und Mütter verloren ihre Väter, Brüder und Söhne. Und ich hatte die Chance, einen unblutigen Sieg zu erringen, und du hast das zunichtegemacht."

Anna lief es kalt den Rücken herunter, als sie begann, das

Ausmaß des Zorns ihres Vaters zu begreifen. „Vater, bitte bestraft mich … David hat nicht …“

„Euer Gnaden“, sagte Aulay.

„Bitte, Euer Gnaden …“, sagte Colum.

Bruce drückte die Klinge des Schwertes nur noch fester gegen Davids Brust. „Als Vater werde ich nicht dulden, dass du meine Tochter entehrst. Jeder Schotte weiß, dass ein Mann, der das tut, getötet wird.“

Zu Annas Entsetzen erblasste David und nickte. „Ich werde mein Schicksal akzeptieren, Euer Gnaden.“

„Nein, Vater.“ Anna kam zu ihm und legte beide Hände auf Bruce’ Arm, der das Schwert hielt, und zerrte ihn herunter. Es war, als ob sie an einem Ast zerrte. „Bitte, tötet ihn nicht. Er hat mich nicht vergewaltigt. Ich wollte es … aus freiem Willen …“

Ihr Onkel Aulay trat neben David. Auch er war mit Blut bespritzt. Seine Haare waren voller Blut, aber Anna glaubte nicht, dass er verwundet war. Wahrscheinlich war es das Blut des Feindes. „Euer Gnaden“, sagte Aulay und breitete seine Arme in einer beschwichtigenden Geste aus. „Darf ich Euch daran erinnern, dass David ein Mackenzie ist, Euer loyaler Clan, der Euch, genau wie wir, in der Gefahr nicht im Stich gelassen und Euch versteckt und Männer gegeben hat, als ihr verletzlich wart und am meisten Unterstützung gebraucht habt.“

Bruce reckte wütend sein Kinn. Er sah zwischen Aulay, David und Anna hin und her, als er darüber nachdachte, dann spuckte er laut auf den Boden und ließ sein Schwert sinken. „Ja, bei Gott, du hast recht. Du bist Angus’ Schwager. Das kann ich ihm nicht antun. Ich werde dich nicht töten. Aber du musst Anna heiraten. Und du wirst bei mir in der Schuld stehen. Wenn ich also eines Tages nach dir frage, wirst du alles tun, was ich von dir verlange.“

David, der immer noch blass war, nickte feierlich. „Das werde ich, Euer Gnaden.“

Aber für Anna bedeutete das immer noch, dass sie David

einsperrte und ihn gefangen hielt. „Aber ich werde es nicht tun, Vater."

Die entsetzten Blicke auf den Gesichtern der Anwesenden gaben ihr das Gefühl, klein zu sein. Sie straffte ihre Schultern und hob ihr Kinn. Colum beugte sich zu ihr. „Cousine, verärgere den König nicht mehr als nötig. Ich glaube nicht, dass du noch mehr Zugeständnisse für dich oder David aushandeln kannst."

Bruce starrte sie an, als wäre sie ein Dämon. Colum hatte recht, das wurde ihr klar. Sie musste zustimmen, auch wenn sie damit eine Entscheidung zwischen Davids Leben und seiner Freiheit treffen würde. Auch wenn sie wusste, dass dies der Tod seiner Träume und das Ende seines Ziels, in seine Zeit zurückzukehren, bedeuten würde. Sie spürte, wie ihr Herz schwer wurde, weil sie der Grund dafür war.

„Aye", sagte Anna. „Ich habe mich geirrt, Vater. Ich werde David heiraten. Wenn er mich haben will."

„Gut", sagte Bruce und wischte sein Schwert an der Seite seiner prächtigen Tunika ab, dann steckte er es zurück in die Scheide. „Es ist also beschlossen."

Mit klopfendem Herzen schaute Anna David an. Waren sie jetzt wirklich verlobt? Schuldgefühle drückten auf ihre Brust, als sie seinem Blick begegnete. Er sah nicht so aus, als würde er sie hassen, obwohl sie wusste, dass er es wahrscheinlich verbarg. Sie wünschte sich, dass ihre Verlobung eine glückliche sein könnte. Ein Fest der Liebe und nicht eine Flucht vor dem Tod. Trotzdem waren sie nun verbunden. Eine Braut und ihr Bräutigam. Sie standen zwei Schritte voneinander entfernt. Nah und doch unendlich weit voneinander entfernt. Noch vor einer Nacht hatten sie eng umschlungen geschlafen und er hatte sie überall berührt, ihren Körper ganz genau erforscht.

Dennoch konnten sie sich jetzt nicht berühren. Wenn sie doch nur seine Hand in ihre nehmen, seinen Duft riechen und mit ihm reden könnte ...

„Anna." Jetzt war es ihr Vater, der sie direkt ansah. „Ich möchte mit dir reden."

Anna nickte und die beiden gingen hinaus an die frische Luft und ins Sonnenlicht. Die strohgedeckten Dächer des Dorfes Stirling leuchteten so hell im Sonnenlicht, dass ihr nach dem langen Halbdunkel in der Kirche die Augen schmerzten. Die toten Männer, sowohl die von Bruce als auch die von Mowbray, waren auf den Boden gelegt worden, um sie später zu begraben. Bruce führte sie um eine Ecke, weg von dem makabren Anblick.

Als er vor ihr stehen blieb, blickte er sie besorgt an. „Wurdest du in Carlisle schlecht behandelt?"

„Aye, Vater", sagte Anna. „Ich werde nicht versuchen, Dugald MacDowell zu verteidigen. Er ist auch mein Feind. Er hat mich in einem Verlies gefangen gehalten und wollte mich dort sterben lassen."

Bruce fluchte leise vor sich hin. Ein ernster, wütender Ausdruck huschte über sein Gesicht, als er von ihr weg und in die Ferne blickte. „Es tut mir leid, Tochter", sagte er. „Das hätte nicht passieren dürfen."

„Er hat gesagt, es sei Rache an Euch, weil Ihr Galloway geplündert und ihm die Burg weggenommen habt. Er sagte etwas davon, dass er mich Euch wegnehmen und Eure Chance auf einen friedlichen Handel für Stirling zerstören würde."

Bruce stieß einen Seufzer aus. „Dieser verdammte Schurke. Er wird nie aufhören, oder?"

Dann erinnerte sie sich an etwas. „Ihr müsst vorsichtig sein, Vater. England hat ein Schatzschiff mit vielen Rüstungen, Schwertern und Gold nach Irland entsandt. Er hat damit vor mir geprahlt, ohne zu ahnen, dass ich gerettet werden würde."

„Aye, Irland war schon immer ein Stützpunkt, von dem aus England Schottland angegriffen hat." Dann erblasste er und seine Gesichtszüge erschlafften, als ihn irgendeine Erkenntnis traf. „Tochter, du hast mir vielleicht eine der wichtigsten Nachrichten des Jahrhunderts überbracht. Sie müssen die nächste Invasion der Highlands planen ... O gütiger Herr, ich muss meine Berater um Rat fragen.

Der Bischof von Moray hat Verbindungen – ich muss einen Boten zu ihm entsenden. Und Aulay hat dank seines Handelsnetzes gute Verbindungen nach Irland. Auch er wird alles in Erfahrung bringen, was möglich ist."

Anna fühlte einen Anflug von Stolz, als er das sagte. Sie war nützlich.

Bruce drückte ihre Schulter. „Ich bin stolz auf dich, Anna. Ich wünschte, ich hätte deine Mutter heiraten können, ich habe sie wirklich geliebt. Ich hätte dich gerne als meine legitime Tochter gehabt. Ich habe mich für dich eingesetzt und das Richtige für dich getan. Diese Ehe mit Philip wäre gut gewesen. Aye, ich wollte das, weil es für diesen Krieg hilfreich sein würde, aber du hättest irgendwann einen guten Ehemann gebraucht. Und Philip ist ein guter Mann, obwohl er auf der Seite des Feindes steht. Er ist ehrenhaft und gütig. Er wäre dir ein guter Ehemann gewesen und hätte dir ein angenehmes Leben geboten."

Bei seinen Worten zogen Schmetterlinge Kreise in Annas Herz. Seine dunklen Augen tränten, als er mit seinen Händen ihr Gesicht umfasste. „Die Umstände haben es mir nicht erlaubt, an deiner Seite zu sein. Aber ich bin stolz auf die junge Frau, zu der du herangewachsen bist, auch wenn ich kein Teil deines Lebens war. Ich hoffe, dass ich den Fehler korrigieren kann. Es gibt eine Insel, die früher den MacDougalls gehörte, einem langjährigen Feind, den ich mithilfe der Cambels vernichtet habe. Ich werde sie dir als Mitgift geben. Du darfst dort mit David leben. Und ich möchte, dass du an meinem Hof bist, wann immer du willst."

Annas Brust bebte. Sie fühlte sich, als würde sie schweben. Tränen standen in ihren Augen. „Oh, Vater ...", flüsterte sie. Und zum ersten Mal in ihrem Leben schlang ihr Vater seine Arme um sie, und sie weinte Tränen der Vergebung und Liebe in seine blutgetränkte Tunika.

Aber würde er dasselbe von ihr denken, wenn David verschwunden war und sie, wie ihre Mutter, einen Bastard zur Welt brachte?

KAPITEL 30

DREI TAGE SPÄTER …

„RUDERT!", HALLTE AULAYS DRÖHNENDE STIMME ÜBER DIE Wellen hinweg, die gegen die Birlinn schlugen. „Rudert!"

Der Laird der MacDonalds stand am steilen Bug der *Tagradh* und ließ seinen Blick zwischen dem Segel, dem Horizont, der Küste und den Ruderern hin und her wandern. Sein silbriges Haar tanzte in der Brise und David war froh, dass dieser mächtige Mann damit beschäftigt war, das Schiff zu steuern. Aulay hatte in den letzten drei Tagen kein Wort mit David gesprochen und wirkte abweisend.

David klammerte sich an die Bordwand, deren Holz sich unter seinen Fingern glatt und feucht anfühlte. Sechsundzwanzig Männer, dreizehn auf jeder Seite, bewegten die langen Ruder, und das Boot glitt durch vom Fluss Clyde in den Firth of Clyde, einen Meeresarm an der Westküste Schottlands, wie ein heißes Messer durch Butter. Kalte Tropfen spritzten von den Rudern und den Wellen auf Davids Gesicht.

Die Birlinn sah aus wie ein Wikingerschiff. Es hatte einen langen, niedrigen Rumpf mit einem einzigen Mast und einem quadratischen Segel mit einer rot gepanzerten Hand, die ein Kreuz in der Faust hielt.

Am Ende des langen Schiffes – nah genug und doch unendlich weit weg – befand sich die Liebe seines Lebens. Anna wurde von Laoghaire umarmt, hielt sich eine Hand vor den Mund und die andere Hand an den Bauch. Wahrscheinlich war sie seekrank, vielleicht war es sogar eine Kombination mit der Morgenübelkeit. Er hatte bisher keine Gelegenheit gehabt, mit ihr zu sprechen; in Bruce' Lager war sie im Frauenpavillon von ihm ferngehalten worden. Als sie später den Clyde hinuntergefahren waren, um an Bord der Schiffe zu gehen, hatte sie zusammen mit Laoghaire und ihren Dienerinnen in einer Kutsche gesessen.

Er brannte darauf, mit ihr zu reden, um sie zu fragen, wie sie sich fühlte und ob sie ihn wirklich heiraten wollte. Er wollte sie zu nichts zwingen, aber er wollte sich auch um sie und, falls sie schwanger war, um das Baby kümmern. David wollte, dass sie wusste, dass er an ihrer Seite war.

In der Mitte des Bootes, unten in der Öffnung des Rumpfes, standen Säcke, Kisten und Truhen sowie Waffen und Rüstungen, die die MacDonalds nach Islay bringen wollten. Auch einige Pferde waren dabei, darunter Daisy.

Die schottische Küste zog schnell vorbei – schroffe Hügel und Klippen, braune und rötliche Felsen, grünes Moos, vereinzelte Büsche und niedrige Bäume. Jedes Mal, wenn er die raue, zerklüftete Landschaft betrachtete, die oft karg und unnachgiebig gegenüber Menschen war, aber so schön, dass er kaum glauben konnte, dass es sie wirklich gab, zog sich sein Magen zusammen. Ein Teil von ihm wusste, dass es nicht das Schlechteste auf der Welt wäre, hier zu leben. Er wollte dieses Wunder der Natur jeden Tag sehen und ein Teil davon sein. Was waren schon Wolkenkratzer und Brownstones im Vergleich zu dem hier?

Colum stellte sich an Davids Seite und stützte sich mit den Ellbogen auf *Tagradhs* Reling. „Ich muss schon sagen, Mann, du hast mich enttäuscht. Du solltest eigentlich mit Gold bezahlt werden, nicht mit Vergnügen."

David seufzte. „Ja. Nun ja. Es ging nie nur um Vergnügen. Ich bin in sie verliebt."

Colum schüttelte den Kopf und drückte Davids Schulter. „Liebe ist nichts im Vergleich zur Pflicht."

„Wenn ihr uns damals in der Höhle bei Carlisle gefunden hättet, wäre nichts passiert. Wir haben auf euch gewartet. Bei Sonnenaufgang haben die Engländer in der Nähe der Höhle gelagert. Es gelang uns zu entkommen, obwohl wir zu Fuß gehen mussten, weil sie Daisy erwischt hatten. Und warum war der Clan nicht in Ayr?"

„Soweit ich gehört habe, haben die MacDowells sie verjagt und sie mussten sich weiter nördlich am See niederlassen."

Colum holte seine Hornflasche mit Uisge, öffnete den Korken und reichte sie David. Der scharfe Geruch des Alkohols kitzelte seine Nase und ein Teil von ihm freute sich und wollte ihn trinken, damit er sich wieder leicht und sorglos fühlte. Glücklich.

Aber er wollte keinen Uisge mehr. Die Leere, die er mit Alkohol zu füllen versucht hatte, war nicht da. Stattdessen war da etwas anderes, etwas, das er selbst noch nicht verstand.

Colum klopfte David auf die Schulter. „Du wirst Teil des Clans sein, wenn ihr heiratet. Nachdem mein Onkel und ich dir eine Tracht Prügel verpasst haben, weil du Anna entehrt hast."

„Schon okay", sagte David. „Wenn ihr mich schlagen wollt, habe ich nichts dagegen. Ich verdiene es."

Colum stieß einen langen Seufzer aus. „Du machst es einem wirklich schwer, dich nicht zu mögen. Trotz allem, was du getan hast, weiß ich, dass du ein guter Mann bist. Du hast uns geholfen, sie zu retten. Ohne dich wäre sie vielleicht dort gestorben. Deshalb bin ich froh, dich als meinen Bruder und Clanmitglied zu haben. Aber du musst mir versprechen, dass du niemals Annas Herz brechen wirst."

David nickte. Der Himmel war grau und bewölkt, aber David war warm. „Danke. Ich will ihr niemals das Herz brechen."

„Gut.“ Colum nahm einen großen Schluck Uisge. „Die Leute werden dir gegenüber anfangs misstrauisch sein. Aber sie sind auch mir gegenüber misstrauisch. Ich weiß, wie es ist, eine unmögliche Entscheidung zu treffen und dann sein ganzes Leben lang dafür zu arbeiten, sie zu sühnen. Wir werden also zu zweit im Clan sein. Zwei Ausgestoßene. Zwei Männer, die im Unrecht waren, es aber wiedergutmachen wollen.“

David runzelte die Stirn. „Was ist mit dir passiert? Was hast du getan?“

Colum nahm einen weiteren großen Schluck Uisge und seine Augen verdunkelten sich, als er die vorbeiziehende Küste beobachtete. „Die Engländer haben mich entführt. In der Schlacht von Methven im Jahr 1306, als Bruce alles verlor und fliehen musste. Mir wurde mit einem Schild auf den Kopf geschlagen und ich wurde ohnmächtig. Als ich wieder aufwachte, wurde ich gefesselt und mit zwei Dutzend weiteren von Bruce' wichtigsten Rittern und Kriegern in einem Karren irgendwohin gebracht. Mein Kopf schmerzte so sehr, dass ich dachte, ein Schmied würde ihn mit einem Hammer bearbeiten. Mein Magen leerte sich ständig, und alles war verschwommen, aber ich wusste, dass ich beim Feind war. Nach einer langen Reise kamen wir in Berwick Castle an.“

Er schwieg eine Weile und beobachtete das vorbeiziehende Land. Sein Kiefer bewegte sich unter dem kurzen Bart.

„Das Gesetz der Ritterlichkeit schreibt vor, Kriegsgeiseln gut zu behandeln und ihnen die Chance auf ein Lösegeld zu geben ...“

„Ja ...“, sagte David und sein Herz wurde schwer. Ihm gefiel nicht, worauf das hinauslaufen würde.

„Aber Edward I., der damals König war, war so wütend auf Bruce, dass er das Gesetz der Ritterlichkeit ignorierte.“

Davids Herz sank.

„Er ordnete an, alle Geiseln ohne Gerichtsverfahren zu strecken, zu vierteilen und zu enthaupten. Ich war unter ihnen. Ich sah zu, wie meine Schwertbrüder, die Ritter und Krieger, an deren Seite ich gekämpft hatte, auf die denkbar schlimmste Weise getötet wurden.“

Seine Stimme zitterte und wurde zu einem Flüstern. „Es gab keine Beerdigungen. Keine Ehrung für das Leben dieser Männer. Und ich war der Nächste."

David schluckte schwer und sah den Mann an.

„Es war Philip Mowbray, der mich gerettet hat."

David runzelte die Stirn. „Philip?"

„Aye. Ich hatte seinen fünfzehnjährigen Neffen, der gerade mal ein Welpe war, in Methven beschützt. Der Junge hätte nie bei der Schlacht dabei sein dürfen. Sir Philip sagte mir, dass er mir ein Leben schuldig wäre. Und dann, kurz bevor Edward den Befehl gab, mich hinzurichten, flehte Philip ihn an, es nicht zu tun."

David strich über das Holz. Philip Mowbray musste einen starken Moralkodex gehabt haben. Vielleicht wäre er ein guter Ehemann für Anna gewesen, auch wenn es David schwerfiel, das zuzugeben.

„Ich hatte keine Angst vor dem Tod", fuhr Colum fort. „Ich war bereit. Ich hatte meine Pflicht getan. Ich wäre gerne für meinen König und für meinen Clan gestorben. Aber dann, als ich verschont wurde, wurde ich aufgefordert, mich der englischen Seite anzuschließen. Und als ich mich weigerte ..." Seine Stimme brach. „Sie haben etwas getan. Nicht mit mir ... mit jemand anderem. Etwas, das ich nie enthüllen konnte ... Etwas, das ich nur beenden konnte, indem ich auf ihre Seite wechselte. Also habe ich meinen Clan und meinen König verraten und Ja gesagt."

„Hör zu, Mann, du wurdest in eine unmögliche Situation gebracht. Wie bist du freigekommen?"

„Mein Onkel Aulay und mein Clan kamen ein Jahr später, um mich zu retten. Sie kämpften gegen die Engländer, um in die Burg zu gelangen, und mussten feststellen, dass ich kein Gefangener mehr war. Dass ich englische Kleidung trug und ein englisches Schwert bei mir hatte."

„O nein."

„Mein Onkel hat mich vor die Wahl gestellt. Der Clan würde mich zurücknehmen, wenn ich gehen wollte. Oder wenn ich den

Engländern wirklich die Treue geschworen hätte, würden sie mich in Ruhe lassen und nach Hause zurückkehren. Ich war immer noch ein MacDonald und ein Highlander. Also ging ich mit meinem Clan. Auch wenn alle wussten, dass ich die Seiten gewechselt hatte."

David fühlte mit ihm. Gefangen im Mittelalter, musste David sich anpassen und wie ein mittelalterlicher Schotte handeln, auch wenn das bedeutete, Feinde zu töten, um andere zu schützen und zu überleben. Etwas, das er in seiner eigenen Zeit nie akzeptabel gefunden hätte. Colum musste das Gleiche mit den Engländern tun. Nur war Colum diesem Leben entkommen, als sein Clan ihn gerettet hatte. David hingegen war immer noch gefangen. Und das würde er auch immer bleiben. „Verdammt. Deshalb sind Marcas und die anderen immer noch misstrauisch dir gegenüber."

„Aye. Ich habe einen Eid geschworen, den Rest meines Lebens meinem König und meinem Clan zu dienen. Ich werde alles tun, was nötig ist, um meine Ehre wiederherzustellen. Ich werde für meinen König sterben, wenn ich muss."

Traurigkeit lastete auf David. Colums Entschlossenheit war bewundernswert. Er hatte seine Zukunft vor Augen, er wusste, was er tat, und er hatte ein Ziel.

Davids Zukunft war für immer verloren. Die Zukunft, die er sich sein ganzes Leben lang gewünscht hatte. Das College. Ein guter Job. Eine Karriere. Sich profilieren. Ein Unternehmen zu gründen. Zu beweisen, dass seine Legasthenie ihn nicht behinderte.

Das würde er jetzt nie haben. Auch wenn er Anna liebte, aber war das genug?

Die Ufer des Sees entfernten sich und die Birlinn fuhr in die offene See hinein. Aulay rief nach Colum und er verschwand.

David sah, wie Anna sich ihren Weg durch das Boot bahnte, sich an den Kisten und dem Mast festhielt und dann an seiner Seite stehen blieb. Ein warmes Kribbeln durchfuhr ihn bei ihrer Anwesenheit. Seit dem Tag vor der Hochzeit hatte er nicht mehr mit ihr gesprochen, und er hatte es vermisst, seine Tage und Nächte mit ihr zu verbringen. Ihr Haar wehte im Wind, ihre dunklen Augen funkelten, als sie ihn ansah. Ihre Wangen hatten an Farbe gewonnen. Ihr Haar glänzte und ihre vollen Lippen waren rot. Er sehnte sich danach, sie zu küssen, ihren Geschmack wieder zu kosten und an ihrer Unterlippe zu knabbern.

„Darfst du jetzt mit mir reden?", fragte er.

Sie schaute zurück zu Laoghaire und dann nach vorn zu Aulay. Beide starrten sie stirnrunzelnd an. „Ich denke, es ist sicher, dass ich mich nicht ausziehen und mich an deinen Hals klammern werde, wenn fünfzig Leute dabei sind." Sie lachte leise.

„Ist alles in Ordnung mit dir?", fragte er.

„Aye, mir ist nur ein bisschen übel."

Am liebsten hätte er sie in seine Arme genommen, aber er begnügte sich damit, ihre Hand, die auf der Holzreling lag, mit seiner zu bedecken. Ihre Hand war kalt, klein und seidig. „Du weißt, dass ich dich jetzt nicht mehr verlassen werde. Ich werde dich nicht im Stich lassen, Anna. Du brauchst dir keine Sorgen zu machen."

Anna drückte seine Hand und schwieg eine Weile, während sie das Wasser unter der Birlinn beobachtete. „David, du solltest nicht bleiben."

Er blinzelte. Etwas Kaltes und Schweres drückte auf seinen Magen. „Was?"

„Hör zu ... David, mir ist wegen des Schiffes übel, nicht weil ich schwanger bin. Ich habe heute meine Blutung bekommen, ich habe es nur noch niemandem gesagt."

Ein kalter Schauder überkam ihn. Sie hatte ihre Periode bekommen ... Es würde also kein Baby geben? Ein Gefühl des Verlustes, traurig und schwer, zerrte an seinem Inneren. „Bist du sicher, dass es deine Periode ist? Keine Schwangerschaftsblutung?"

Sie lächelte traurig und fuhr mit ihrem Daumen über eine Einkerbung im Boot. „Ich bin mir sicher. Du brauchst dir keine Sorgen zu machen. Es war keine Schwangerschaft. Nur ein paar Tage zu spät. Die Ereignisse der letzten Wochen müssen meinem Körper schwer zugesetzt haben. Es gibt also keinen Grund für dich zu bleiben. Du kannst gehen. Auf Islay gibt es einen Felsen, ich werde dich dort hinbringen."

Seine Kehle schnürte sich zu und Tränen brannten in seinen Augen. Er hatte nicht geahnt, dass er so enttäuscht sein würde, so ratlos. In diesem Moment wurde ihm klar, wie sehr er die Vorstellung mochte, mit Anna eine kleine Familie zu gründen, selbst wenn es hier im mittelalterlichen Schottland sein würde. Er musste erwachsen geworden sein. Er war bereit, das Leben eines Mannes zu leben, nicht das eines Jungen.

Er drehte sich zu ihr um und nahm ihre beiden Hände in die seinen. „Ich will immer noch, dass du mit mir kommst. Lass uns hier heiraten, oder in der Zukunft, und gemeinsam durch den Felsen gehen. Bitte, Anna. Komm mit mir."

Dort, wo er ihre Hände berührte, fühlte sich seine Haut an wie elektrisiert. Er flog jetzt, schwebte durch die Luft und hielt ihre Hände. Ihre Augen waren groß und schimmerten, als sie ihn betrachtete. Ihre mandelförmigen Augen erinnerten ihn an einen Geparden, atemberaubend schön und doch wild. Sie wusste, was sie wollte. Sie schluckte, biss sich auf die Lippe und schüttelte den Kopf.

„Nae. Ich kann nicht."

Die Zurückweisung traf ihn wie ein Zug. Schmerz schoss durch sein Herz. „Warum nicht? Du kannst dort frei sein, mit mir. Wir müssen nicht einmal heiraten. Niemand wird dich je zu etwas zwingen, das du nicht willst. Du kannst etwas lernen ... vielleicht Schwimmlehrerin werden ... oder Lehrerin für Gälisch ... oder ... was immer du willst. Es gibt so viele Möglichkeiten, seinen Lebensunterhalt zu verdienen und ein gutes Leben zu führen. Solange wir zusammen sind."

Sie zog ihre Hände aus seinen und hinterließ eine Leere. „Ich werde hier gebraucht. So wie du dir in der Zukunft ein Leben aufbauen willst, will ich mich hier nützlich machen."

Allein Luft zu holen tat weh. „Wie?"

„Ich möchte Leprakranken helfen. Sie sind Ausgestoßene ... ein bisschen wie ich. Man kümmert sich nicht gut um sie, und das will ich ändern. Sie sind nur Menschen, die an einer Krankheit leiden, auch wenn sie von Gott geschickt wurde. Jemand sollte ihnen helfen und ihr Leben leichter machen. Außerdem könnte ich dem König noch nützlich sein und einen Beitrag für Schottland leisten. Und ich glaube nicht, dass ich in deiner Zukunft viel tun kann. So schön es dort auch klingt."

„Was ist mit mir? Du würdest zu mir beitragen, zu deinem und meinem Glück."

Sie schüttelte den Kopf. „Ich befreie dich davon, mich heiraten zu müssen. Ich will nicht dein Kerkermeister sein und ich will nicht, dass du mit mir gefangen bist. Ich werde auch ohne dich überleben – mein Clan und mein Vater werden mich nicht im Stich lassen."

Sie nickte ihm ein letztes Mal traurig zu, dabei hielt sie den Rücken gerade und die Schultern stolz wie die einer Königin, dann drehte sie sich um und machte sich auf den Weg zurück zu Laoghaire. Als David ihr nachsah, fühlte sich sein Herz an, als würde es in Millionen Stücke zerbrechen. Schmerz breitete sich von seiner Brust in seinem ganzen Körper aus. Ein dunkler Abgrund tat sich unter seinen Füßen auf.

Sie wollte ihn loswerden. Es gab einen Felsen auf Islay. Sie hatte ihn von einer Verpflichtung entbunden und er war endlich frei.

Doch zum ersten Mal wurde ihm der wahre Preis dieser Freiheit bewusst.

KAPITEL 31

SIE TRAFEN am Abend desselben Tages auf Islay ein. Die Sonne stand tief am Himmel und verschwand hinter einer Wolkenbank, aber es war Ende Juni und die Dunkelheit würde noch eine Weile auf sich warten lassen.

Auf der einen Seite der Lagavulin Bay ragte Dunyvaig Castle über den Klippen auf. Der Turm des Hauptfrieds ragte bedrohlich in die Höhe. Die bewaffneten Männer, die auf ihm standen, waren eine Warnung für unwillkommene Gäste. In der Bucht manövrierte Aulay das Schiff gekonnt zwischen ankernden Birlinns, Handelsgaleeren und Fischerbooten hindurch, bis sie den Hafen erreichten. Hinter dem Hafen breitete sich ein Dorf aus, in dem offensichtlich viel los war. Menschen eilten überall herum und sahen aus wie Ameisen.

Sie legten an und als Davids Füße den festen Boden berührten, wusste er, dass dies das Ende seiner Suche nach einem Weg nach Hause war. Aber er war noch nicht bereit, sich zu verabschieden. Er war nicht bereit, Anna für immer zu verlieren. Er war nicht bereit, Rogene nie wiederzusehen, obwohl er den Zeitreisestein seit drei Jahren jagte.

Anna stellte sich neben ihn und wandte sich an Aulay. „Onkel, ist es in Ordnung, wenn ich mit David einen Spaziergang mache? Um ihm den Ort zu zeigen, wo ich aufgewachsen bin?"

Aulay kratzte sich am Bart und sah Colum an. „Ich möchte nicht, dass du mit ihm allein bist, Anna."

„Er wird mein Ehemann sein und er hat mir das Leben gerettet. Wie viel Schaden kann da schon angerichtet werden?"

David sah sie stirnrunzelnd an. Warum hatte sie nicht allen gesagt, dass die Verlobung geplatzt war? Und dass es kein Baby gab?

Colum nickte. „Onkel, es ist alles in Ordnung. Ich vertraue ihm."

Aulay seufzte tief. „Ich denke schon. Aye. Aber geht nicht zu weit weg. Wenn du sie bis zum Sonnenuntergang nicht zurückbringst, schneide ich dir den Sack ab und füttere dich damit, verstanden?"

David nickte. „Du hast mein Wort."

„Komm, David", sagte sie mit leiser Stimme, als sie an ihm vorbeiging. „Ich bringe dich hin. Du wirst keinen Tag länger hierbleiben müssen."

Er sah ihr verwundert hinterher, als sie durch die belebten Straßen des Dorfes vor ihm her lief. Er folgte ihr und drängte sich durch Menschen, die nach Fisch, Schweineställen und Holzrauch rochen. In seinen Ohren klangen die Geräusche von Füßen wider, die über den schlammigen Boden schlurften, von Menschen, die sich unterhielten, von gackernden Hühnern und Gänsen und blökenden Schafen. Nachdem sie das Dorf durchquert hatten, führte sie ihn über grünes und rostrotes Gras, über hartes, felsiges Gelände. Annas Umhang flatterte ein paar Schritte vor ihm im Wind, ihr Haar war eine dunkle, wehende Mähne. Schließlich holte er sie ein. „Anna, bist du sicher, dass ich gehen soll?"

„Das ist es doch, was du willst, oder, David?", sagte sie, ohne ihn anzusehen. „Ich will dir geben, was du dir wünschst. Ich liebe dich zu sehr, als dass ich dich gefangen halten und unglücklich machen will."

Sie liebte ihn ... Und er liebte sie noch mehr dafür, dass sie ihn gehen lassen wollte, dass sie sich für seine Freiheit entschieden hatte.

„Ich liebe dich auch", sagte er und wollte sie aufhalten, aber sie marschierte weiter.

„Aye ... Nun ja, Liebe ist nicht alles. Das wissen wir beide."

Nach etwa zehn Minuten begannen sie, einen großen Hügel zu erklimmen, auf dessen Spitze sich Ruinen und Felsbrocken befanden. Mit jedem Schritt fühlte sich David wie auf dem Weg zu einer Hinrichtung, zu dieser Brücke über den Fluss in Kennifar. Nur dass es nicht sein Leben sein würde, das er verlieren würde. Es würde sein Herz sein. Sein Glück.

Er würde einen Teil seiner Seele verlieren.

Dann standen sie vor dem Felsen, der am Fuß einer zerbröckelten Stein- und Mörtelwand lag. Da waren sie, die Gravuren. Der Handabdruck.

Erneut spürte er die seltsame Energie des Steins – eine Art Summen in der Luft und in seinem Bauch. Er wusste, dass er sich dieses Mal öffnen würde. Der Stein würde funktionieren. Denn er hatte die eine Person gefunden, die seine Bestimmung war, genau wie Sìneag es gewollt hatte.

Anna stand aufrecht und würdevoll vor dem Stein und hielt die Hände vor dem Bauch verschränkt. Sie schaute ihn an, klein, aber majestätisch. „Du bist frei, David Wakeley", sagte sie mit fester und weicher Stimme. Er hatte ihr während ihrer Zeit auf der Farm seinen richtigen Namen genannt. Ihn jetzt aus ihrem Mund zu hören, war so intim. „Ich hoffe, du wirst dort glücklich sein."

Er glaubte, dass sie sich ihm entgegenlehnte, wie ein Grashalm, der vom Wind berührt wurde. Aber sie blieb, wo sie war.

Wenn sie den Schritt nicht machen wollte, würde er es tun. Er brauchte eine letzte Erinnerung an das, was sie beide nie haben würden. Etwas, das er mitnehmen und für immer festhalten konnte. Er packte ihre Unterarme und machte einen großen Schritt nach vorn, um sie gegen das einzige Stück zerfallene Mauer zu drücken, das noch aufrecht stand.

„Ein Abschiedskuss also“, knurrte er an ihrem Mund und bedeckte ihre Lippen mit seinen.

Er küsste sie für die Hunderte von Jahren, die sie trennen würden. Für die Dutzende von Leben, die vergehen würden, bevor er geboren werden würde, ohne zu wissen, dass seine Liebe sich in der Vergangenheit befand. Er küsste sie für das Leben, das sie nie teilen würden.

Er küsste sie, damit sie sich an ihn erinnerte, so wie er sie nie vergessen würde.

Sein Blut kochte, wie es das immer tat, wenn ihre Lippen die seinen berührten, wenn ihre Zunge über die seine strich. Wenn er ihre kleinen, weichen Brüste an seiner Brust und ihre Kurven an seiner Härte spürte. Sie war sanft und weich, wo er stark und hart war. Und ihr Duft ... eine feminine Mischung aus Blumen, Sonne und Meer. Er musste ihn sich für immer in seinen Sinnen einprägen.

Als er sich zurückzog, atmete sie schwer. Ihre Augen waren dunkel, feucht und glänzten unter ihren langen Wimpern.

Ohne ein weiteres Wort löste sie sich aus seinen Armen und ging. Eine Leere nagte an ihm, als er sie den Hügel hinuntergehen sah. Mit jedem Schritt, den sie tat, breitete sich eine Trostlosigkeit in seiner Seele aus, die so bodenlos war wie ein schwarzes Loch.

Er dachte daran, nach ihr zu rufen. Sie um eine weitere Minute an seiner Seite anzuflehen. Auf die Knie zu fallen und sie anzuflehen, mit ihm in die Zukunft zu kommen.

Aber er tat es nicht. Er versteifte die Knie und ballte die Fäuste, um sich davon abzuhalten, sich zu rühren. Als sie aus seinem Blickfeld verschwand, zwang er sich, sich dem Felsen zuzuwenden.

Der plötzliche Duft von Lavendel und frisch gemähtem Gras berührte seine Sinne. Er wusste, was das bedeutete. Sìneag war hier irgendwo, und der Tunnel durch die Zeit war offen.

Der alte David wäre wütend auf sie gewesen, weil sie ihn hier festgehalten hatte. Aber er war nicht mehr dieser Mann.

Die Gravuren leuchteten, genau wie damals, als Rogene durch den Stein gegangen war und David mitgenommen hatte.

Sìneag erschien aus dem Nichts neben dem Stein. Wie beim letzten Mal trug sie einen grünen Kapuzenumhang und ihre roten Haare fielen ihr in Wellen über die Schultern. Sie schenkte ihm ein strahlendes Lächeln. „Du hast die Frau gefunden, für die du bestimmt bist. Wie ich es erwartet hatte."

„Ja", sagte er traurig. „Du hast es gewusst. Ich sollte wütend auf dich sein. Du hast mich hier so lange gefangen gehalten. Aber das bin ich nicht. Für sie würde ich alles noch einmal tun."

Sìneag seufzte tief und biss sich auf die Unterlippe.

„Warum rührst du dich nicht?", fragte Sìneag. „Du weißt doch, wenn du den Stein berührst, reist du durch die Zeit."

Die Anziehungskraft der Magie des Steins war stark. Endlich war sein Weg zurück nach Hause zum Greifen nah.

Er atmete scharf ein. „Ich weiß."

Liebe ist nicht alles, erinnerte er sich an Annas Worte. Sie hätte mit ihm kommen können, aber genau wie er hatte sie sich für etwas anderes entschieden als für die Liebe.

„Bist du unsicher, ob du gehen willst?", fragte Sìneag.

„Auf der anderen Seite dieses Felsens, des Zeittunnels, befindet sich alles, was ich die meiste Zeit meines Lebens für wichtig gehalten habe. Football zu spielen. Einen Abschluss zu machen. Wie stolz ich bei der Abschlussfeier sein würde. Einen wichtigen Job zu bekommen, viel Geld zu verdienen. Ich versuche nur zu entscheiden, ob es das alles wert ist."

Sìneag nickte und setzte sich auf den Rest einer Mauer. „Wert ist eine interessante Sache ... Zeit ist für mich wertlos, ein kleines Ding, mit dem ich herumspielen kann. Aber für euch Menschen ist Zeit alles."

David schluckte schwer, als er ihr Porzellangesicht betrachtete. In ihren Augen standen ein Hauch von Schalk und Mitgefühl.

„Du wirst alt werden", fuhr Sìneag fort. „Und leider wirst du eines Tages sterben. Wie würdest du an diesem Tag auf dein Leben zurückblicken? Mit deinem hübschen Haus und deinem glänzenden Auto ... Würden sie deine Seele erfüllen und wären sie es wert, das Wertvollste, was du hast, nämlich Zeit, zu investieren?“

Er könnte jemand anderen finden, wollte er sagen. Aber selbst wenn er eine Frau finden würde, die er vielleicht heiraten wollte, würde er sie nie so verzweifelt und vollständig lieben, wie er Anna liebte.

Anna war nicht nur ein Teil seines Herzens.

Sie war seine ganze Seele.

„Mein Leben hier ...“, sagte er, als er den Hügel hinunterblickte, den Anna hinuntergegangen war, „... mit Anna wäre bunt und warm. Es gäbe Entbehrungen, ja, aber auch Glück und Freude und so viel Liebe.“

Sìneag saß still da und beobachtete ihn mit einem wissenden Blick.

„Mein ganzes Leben lang ...“, fuhr er nachdenklich fort, „... hatte ich diese Leere in mir. Ich hatte das Gefühl, wegen meiner Legasthenie nicht gut genug zu sein. Ich dachte, ich sei dumm. Aber alles, was ich tun musste, war, mich so zu akzeptieren, wie ich bin.“ Anna, mit dem Herz einer Löwin, hatte für sich selbst eingestanden und mehr Mut als manche Armee.

„Aber drei Jahre lang habe ich es hier geschafft. Ich habe den Schwertkampf gelernt. Ich bin durch Schottland gereist. Ich habe mittelalterliche Schlachten überlebt. Und das Wichtigste: Ich habe immer das Richtige für meine Schwester und ihren Clan getan. Ich muss also nicht in meine eigene Zeit zurückkehren, um meinen Wert zu beweisen. Wenn meine Eltern vom Himmel auf mich herabblicken würden, wären sie sicher stolz auf mich.“

Sìneags Augen waren feucht und sie wischte sich eine Träne weg, und David schaute sie verwirrt an. „Oh ... Siehst du, du hast mich zum Weinen gebracht. Falls es einen Unterschied macht: Ich bin auch stolz auf dich, David.“

Er grinste und blickte zurück auf die Landschaft von Islay. „Sie hat mich weggestoßen, um mich zu befreien. Aber ich kann nur frei sein, wenn ich bei ihr bin. Und das Zuhause, nach dem ich immer gesucht habe, ist hier ..." Als ob ein Feuer in seiner Brust entzündet worden wäre, breitete sich Hitze in ihm aus. „... in mir. Aber es wird erst mit Anna vollständig sein."

Er drehte sich zu Sìneag um.

Er brauchte nicht gegen dieses Land zu kämpfen, gegen die feudalen Gesetze und Kriege, die er nicht ändern konnte. Es gehörte ihm – im Guten, im Schlechten und im Hässlichen. Es gehörte ihm, um es zu lieben und zu hegen, um es zu leben und zu atmen, wie Anna.

Liebe pulsierte rein und heiß durch ihn hindurch. Er beugte sich hinunter, küsste Sìneag auf die Wange und spürte ihre kalten Tränen auf seinem Gesicht. Sie berührte ihre Haut und errötete.

„Ich werde den Durchgang nicht brauchen, Sìneag. Ich bin an dem Ort und in der Zeit, wo ich hingehöre. Ich muss es nur noch der Person sagen, zu der ich gehöre."

Er drehte sich um und ging den Hügel hinunter. Auf halber Strecke tauchte eine Gestalt hinter einem Felsbrocken auf und ihm stockte der Atem.

Anna.

Ihre Augen waren geweitet und ihre Hände zitterten.

Mit einem pulsierenden Gefühl in der Brust schloss er sie in seine Arme und wirbelte sie herum. Ihr weiblicher Duft stieg ihm in die Nase, und sie fühlte sich leicht in seinen Armen an. Er setzte sie auf dem Boden ab, um sie zu küssen.

Aber er erwischte leere Luft statt ihrer Lippen.

Sie beugte sich zur Seite und erbrach sich.

Erstaunt beobachtete David, wie sie sich übergab. Einen Moment später kam er zur Besinnung und hielt ihr Haar zurück, während sie ihren Magen entleerte.

„Geht es dir gut, Schatz?", fragte er.

Sie atmete schwer, richtete sich auf und wischte sich mit der Rückseite ihres Ärmels den Mund ab. Ihre Wangen waren gerötet und ihre Stirn war schweißnass. „Mir geht's gut ... Ich habe alles gehört. Bleibst du wirklich hier?"

„Ich gehe nirgendwo hin“, sagte er und umfasste ihr erhitztes Gesicht. „Ich bleibe, weil ich die ganze Zeit nur nach dir gesucht habe.“

Ihr süßes Gesicht verzog sich zu einem glücklichen Lächeln, das ihm die Brust zuschnürte. Doch dann beugte sie sich vor und übergab sich noch einmal.

Als sie fertig war, stützte sie schwer atmend ihre Hände auf die Knie. David musterte sie. „Du hast dich übergeben, weil ich dich herumgewirbelt habe?“ Erkenntnis blitzte in seinem Kopf auf wie eine Glühbirne. „Warte ... bist du doch schwanger?“

Sie seufzte und lächelte schüchtern. „Ich glaube, ich bin es.“

„O Gott!“ David zog sie in seine Arme und küsste sie auf den Kopf. Er wollte sie und ihr Baby vor allem beschützen. Ihr Zuhause und ihre Welt sein, so wie sie seine war. „Du hast mich gerade zum glücklichsten Mann der Welt gemacht.“

Sie kicherte an seiner Brust und schmiegte sich an ihn.

„Ich habe mein Zuhause bei dir gefunden, Anna. Ich habe mir in dieser Zeit ein Leben aufgebaut, das reicher ist als jedes Leben, das ich mir in der Neuzeit hätte vorstellen können. Hier gehöre ich hin. Es gibt nur eine Sache zu klären. Ohne dass dein Vater darauf besteht und dein Onkel droht, mir die Eier abzuschneiden, frage ich dich, das Mädchen, das ich liebe: Willst du mich heiraten?“

Sie blickte zu ihm auf und ihre dunklen Augen funkelten vor Freude. „Ja, David. Was bin ich doch für eine glückliche Frau. Ich heirate meinen Beschützer aus der Zukunft, die Liebe meines Lebens.“

EPILOG

Eine Woche später ...

„Willst du, David, Anna zu deiner Frau nehmen, in guten und in schlechten Zeiten, in Reichtum und in Armut, in Freude und in Verderben, in Krankheit und in Gesundheit, um sie zu lieben und zu ehren, von heute an und bis dass der Tod euch scheidet, nach Gottes heiligem Gebot?“, fragte der Pfarrer.

David hielt Annas Hände in seinen. Sie standen vor dem Pfarrer am Eingang der Kirche im Dorf Dunyvaig. Der Tag war für Juli etwas kühl und der Nordwind wehte stark, aber die Sonne schien hell am wolkenlosen Himmel. Annas Haare wehten im Wind und ihre dunklen Augen funkelten vor Freude. Ihre Lippen waren zu einem Lächeln verzogen, an dem er sich nie satt sehen konnte.

Das war er also. Der Moment, an den er sich für den Rest seines Lebens erinnern würde.

„Ja“, sagte er. „Ich nehme dich, Anna, zu meiner Frau und schwöre dir die Treue.“

Die Worte des Gelübdes drangen in sein Innerstes und setzten sich bis ins Mark fest. Sie strahlte und war so wunderschön wie die

Landschaft um sie herum, die Einzige für ihn, der verlorene Teil seiner Seele, den er zum Glück gefunden hatte.

„Ich erkläre euch nun zu Mann und Frau", sagte der Priester.

David machte einen Schritt auf Anna zu, zog sie in seine Umarmung und ließ seine Lippen mit ihren verschmelzen. Die Menge um sie herum jubelte. Es waren etwa fünfhundert Menschen. Die ganze Woche über hatte er sie immer wieder geküsst, sie hinter eine Ecke in der Küche oder in eine dunkle Nische des Schlosses gezerrt. Aber mit diesem Kuss beanspruchte er sie vor dem Clan der MacDonalds und dem Clan der Mackenzies und der ganzen Welt.

Seine *Frau* ... Seine Frau, die schmeckte, als würde man bei Nacht in einen geheimen Wasserfall springen. Sie roch wie die Highlands. Sie fühlte sich wie ein Zuhause an.

Als er den Kuss unterbrach, war sie außer Atem. Sie war rot und ihre Augen strahlten. Die Menge brüllte und jubelte aufs Neue. Anna und er drehten sich um und sahen sie an. Er schaute seiner Schwester in die Augen, die den kleinen Paul auf ihrer Hüfte trug. Mit Tränen in den Augen schenkte sie ihm ein strahlendes Lächeln durch die Menge hindurch. Angus stand an ihrer Seite, er trug ein einjähriges Mädchen in einer Tragetasche auf dem Rücken. Catrìona und James waren auch da, und Catrìona war mit ihrem ersten Kind schwanger. Laomann und Mairead standen an ihrer Seite, ebenso wie Iòna und andere Männer und Frauen des Mackenzie-Clans.

Seine Familie.

Eine Woche war kurzfristig, aber Aulay war so freundlich gewesen, Männer mit ein paar Birlinns nach Eilean Donan zu schicken und die wichtigen Gäste abzuholen.

David und Anna wurden umarmt, beglückwünscht und gesegnet. Dann begann das Festmahl. Es wurde in der großen Halle und draußen veranstaltet, da das Wetter gut war. Die Köche machten mehrere Lagerfeuer in der Vorburg, brieten Wildschweine und kochten Lachseintopf. Die ganze Woche über war im Ale-Haus Ale für diesen Anlass gebraut worden, und nun trugen die Diener Krüge und stellten sie auf die langen Tische, die draußen mit Bänken aufgestellt waren.

In der Mitte war ein kleines Podest aufgebaut worden, auf dem Musikanten mit Lauten, Flöten und Trommeln spielten und ein Sänger eine schöne gälische Ballade sang. Sie erinnerte ihn an Raghnall und David wünschte sich, dass er auch hier sein könnte, aber er wusste, dass Raghnall in der Zukunft mit Bryanna glücklich war. David wünschte sich, dass auch Dùghlas hier sein könnte, und die Cambels, die es nicht rechtzeitig geschafft hatten.

Auf dem Hof wurde viel gelacht, geredet und musiziert. Rogene und Angus mit ihren Kindern und Catrìona und James mit Seoc, ihrem Adoptivsohn, kamen zu David und Anna. Rogene umarmte David und er hob sie hoch und hielt sie so lange fest, wie er konnte, ohne zu weinen. Sie zog sich zurück und streichelte sein Gesicht, während ihr die Tränen in die Augen stiegen. „Ich bin so froh, dich zu sehen. Herzlichen Glückwunsch, ihr zwei! Ich wünsche euch viele, viele glückliche Jahre und so viel Glück, wie ihr nur haben könnt!"

„Wenn wir nur halb so glücklich sind wie du und Angus ...", sagte David, „... dann werden wir wirklich sehr glücklich sein."

„Glückwunsch, Mann!" Angus umarmte ihn und klopfte ihm auf den Rücken, dann zog er sich zurück. „Das ist eine tolle Verbindung mit einer tollen Frau und einem guten Clan. Ich bin stolz auf euch. Ich wünsche euch beiden viel Gesundheit, Reichtum und Glück."

Der kleine Paul, der jetzt zwei Jahre alt war, hielt seine kleine Handfläche hoch. „High-fai, Onkel Dafee!"

David grinste. „Was? Wer hat dir beigebracht, wie man ein High-Five macht?"

Paul kicherte. „Onkel James. High-fai!"

David ging vor seinem Neffen in die Hocke und gab ihm ein High-Five. Der Junge kicherte stolz und hielt seine Hand wieder hoch. „High-fai!"

Alle um sie herum lachten, als David seinen Neffen immer

wieder abklatschte. Bald wurde es dem kleinen Jungen langweilig und er lief einem Schmetterling hinterher.

„Ich behalte ihn im Auge“, sagte James. „Paul, mein Freund, pass auf, die Polizei kommt! Wueeeee!“ Paul quietschte und lief auf wackeligen Kinderbeinen den Hof hinunter, während James ihn verfolgte, dabei Geräusche einer Polizeisirene von sich gab und kuriose und irritierte Blicke von den Gästen auf sich zog.

Rogene strahlte und sah Anna an. „Ich bin so froh, dass du meine Schwägerin bist. Ich weiß, dass du eine besondere Frau bist, wenn David dich ausgewählt hat.“

„Aye, ich bin diejenige, die Glück hat, Lady Rogene“, sagte Anna, wodurch sich Davids Herz erwärmte und zusammenzog. „Ich kann nur einer gewissen Fee danken, die uns zusammengebracht hat.“

David, Rogene, Angus und Catrìona kicherten alle und tauschten vielsagende Blicke aus. Rogene nahm David am Ellbogen. „Entschuldigt mich bitte, ich würde gerne mit meinem Bruder sprechen, wenn das in Ordnung ist? Ich habe ihn seit zwei Jahren nicht mehr gesehen.“

Als sie sich von der Gruppe entfernten und sich an einen leeren Tisch setzten, betrachtete Rogene ihn aufmerksam. Ihr Blick wirkte besorgt und zugleich mütterlich. Sie war nicht viel gealtert, hatte nur an Statur und Selbstbewusstsein gewonnen. Sie war die Frau eines Clanchefs, so etwas wie die Königin eines kleinen Königreichs, und dementsprechend verhielt sie sich auch. Sie trug ein offensichtlich teures Brokatkleid mit einem Gürtel, der mit Silber- und Goldfäden bestickt war. Ihr dunkles Haar hatte sie zu einem geschmackvollen Zopf geflochten und sie trug einen Torque – einen Reif – aus plissiertem Leinen, der mit einem Kinnband befestigt worden war. David wusste, wie sehr sie im Clan neben Angus geachtet und geliebt wurde.

Sie nahm seine Hand in ihre. „Warum hast du mir nicht geschrieben? Du hast es versprochen.“

„Es tut mir leid. Ich hätte es tun sollen. Ich war wütend und verärgert über mich selbst. Und du weißt, wie schwer es mir fällt, zu schreiben."

„Ich weiß. Trotzdem. Ich wünschte, du hättest dir mehr Mühe gegeben."

„Das werde ich, Rory. Aulay erlaubt mir, an den Handelsgeschäften teilzunehmen, und ich habe einige Ideen, um höhere Gewinne zu erzielen. Ich habe bereits mit ihm darüber gesprochen und sie gefallen ihm."

Sie lachte und sah ihn voller Bewunderung an. „Du willst also wirklich hierbleiben?", fragte sie, während sie ihre Hand auf seine legte. „Du wolltest unbedingt zurückkehren. Dein Stipendium ... deine Zukunft ..."

Er sah Anna über das grüne Gras des Hofes hinweg an und als sie seinen Blick erwiderte, wurde ihm ganz warm ums Herz. „Mir wird es überall gut gehen, wo sie ist." Anna schenkte ihm ein vertrautes, heimliches Lächeln. David beugte sich zu Rogene hinüber. „Und sie ist schwanger."

Rogenes Augen weiteten sich. „Wirklich? Herzlichen Glückwunsch! Aber ihr habt gerade erst geheiratet ... Oh, du hast doch nicht etwa ..."

Er seufzte. „Doch, das habe ich. Ich habe eine Prinzessin entjungfert und ihre Tugend gestohlen. Ein gottverdammter Tristan."

„Aber mit einem glücklichen Ende ... Warte ... O mein Gott, haben sie dich deshalb gezwungen, sie zu heiraten?"

„Da ist noch etwas mehr dran. Erinnerst du dich an die Schlacht von Bannockburn?"

„Natürlich erinnere ich mich an die Schlacht von Bannockburn. 24. Juni 1314. Die wichtigste Schlacht der Unabhängigkeitskriege. Sie wird Robert the Bruce einen entscheidenden Sieg über England bringen. Warum?"

„Nun ... bis vor etwa zehn Tagen sollte sie nicht passieren. Anna wollte Philip von Mowbray heiraten und im Gegenzug hatte er versprochen, Stirling kampflos an Bruce zu übergeben."

„An so etwas kann ich mich aus der Geschichte nicht erinnern."

David erzählte ihr kurz, was mit Anna passiert war, von ihren Abenteuern auf der Straße und den Ereignissen in Stirling, als sie zurückkamen.

Rogene schürzte ihre Lippen. „Das mit der Geschichte ist eine komische Sache. Manchmal haben wir keine Ahnung, was wirklich passiert ist."

„Ja."

Sie berührte seine Schulter. „Ich bin so stolz auf dich. Und ich bin so froh, dass du hierbleibst, bei mir. Versprich mir, dass wir uns öfter sehen werden."

Er nahm ihre Hand in seine beiden Hände. „Ich verspreche es." Und in seinem Herzen war es nicht nur ein Versprechen, sondern ein Schwur. „Ich bin so froh, dass ich auch bleibe, um dich zu sehen. Das war das, was ich auf meinen Reisen am meisten bedauert habe. Dass ich dich nicht sehen konnte. Dass ich dir nicht sagen konnte, wie toll es ist, dass wir dieses Abenteuer zusammen erleben. Dass ich das alles dank dir erleben durfte. Du bist meine Familie. Das warst du schon immer. Und wirst es immer sein."

Rogene umschloss sein Gesicht mit beiden Händen. „Ich liebe dich, Bruder."

„Ich liebe dich auch, Rory."

Er zog sie fest in eine Umarmung und hielt sie umschlungen. Das war es, was ihn dieses Abenteuer ebenfalls gelehrt hatte. Dass man Dinge, die gesagt oder getan werden müssen, nicht aufschieben darf. Und keine Angst davor zu haben, Menschen, denen er nahe stand, zu sagen, was er fühlte. Besonders im Mittelalter, wo der Tod leichter eintrat und die nächste Gelegenheit vielleicht nie kommen würde.

„Wie geht's dir?", fragte er.

Sie lächelte. „Mir geht's gut. Wirklich. Wir sind glücklich. Manchmal treibt mich Angus mit seiner schottischen Sturheit in den Wahnsinn ... Aber wir wissen immer, was am wichtigsten ist – Liebe und Familie. Und weißt du, was lustig ist?"

„Was?"

Sie kicherte. „Na ja ... Die Leute fangen an, mich ein bisschen als Seherin zu betrachten."

David lachte. „Wirklich?"

„Ja. Ein paar Dinge, vor denen ich gewarnt habe, sind wahr geworden. Du weißt schon, Dinge, die ich aus der Geschichtsforschung kenne. Und jetzt bitten alle möglichen Leute um eine Audienz bei mir, damit ich ihre Zukunft vorhersage."

David kicherte, aber dann wurde er ernst. „Damit musst du vorsichtig sein. Es gibt Leute, die dich umbringen könnten, weil sie glauben, dass du eine Hexe bist."

Sie seufzte. „Ich weiß. Deshalb treffe ich mich auch nie mit solchen Leuten und sage nie etwas, wenn man mich fragt. Abgesehen davon, dass ich mein eigenes Leben in Gefahr bringe, könnte es den Lauf der Geschichte auf unerwartete und potenziell schädliche Weise verändern, wenn ich es verrate. Die Schlacht von Bannockburn, zum Beispiel. Historisch gesehen, wird Bruce gewinnen. Aber es wird natürlich viele Tote geben. Und das alles könnte sich ändern, wenn die Menschen an der Geschichte herumspielen."

Paul rannte mit einem Schrei zu Rogene und brach auf ihren Knien zusammen, gefolgt von James, der immer noch die Geräusche einer Polizeisirene von sich gab und abrupt zum Stehen kam. Er keuchte und rang übertrieben nach Luft.

„Mr. Paul Mackenzie", sagte James. „Ich fürchte, du bist ein zu guter Fahrer und ich muss meine Niederlage eingestehen. Die Polizei stellt alle Ermittlungen ein."

„Gut." David nahm zwei Becher Ale, die neben einem Krug in der Mitte des Tisches standen, stand auf und reichte James einen. „Ich denke, die Polizei hat ein frisches, kaltes Getränk verdient."

James lachte und nahm den Becher gerne an. Rogene nahm auch einen.

„Auf eine weitere verdammte Person aus der modernen Zeit, die aus Liebe in die Vergangenheit zurückversetzt wurde", stieß James an. „Mögest du ein langes und glückliches Leben mit Anna führen.

Und ich wette, du wirst nicht der Letzte sein. Die freche kleine Fee ist wieder am Werk, merk dir meine Worte."

Sie lachten und tranken. Dann kehrte David zu Anna zurück und wich nicht mehr von ihrer Seite.

Die Feier wurde immer lauter und fröhlicher. Am Abend, so schien es, war die ganze Insel versammelt, aß, trank, tanzte und lachte.

Während des ganzen Festes saß Aulay etwas abseits von den anderen, mit einem Becher Uisge, und beobachtete die tanzenden Paare mit traurigen Augen.

Anna seufzte. „Er ist nie über den Tod seiner Frau hinweggekommen", sagte sie zu David.

Eine hübsche Adlige in den späten Zwanzigern setzte sich neben ihn. Sie flirtete eindeutig. Sie hatte ein Lächeln auf den Lippen und ihre Augen suchten seinen Blick. Aber Aulay war höflich und zuvorkommend, mehr nicht. Nach einer Weile gab die Frau auf und ging weg. Aulay schüttete den Inhalt seines Bechers in seine Kehle und rief einen Diener, der ihm nachschenkte.

Die Musik änderte sich und Minnesänger erzählten Geschichten von König Artus, von keltischen Helden der Vergangenheit, von galanten Rittern und edlen Damen und, auf Davids besonderen Wunsch hin, von Tristan und Isolde.

Währenddessen ließ David Annas Hand nicht los. Er hatte das Gefühl, dass seine Knochen durch warmen, prickelnden Glibber ersetzt wurden, wenn er an ihrer Seite war. Er flüsterte ihr immer wieder zu, wie schön sie war und wie glücklich sie ihn machte.

Draußen war es dunkel und das Fest wurde in die große Halle verlagert. David und Anna saßen am Kamin und sie schmiegte sich schläfrig an ihn. Aulay und Colum saßen in der Nähe. David und die beiden MacDonald-Männer unterhielten sich über den Wollhandel.

Jemand eilte über den Hof, und als der Mann näher kam und sich einen Weg durch die Menge bahnte, sah David, dass er Reisekleidung trug.

„Laird ...", rief der Mann und Aulay hob die Hand. Der Mann

eilte zu ihm und wollte ihm leise etwas ins Ohr sagen, aber Aulay hielt ihn auf und sah David an.

„Du bist jetzt Teil des Clans." Er wandte sich an den Boten. „Sprich, guter Mann."

Anna hob den Kopf und schaute sie schläfrig an. „Was ist hier los?"

Der Bote räusperte sich. „Das englische Schatzschiff mit den Rüstungen und Waffen hat es nicht durch die Irische See geschafft. Es ist nie in Irland angekommen."

Annas Gesicht hellte sich auf. „Das bedeutet, dass es wahrscheinlich auf Grund gelaufen oder durch den Sturm gesunken ist."

„Aye", sagte Aulay. „Das hast du gut gemacht, Anna, dass du Bruce diese Nachricht überbracht hast. Ich werde ihn benachrichtigen. Vielleicht ist es gesunken. Aber es könnte auch auf einer der Inseln oder sogar an der irischen Küste liegen. Ich bin mir sicher, er würde wollen, dass wir es vor den Engländern finden. Wenn wir das Schiff finden, könnte das bedeuten, dass weniger Menschen bei englischen Angriffen ums Leben kommen. Es könnte sogar entscheidend für den Krieg sein, wenn wir die Rüstungen anstelle ihrer Männer tragen und Bruce' Krieger damit versorgen würden."

Colum fügte hinzu: „Wir müssen jeden Moment damit verbringen, das Meer zu durchsuchen, bis wir das Schiff gefunden haben."

„Stimmt. Willst du, dass ich mit dir komme?", fragte David.

„Ich kann meiner Lieblingsnichte doch nicht ihren neuen Mann wegnehmen. Später. Ich möchte, dass du nach Eilean Geal gehst und dir mit deiner Braut ein neues Zuhause einrichtest. Aber ich wollte, dass du weißt, was im Clan passiert. Sobald wir das Schiff haben, werden wir dich vielleicht brauchen."

David war stolz darauf, dass er jetzt Teil der Clan-Geschäfte war und von Aulay und Colum akzeptiert wurde. „Natürlich. Verlass dich auf mich."

Als David und Anna zu ihrem Schlafgemach gingen, schaute Anna über ihre Schulter zu Aulay. „Jede unverheiratete Frau im Clan will entweder mit meinem Onkel schlafen oder ihn heiraten. Aber er sieht das alles nicht."

David sah ihn nachdenklich an. Er war groß und kräftig gebaut. Er vermutete, dass der Anführer des Clans sogar gut aussah, auf diese wilde Hochländer-Art. Aber seine Augen wirkten, als hätten sie schon zu viel Schmerz und Leid gesehen. „Wenn er nicht bereit ist, wird er sich nicht verlieben."

„Du warst nicht bereit und hast es doch getan. Er ist noch jung. Jede Frau wäre überglücklich, ihn zu haben."

David schüttelte den Kopf. „Sag das nicht so laut! Sìneag könnte dich hören!"

Anna kicherte und sie liefen weiter.

Später, als sie langsam einschliefen und David sie fest in seinen Armen hielt, staunte er über das wunderbare Leben, das hier beginnen sollte und das er verpasst hätte, wenn er durch den Stein gegangen wäre. „Ich liebe dich, Anna", sagte er. „Du hast mir alles gegeben, was ich je gebraucht habe."

„Und ich liebe dich, mein Zeitreisender. Du warst vom ersten Moment an mein Beschützer."

Als sich ihre Lider schlossen, flüsterte er: „Das werde ich immer sein, meine wilde Highland-Prinzessin."

Hat dir die Geschichte von David und Anna gefallen? Lies gleich weiter und erfahre, was im nächsten Buch passiert, wenn Aulay, Anna's Uncle, auf Jennifer trifft, seine Seelenverwandte aus der Zukunft in DIE EROBERUNG DES SCHOTTEN.

Unerfüllte Träume und erwachte Sehnsüchte. Für alle Fans von Outlander!

. . .

LIES JETZT DIE EROBERUNG DES SCHOTTEN >

☆☆☆☆☆ *„Wunderschön und wirklich herzerwärmend. Ich konnte das Buch einfach gar nicht mehr aus der Hand legen!"*

MELDE DICH JETZT FÜR MARIAH STONES NEWSLETTER AN:

https://mariahstone.com/de/signup/

LUST AUF EINEN WIKINGER?

Auch andere mysteriöse Kuppler helfen Menschen aus unserer Zeit, ihre Seelenverwandten auch bei den Wikingern zu finden. Wenn du die Geschichte von Holly und Einar noch nicht gelesen hast, dann lies jetzt DAS VERLANGEN DES KRIEGERS.

Eine gefangene Zeitreisende. Ein Wikinger-Häuptling mit einer Mission. Ist die Ehe der Preis für ihre Freiheit?

LIES JETZT DAS VERLANGEN DES KRIEGERS >

☆☆☆☆☆ *„Fabelhaft! Was für ein toller Start in eine neue Serie!"*

. . .

ODER BLEIBE IN DEN HIGHLANDS UND LIES AUF DEN FOLGENDEN Seiten einen ersten Auszug aus DIE EROBERUNG DES SCHOTTEN...

IRISCHE SEE, ISLE OF ACHLEITH, SCHOTTLAND, JULI 2022

DR. JENNIFER FOSTER STRECKTE IHREN RECHTEN ARM ÜBER DEN Rand des Charterbootes hinaus. Als das Meerwasser ihr Gesicht und ihr helles salatgrünes und zitronengelbes und mit lila Blumen verziertes Kleid bespritzte, quietschte sie vergnügt.

Ihre Freundinnen, die am Ende des Bootes neben ihr saßen, kreischten mit ihr. Sie alle hielten Plastiksektgläser in den Händen.

„Pst ...", sagte Natalie betrunken, „... dein Sekt schaut raus."

Natalie schob den dunkelgrünen Flaschenhals zurück in Amandas Handtasche, aber ihre Hand rutschte ab und sie kicherte. Jenny, Kyla und Amanda taten es ihr gleich.

„Ich glaube nicht, dass MacGriesgram da drüben es MacBoss erzählen wird", sagte Amanda, dann trank sie den Rest Champagner in ihrem Glas in einem Zug aus und holte die Flasche wieder aus ihrer Handtasche. „Nicht für das Trinkgeld, das wir ihm geben werden."

Während Amanda noch mehr Sekt in ihr Glas füllte, machte das Boot einen Satz auf den Wellen, und sie verschüttete die Hälfte auf dem Deck. Jenny hob ihr Glas.

„Auf uns", setzte Jenny zu einem Toast an. „Vier starke, unabhängige Frauen in ihren besten Jahren! Wir haben Erfolg, wir haben Geld und wir können es auch noch genießen!"

„Ja!", antworteten ihre Freundinnen, und sie stießen mit ihren vier Gläsern an.

Amanda fügte über den Rand ihres Glases hinzu: „Und auf die

sexy schottischen Jungs, die ich seit einer Woche flachlege ... im Gegensatz zu Jenny!“

Jenny warf ihrer besten Freundin einen Blick zu, sagte aber nichts. Sie stürzte den Sekt hinunter, und die Bläschen kitzelten ihre Kehle. „Ich habe mich auch nicht erst vor Kurzem scheiden lassen.“

„Nicht kürzlich“, sagte Kyla, während sie ihr glänzendes, dunkles Haar hinter ihr Ohr strich. „Du hast dich vor drei Jahren scheiden lassen und hast noch immer nicht mit jemandem geschlafen.“

Jenny spottete. „Pfff. Als ob das etwas Schlechtes wäre.“

„Entschuldigung!“, rief Amanda, während sie sich bemühte, sich ihre blonden Haare aus den Augen zu streichen. „Süße, ich liebe dich, aber du klingst ein bisschen voreingenommen.“

Natalie schaute zwischen den beiden hin und her. Sie trug eine wunderschöne Designer-Sonnenbrille und ein knallrotes Sommerkleid, das sich auffällig von ihrer dunklen Haut abhob. Nach einer Woche ohne ihre beiden Kinder, mit mehr Stunden zum Schlafen und Zeit zum Durchatmen, sah sie frisch und voller Energie aus. „Mädchen, streitet euch nicht. Ich weiß, was helfen wird!“ Sie nahm Amanda die Sektflasche aus der Hand. „Das hier!“

Während sie noch mehr Sekt einschenkte und dabei die Flasche leerte, schaute Jenny von ihr zu Kyla. „Ich wollte immer, was Kyla und Natalie haben. Kinder. Eine Familie. Und jetzt bin ich neununddreißig und ...“

Sie verstummte, da sie die Worte nicht aussprechen konnte. Der strahlend blaue Himmel, der so selten war für Schottland, und das saphirblaue Meerwasser taten ihren Augen weh. Der Kloß in ihrer Kehle ließ nicht zu, dass sie noch mehr sagte.

Was sie sagen wollte, war, dass sie neununddreißig war und ihr die Zeit davonlief. In den vergangenen zwei Jahren hatte sie drei erfolglose künstliche Befruchtungen mit einem Samenspender durchgeführt. Der Grund für die fehlgeschlagenen Befruchtungen war zweifellos ihre Endometriose, eine unglaublich schmerzhafte Erkrankung, mit der sie schon ihr ganzes Leben lang gelebt hatte. Ihre Periode war eine einzige Qual. Sie hatte gelernt, damit umzugehen und damit zu leben, aber das Schlimmste war, dass ihre Chance, schwanger zu werden und ihr eigenes Kind auf natürlichem Weg auszutragen, sehr gering war.

Ihre letzte Chance, ein eigenes Kind zu bekommen, bot sich ihr in vierzehn Tagen. Die Fruchtbarkeitsklinik war für ein Jahr im Voraus ausgebucht, und das war der einzige Termin, den sie ihr hatten geben können, an dem sie mit der Hormonbehandlung beginnen konnte, um ihre letzten lebensfähigen Eizellen zu entnehmen und sie einzufrieren.

Sie konnte nicht einmal daran denken, mit jemandem zu schlafen ...

„*Und* ...“, fuhr Amanda nach einer langen Pause für sie fort, „... du bist eine der gefragtesten privaten Kinderärztinnen in New York City, genau wie ich, deine Partnerin. Wir beide führen eine erfolgreiche Praxis, helfen vielen Kindern, gesund zu werden, und ... entschuldige, wenn ich prahle, aber wir sind nicht gerade knapp bei Kasse.“

„Amanda!“, sagte Natalie.

„Ach, komm schon“, sagte Kyla. „Es ist ja nicht so, dass sie die Kinder ausnutzen würden. Sie haben ihren Erfolg verdient. Wir beide sind es, die zu Hause festsitzen, Rotznasen putzen und Vorschulkindern hinterherjagen.“

Jenny lächelte. „Ich würde auch gerne Vorschulkindern hinterherjagen“, sagte sie zu Natalie und Kyla.

Ihr Leben fühlte sich ohne ein eigenes Kind unvollständig an. Es fehlte etwas Wichtiges und Liebenswertes. Diese Leere war wie ein riesiges Loch in ihrer Seele, das sie aussaugte und schmerzte.

„Aber du willst deine Klinik nicht aufgeben, oder?“, fragte Natalie. „Amanda und du habt sie zehn Jahre lang aufgebaut.“

Jenny gab ein unbehagliches Lachen von sich. Plötzlich wurde ihr das alles zu ernst und zu konkret. Trotz des dröhnenden Bootsmotors und des Geräuschs der Wellen, die gegen die Bordwände schlugen, versuchte die Stimme ihres Ex-Mannes in ihrem Kopf durchzudringen. *Im tiefsten Inneren wollen Männer sich um Frauen kümmern und Frauen wollen, dass man sich um sie kümmert. Wenn du nur weniger arbeiten und mehr Zeit mit mir verbringen würdest ... Wenn wir nur früher eine Familie gegründet hätten ...*

Er hatte eine eigene Familie gegründet, nur ohne Jenny. Er hatte jetzt eine zweijährige Tochter und seine neue Frau war Hausfrau und Mutter. Genau so hatte er sich seine Beziehung gewünscht.

Und Jenny ... Jenny hatte keine kleinen Mädchen, nur noch eine Handvoll Eier, eine leere Wohnung und das beängstigende Gefühl in ihrem Inneren, dass sie zu spät dran war. Dass sie nie ein eigenes Baby haben würde, das sie in den Arm nehmen und anhimmeln könnte, nie diesen süßen Babygeruch einatmen würde.

Dass Tom recht gehabt hatte. Dass alles ihre Schuld war. Einfach alles. Hätte sie nachgegeben, ihm die Verantwortung übergeben und ihren Anteil an der Klinik an Amanda verkauft, hätte sie mehr Zeit mit ihm verbringen können. Er hätte sie nicht betrogen. Sie wären noch zusammen. Hätte sie mit zweiunddreißig versucht, schwanger zu werden, wie er es vorgeschlagen hatte, hätte sie ihr eigenes kleines Mädchen oder ihren eigenen kleinen Jungen zum Liebhaben und Verwöhnen. Ein kleines Mädchen oder einen kleinen Jungen mit Jennys von Natur aus blassrotem Haar und Toms grünen Augen.

„Und ich bewundere dich so sehr“, sagte Kyla. „Du und Amanda habt erreicht, wovon ich geträumt habe, es aber nicht gewagt habe. Und das, obwohl wir vier auf dieselbe medizinische Fakultät gegangen sind.“

Jenny seufzte. „Ich bin diejenige, die neidisch auf das ist, was ihr habt“, sagte sie. „Ihr habt alle Kinder. Auch wenn deine Ehe nicht funktioniert hat, Amanda, hast du immer noch einen Sohn. Und ihr, Natalie und Kyla, ihr habt glückliche Familien. Für mich ist es höchstwahrscheinlich zu spät.“

„Sag das nicht“, sagte Kyla. „Frauen werden immer wieder mit Ende dreißig und Anfang vierzig schwanger. Cameron Diaz hat mit siebenundvierzig ein Kind bekommen. Naomi Campbell hat mit fünfzig entbunden.“

Das Boot hüpfte über eine Welle und Jennys Zähne schlugen zusammen. „Ja, aber ...“

Amanda hakte ihren Arm bei Jenny unter. „Wir werden Folgendes tun.“ Sie zeigte auf das Meer. „Sobald wir die irische Küste betreten, gehen wir in einen Pub. Und dieses Mal wirst du ebenfalls kommen.“

„Ich war schon in den Pubs in Schottland.“

„Ja, stimmt. Aber ich meinte eigentlich, dieses Mal wirst du mit heißen irischen Männern flirten und jede Menge Sex mit ihnen haben – ja, mit *mehreren*. Und wenn du schwanger wirst ... nun ja ... ups.“

Die Damen kicherten. „Amanda, du bist doch verrückt“, sagte Natalie. „Sie will sich nicht von einem Iren schwängern lassen.“

„Weil sie von einem dieser Highlander in Schottland schwanger werden sollte ...“, sagte Kyla über das Sektglas hinweg.

Sie lachten alle. Jenny schien die Einzige zu sein, die den Witz nicht verstanden hatte.

„O ja“, sagte Amanda. „Als jemand, die die einheimische Küche schon mehrmals gekostet ... und mehrere Gerichte probiert hat – wenn ihr versteht, was ich meine –, kann ich sie sehr empfehlen.“

„Wir könnten unseren Urlaub sogar verlängern!“, rief Natalie und hob ihr Glas. „Ja, wir haben noch eine Woche, aber wir könnten auch einfach für ein paar zusätzliche Tage nach Schottland zurückkehren ...“

„Tatsächlich können wir das nicht“, sagte Jenny. „Ich habe in zwei Wochen einen Termin, um mit der Hormonbehandlung für die Eizellenentnahme anzufangen.“

Das Lächeln auf den Gesichtern der Mädchen verblasste. „Wirklich? Ist es schon so weit?“, fragte Kyla.

„Ja. Ich habe nur noch zehn Eizellen, und das ist meine letzte Chance, ein eigenes Baby zu bekommen. Und ich bräuchte außerdem noch eine Leihmutter.“

Sie schwiegen alle und sahen sie mitleidig an.

„Kommt schon“, sagte Jenny und zwang sich zu einem Lächeln.

„Kopf hoch. Genug von mir. Wir feiern Amandas Scheidung. Auch wenn wir es nicht im warmen und sonnigen Hawaii tun."

„Das ist die richtige Einstellung!", jubelte Natalie.

Amanda verdrehte die Augen. „Ich habe mir Schottland und Irland ausgesucht, weil ich ‚echte Männer' wollte, die die Zügel in die Hand nehmen, mich ‚Mädchen' nennen und mich alles andere vergessen lassen. Und ich kann euch sagen, dass die Highlander genau das tun."

Jenny kicherte. „Ach ja? Ich bevorzuge lieber Hawaii, wo die Männer sanfter sind und sich um einen kümmern."

„Oh, glaub mir, schottische Männer können sich sehr gut um dich kümmern." Amanda zwinkerte.

Der Motor des Bootes fing an zu stottern und zu schnaufen. Dann kam es ruckartig zum Stillstand, ehe es wieder ansprang. Das Dröhnen wurde zu einem schwachen Brummen, und das Boot hielt. Während sie sanft auf den Wellen schaukelten und die Vibrationen des Motors, die sie in der letzten Stunde gespürt hatte, nachließen, hatte Jenny das verwirrende Gefühl, dass sich der Boden unter ihren Füßen bewegte.

Um sie herum befand sich nichts als offenes Meer, bis auf eine kleine Insel mit einem Leuchtturm, der sich etwa einhundertfünfzig Meter entfernt über dem Wasser erhob. Die Insel war steinig und hatte eine ovale Spitze, die wie ein riesiger Kopf aus dem Meer ragte. Sie musste etwa einhundert Meter hoch und einhundertfünfzig Meter lang sein. Wie es für schottische Landschaften typisch war, bedeckte grünes und gelbes Moos die steilen Hänge.

„Was ist hier los?", murmelte Amanda.

Der Motor sprang an und das Boot bewegte sich ein kleines Stück, bevor er wieder erstarb. Dies wiederholte sich noch weitere sechs oder sieben Mal, bevor sich die Tür der Kapitänskajüte öffnete und der Bootsmann auf das Deck trat. Der Mann war um die sechzig, hatte eine beginnende Glatze mit grauen Haaren und einen kurzen grauen Bart über einem mürrischen, faltigen Gesicht.

„Pech gehabt, Mädels", brummte er. „Der Kapitän sagt, der

Motor könnte kaputt sein. Wir werden in Achleith anlegen und auf ein Rettungsboot der Küstenwache von Islay warten müssen. Ich bezweifle, dass ihr es heute noch nach Irland schafft. Während der Kapitän wartet, bringe ich euch nach Achleith, damit ihr nicht im Suff über Bord fallt. Dort gibt es eine uralte Ruine mit einem interessanten Felsen, von dem die Leute auf Islay glauben, dass er die Heimat der Feen ist."

„Klingt gut", sagte Jenny und schaute ihre Freundinnen an. „Hört sich das für euch unterhaltsam an?"

„Klar", sagte Natalie und streckte ihre Arme aus. „Ich bin für jedes Abenteuer zu haben, bevor ich wieder in meine schöne, langweilige Realität zurückkehren muss."

„Wenn wir nach Islay zurückkehren ...", sagte Amanda, „... dann muss Jenny Sex mit ein paar Highlandern haben."

Jenny kicherte und schüttelte den Kopf.

Der Bootsmann ging zurück in die Kapitänskajüte. Mit weiterem Surren und leisem Brummen ging der Motor aus, und er steuerte das Boot auf die Insel zu.

Als sie schließlich in der Nähe der Insel anhielten, stellte Jenny fest, dass es dort nicht einmal Bäume oder Büsche gab. Nur grünes Moos, Klippen und den Leuchtturm. Der Bootsmann half ihnen in das Beiboot und ruderte sie zum kiesigen Strand.

Sobald sie auf festem Boden standen, bereute Jenny es, dass sie Flip-Flops und das dünne, luftige Satinkleid mit den Mustern aus hellen frühlingsgrünen Blättern und – als Hommage an Schottland – violetten Blumen gewählt hatte. Selbst im Juli war der Wind kühl und er ließ ihren Rock flattern, sodass sich ihre kurzen Beine mit Gänsehaut überzogen. Sie konnte jeden Kiesel und jeden Stein durch die Sohlen ihrer Flip-Flops spüren. Sie machten zu viert Selfies, während das Boot einige Dutzend Meter entfernt ankerte und die Insel wie ein riesiger Korken über ihnen thronte. Ihr fiel auf, dass sie ihre Handtasche mit dem Handy auf dem Boot vergessen hatte und sich ohne sie seltsam nackt fühlte.

„Tja ...", sagte Amanda, während sie eine weitere Flasche Sekt aus einem schier unerschöpflichen Vorrat in ihrer Designertasche holte, „... die Stimmung ist ziemlich am Boden. Das ist doch ein Abenteuer, Mädels! Kommt schon, lasst uns weiterfeiern."

Jenny jubelte, und obwohl sich ihre Freundinnen zunächst seltsame Blicke zuwarfen, schlossen sie sich ihr an, als Amanda den Korken knallen ließ und den Sekt in vier Plastikgläser goss.

„Auf's Feiern!", rief Jenny, als die vier mit ihren Gläsern hoch in der Luft anstießen und tranken.

Kichernd machten sie sich auf den Weg den steilen Hang hinauf. Die verdammten Flip-Flops saßen zu locker und ihre Füße drohten herauszurutschen.

Die Spitze der Insel war rund und mit Moos und Gras bewachsen. Der alte Leuchtturm stand an der Nordseite. Seine weiße Farbe war abgeblättert, und zwischen den braunen Ziegelsteinen verliefen Risse. Dem zerbrochenen Glas der Laternenscheiben nach zu urteilen, war er wahrscheinlich nicht einmal funktionstüchtig.

Es war alles so atemberaubend schön. Das Fleckchen Land, auf dem sie stand, war winzig im Vergleich zum weiten Himmel und dem endlosen Meer. Und ihre besten Freundinnen waren hier bei ihr.

„Ich bin so dankbar für euch, Mädels", sagte sie. „Und ich bin so froh, dass wir dieses Abenteuer gemeinsam erleben."

In ihrem Kopf drehte sich alles, und Jenny legte ihre Arme um Amandas und Natalies Hüften. Amanda legte ihren Arm um Kylas Schultern und die vier standen einfach nur da. Sie atmeten durch und schauten auf das Meer. Möwen kreischten und zogen über ihren Köpfen ihre Kreise.

„Auf viele weitere Abenteuer!" Natalie hob ihr Glas.

„Hört! Hört!", riefen die drei.

„Selbst wenn niemand kommt und wir hier sterben!", verkündete Amanda. „Wir würden zusammen sterben."

Sie lachten.

„Seht mal, da ist der Feenfelsen, von dem MacGriesgram gesprochen hat", sagte Jenny und schaute in Richtung des Leuchtturms.

Als sie sich dem Felsen zuwandten, wehte ihnen ein starker Wind ins Gesicht und brachte den Duft von Meer, Gras und Lavendel mit sich – was seltsam war, da sie auf der Insel keinen Lavendel gesehen hatte.

Es handelte sich um einen großen, flachen Felsbrocken, der in den Boden eingesunken war. Um ihn herum konnte Jenny andere Steine sehen, die aus der Erde ragten, wahrscheinlich die Überreste eines alten Turms. Der Stein selbst wies Einkerbungen auf, von denen Jenny annahm, dass sie einen Fluss oder etwas Ähnliches darstellen könnten ... Nach all dem Sekt fiel es ihr schwer, sich zu konzentrieren. Was sie jedoch am interessantesten fand, war der Handabdruck.

„Oh, seht mal!", sagte Jenny. „Jemand gibt uns durch den Felsen hindurch ein High Five!"

Sie kicherten. Jenny trat näher an den Felsen heran und sank auf die Knie. Amanda folgte ihr und gab der Hand ein High Five. Natalie kicherte und tat dasselbe.

„Es hat sich fast so angefühlt, als ob mir jemand ein High Five zurückgibt", sagte sie. „Danke, Mann."

„Oder Frau", sagte Kyla und gab der Hand ebenfalls ein High Five.

„Oh, lasst uns zur anderen Seite der Insel gehen", sagte Amanda. „Vielleicht gibt es dort noch mehr Körperteile aus Stein, die wir abklatschen können."

Die Mädchen gingen weiter, aber Jenny wollte dem Stein immer noch selbst ein High Five geben. Als sie ihre Hand über den Felsen bewegte, begannen die Einkerbungen zu leuchten, und sie hielt inne.

„Cool ...", murmelte sie und kniff die Augen zusammen, um besser sehen zu können. „Was ist das?" Sie schaute über ihre Schulter. „Hey, Mädels! Kommt zurück! Bin ich super betrunken, oder leuchtet der Stein?"

„Das bist du, Schatz!", rief Amanda, ohne sich umzudrehen. „Du strahlst! Weil du so schön bist!"

Jenny schüttelte lächelnd den Kopf. Der Duft von Lavendel und

Gras wurde stärker. Sie schaute sich um. Eine Möwe saß drei Meter von ihr entfernt und betrachtete ihr Sektglas mit unbändiger Neugierde.

„Hallo, kleines Kerlchen. Siehst du auch das Leuchten?", fragte sie. „Vielleicht solltest du den Rest meines Sekts trinken. Ich hatte eindeutig viel zu viel."

Ein Schatten fiel auf Jenny. „Ah, endlich, Mädels, seht mal ..." Sie hob ihren Kopf.

Eine Rothaarige in einem grünen Kapuzenmantel ragte über ihr auf. Sie roch stark nach Lavendel und Gras. Woher war diese Frau auf einer einsamen Insel gekommen? Hm ... seltsam.

„Du riechst gut", sagte Jenny. „Natürlich. Ich mag das."

Die Frau strahlte. „Oh, danke. Das hat noch nie jemand zu mir gesagt. Wie nett von dir."

„Siehst du das Leuchten, oder liegt das an mir?", fragte Jenny und deutete auf den Felsen.

Die Frau kicherte. „Oh, ich sehe es, Mädchen. Ich bin es, die ihn leuchten lässt."

Jenny schwankte. „Wirklich? Und wie?"

„Mein Name ist Sìneag. Ich helfe den Menschen, durch den Strom der Zeit zu reisen und den Menschen zu finden, für den sie bestimmt sind."

Jenny blinzelte. „Wirklich? Und wie?"

„Das Wie spielt keine Rolle. Was zählt, ist das Warum. Durch diesen Stein hindurch, dort wartet ein Mann auf dich."

Jenny schüttelte den Kopf. Sie war *so* betrunken. Sie stellte ihr Glas auf dem Gras ab, es fiel um und der Inhalt ergoss sich über den Boden. „Ähm ... entschuldige, wenn ich mich schon wieder wiederhole ... Wirklich? Und wie?"

Sìneag biss sich auf die Lippe, um ein Lächeln zu unterdrücken, und sank neben Jenny auf die Knie. Sie war so hübsch. Sie hatte ein zartes erdbeerförmiges Gesicht, grüne Augen mit langen Wimpern und porzellanfarbene Haut. Dazu diese niedlichen Sommersprossen auf ihrer Nase und ihren Wangen. „Du bist wunderschön", sagte

Jenny. „Irgendetwas an dir ist so … anders. Kommst du auch aus einer anderen Zeit? Bist du vielleicht eine Prinzessin?"

Sìneag kicherte. „Ich bin keine Prinzessin. Ich bin eine Fee. Und der Mann, für den du bestimmt bist, ist das Oberhaupt des Clans der MacDonalds of Islay, Aulay. Ein waschechter schottischer Laird mit einem großen Herzen."

„Und einem großen Kilt …" Jenny kicherte. „Sorry. Schlechter Scherz. Er würde mich also lieben, sagst du? Aber mein Mann hat gesagt, kein Mann wird mich lieben, wenn ich nicht aufhöre, so egoistisch zu sein. Und wenn er egoistisch sagte, meinte er eigentlich unabhängig. Du sagst also, Aulay würde mich auch dann lieben, wenn ich viel arbeiten und ihm keine Kinder schenken würde?"

Sìneag lächelte, aber ihr Blick wirkte traurig. „Er würde dich auch lieben, wenn du alt und faltig wärst und kein einziges Haar mehr auf dem Kopf hättest, Jenny. Die Liebe eines Highlanders währt ewig. Alles, was du tun musst, ist, deine Hand auf den Handabdruck zu legen."

Jenny zog die Augenbrauen hoch und betrachtete den Handabdruck. Wie betrunken war sie eigentlich, dass sie sich das alles einreden ließ? „Du meinst also, wenn ich dieser mittelalterlichen Hand ein High Five gebe, reise ich durch die Zeit?"

Sìneag nickte. „Aye."

„Was ist mit meinen Freundinnen? Wartet auf sie auch ein heißer Highlander? Nun … zwei von ihnen sind schon vergeben, aber Amanda …"

Sìneag zuckte mit den Schultern und sagte nichts. Jenny schaute zurück über ihre Schulter. Ihre drei Freundinnen standen am anderen Ende der Insel, etwa hundert Meter entfernt.

„Lasst uns eine Zeitreise machen, Mädels!", rief Jenny.

Als keine von ihnen reagierte, drehte sie sich wieder zu Sìneag um.

Doch sie war fort.

Die Möwe war immer noch da und bedachte sie mit einem bösen Blick. Der Wind zerzauste sanft ihr Gefieder.

„Hast du gesehen, wo sie hin ist?“, fragte Jenny.

Als die Möwe nicht antwortete, zuckte sie mit den Schultern, schaute zum glühenden Felsen und gab dem Handabdruck ein High Five.

Doch statt des festen kalten Felsens stieß ihre Handfläche auf leere Luft, und sie fiel nach vorne in die Dunkelheit. Sie schrie und schlug mit Armen und Beinen um sich, um sich an etwas festzuhalten, aber da war nichts außer nasse, kalte, feuchte Luft. Und dann verlor sie das Bewusstsein…

Lies *gleich weiter in* DIE EROBERUNG DES SCHOTTEN.

BÜCHER VON MARIAH STONE

IM BANN DES HIGHLANDERS

Sìneag (Novelle) — lese jetzt gratis!

Die Gefangene des Schotten

Das Geheimnis der Schottin

Das Herz des Schotten

Die Liebe des Schotten

Weihnachtswunder für den Schotten (Novelle)

Das Verlangen des Schotten

Der Eid der Schottin

Das Versprechen des Schotten

Der Beschützer der Schottin

Die Eroberung des Schotten

Das Schicksal des Schotten

Ein Wiedersehen zu Weihnachten

IM BANN DES WIKINGERS

Die Verlockung des Kriegers (Novelle) — lese jetzt gratis!

Das Verlangen des Kriegers

Das Begehren des Kriegers

Die Gemahlin des Kriegers

Die Geliebte des Kriegers (Novelle)

Die Gefangene des Kriegers (Novelle)

Nur auf Englisch erhältlich:

CALLED BY A VIKING SERIES (TIME TRAVEL):

One Night with a Viking (prequel)—lese jetzt gratis!

The Fortress of Time

The Jewel of Time

The Marriage of Time

The Surf of Time

The Tree of Time

CALLED BY A PIRATE SERIES (TIME TRAVEL):

Pirate's Treasure

Pirate's Pleasure

A CHRISTMAS REGENCY ROMANCE:

Her Christmas Prince

WORTERKLÄRUNGEN

Aye - Ja

Birlinn - Die Birlinn oder West Highland Galeere war ein mit Segeln und Rudern angetriebenes Holzschiff, das seit dem Mittelalter auf den Hebriden und in den West Highlands Schottlands ausgiebig genutzt wurde.

Braies - Die Braies sind eine Art Hose, die in der Antike von keltischen und germanischen Stämmen und später von Europäern bis ins Mittelalter getragen wurde.

Das Claymore, auch Claidhem-More, Claidhmhichean-mora, Glaymore - schottischer Zweihänder, schottisches Langschwert

Clan - Ein Clan oder eingedeutscht Klan war ursprünglich eine größere Familiengruppe in Schottland, die ein abgegrenztes Gebiet bewohnte und ihre Herkunft auf einen gemeinsamen Urahnen zurückführte.

Cruachan - Schlachtruf des Cambel-Clans

Dinna fash - Keine Sorge, mach dir keine Sorgen

Kogge - Die Kogge war ein Segelschiffstyp der Hanse, der vor allem dem Handel diente, in Zeiten militärischer Auseinandersetzungen der Hansestädte mit Piraten aber auch als Kriegsschiff ausgestattet werden konnte. Sie hat einen Mast und ein Rahsegel.

Laird - Gutsherr in Schottland

Léine-chròich - Safranhemd (Schutzhemd, das von Kriegern getragen wird). Pl. léintean-cròich

Loch - Ein See

Lochaber-Axt - Die Lochaber-Axt, entstand zu Beginn des 16. Jahrhunderts, sie ist eine verbreitete schottische Variante der Streitaxt. Der Name geht auf die Region Lochaber im Westen des schottischen Hochlandes zurück.

Mylord/Mylady - Mein Herr/Meine Dame

Nae, mo chridhe - Nein, mein Herz

Oubliette - ein Raum oder eine Zelle, in der Gefangene festgehalten werden, insbesondere unterirdisch.

Sláinte - ein Trinkspruch, wörtlich: Gesundheit

Uisge - Ein Selbstgebrannter

ÜBER DEN AUTOR

Wenn die Zeitreise-Liebesroman-Autorin Mariah Stone, nicht über starke Frauen schreibt, die in einer längst vergangenen Zeit und in den Armen heißer Wikinger, Highlander oder Piraten landen, jagt sie ihren zwei kleinen Kindern hinterher oder verbringt mit ihrem Ehemann romantische Nächte an der Nordsee. Mariah spricht sechs Sprachen, liebt Outlander, Sushi und thailändisches Essen und leitet ihre eigene Autorengruppe in den Niederlanden.

Melde Dich noch heute zu Mariahs Newsletter an, und erhalte eine kostenlose Zeitreise-Novelle unter https://mariahstone.com/sineagdeutsch/!

- facebook.com/mariahstoneauthor
- instagram.com/mariahstoneauthor
- bookbub.com/authors/mariah-stone
- pinterest.com/mariahstoneauthor
- amazon.com/Mariah-Stone/e/B07JVW28PJ

Zeitfracht Medien GmbH
Ferdinand-Jühlke-Straße 7,
99095 - DE, Erfurt
produktsicherheit@zeitfracht.de

FSC
www.fsc.org
MIX
Papier | Fördert
gute Waldnutzung
FSC® C083411